KB053788

그곳, 寺

마음과 마음 사이를 거닐다

그곳, 寺

마음과 마음 사이를 거닐다

정종섭

서문

모든 사람이 행복하게 살 수 있는 나라는 어떤 나라일까? 인간의 역사를 보면, 많은 일 가운데 가장 중요한 것이 '이 세상에 태어나 죽을 때까지 자기가 하고 싶은 일을 하며 행복하게 살다가 편안하게 죽는 것'이다. 현실에서 어떻게 하면 이를 실현할 수 있을까? 모든 지식과 학문은 이 문제를 놓고 전개되어 왔으며, 그 옛날 종교도 바로 이 문제를 해결할 수 있다고 제시하여 동서를 막론하고 사람들이 종교에 희망을 걸고 살아왔다.

그러나 수천 년 동안 인간이 살아오면서 이 과제를 명쾌하게 해결한 방도나 현실에서 완전히 실현된 나라는 아직 보지 못하고 있다. 나는 이 문제를 해결할 수 있는 길을 제시해 보고자 헌법학을 공부하여 왔다.

오늘날 문명국가에서 헌법이란 바로 '한 나라 안에서 살고 있는 모든 국민이 태어나서 죽을 때까지 자기가 하고 싶은 대로 소망하는 것을 하면서 행복하게 살아갈 수 있게 만드는 가치와 제도에 대해 정한 국가의 최고규범'을 말하기에 문명국가라면 모두 그 나라 국민들이 스스로 정한 최고규범으로서의 헌법을 가지고 있다.

여기에 실린 글은 내가 공부해 온 불교와 그 이외의 문제를 놓고 씨름한 지식체계를 바탕으로 하여 사찰 순례를 하면서 생각한 사유의 조각들이다. 이른바 세속의 삶이란 어떠한 것이며, 세속에서 인간은 어떻게 행복하게 살 수 있는지 하는 것과, 세속을 떠난 삶이란 무엇이며 그러한 것이 인간에게 어떤 의미를 가지는 것인지의 문제가 생각의 바탕에 깔려 있다. 동시에 이런 문제 속에서 이 땅에서도 그 옛날부터 많은 사람들이 살아갔고, 누구나 자기의 삶에서 진지하고 치열하게 살아보려고 하지 않은 사람이 없었으리라. 나는 이 글을 쓰면서 이와 관련한 이야기로 글로 남겨둘 필요가 있는 것을 생각나는 대로 써 보았다.

전문적인 글이 아니기에 글의 형식에서나 이야기를 하는 방식에서도 생각이 흐르는 대로 자유로이 썼다. 때로는 필요한 지식도 있을 것이고, 때로는 위의 문제들에 대해 그간 내가 탐구하고 사유한 생각도 있을 것이다. 사찰 순례의 형식이기에 이 땅에 살다 간 수많은 사람들의 이야기나 생각들이 대신 나타나 있는 점도 있을 것이다.

이와같이 형식에서 자유로운 글의 성격을 말하자면 일찍이 북송

北宋대에 소식蘇軾(1036-1101) 선생이 쓴 『동파지림東坡志林』과 비슷한 것이라고 할 수도 있겠다. 그런데 모든 글에서 늘 따라다니는 것은 '인간은 존귀한 존재로 행복하게 살아야 한다'는 것과 '모든 인간이 행복하게 살 수 있게 하는 실현 방도가 무엇인가' 하는 질문이다. 우리 모두의 최대의 관심거리이기도 하다.

이 글을 쓰고 책으로 묶어 나오기까지 오랜 시간 많은 대화와 여행을 함께한 외우畏友 김윤태 사장과 그림, 사진도 사용할 수 있게 해 준 김호석 화백의 따뜻한 관심에 감사하지 않을 수 없다. 글이 하나의 책으로 만들어 나오기까지 온 정성을 다해주신 김창현·추정희 님께도 감사를 드린다. 우리 모두가 관심을 가지고 있는 '모든 인간이 행복하게 살 수 있는 나라'를 현실에 구현하는 과제에 대한 나의 탐구와 관심은 숨이 멈출 때까지 멈추지 않을 것 같다는 말씀도 함께 드려본다.

사무사실思無邪室에서

정종섭

그곳, 寺

도리사

천진동자불

도리사桃李寺는 경북 구미시 해평면 송곡리에 있다. 삼국시대에 최초로 신라에 불교가 전래되면서 신라땅에 처음 절이 지어진 곳이다. 고구려에서 신라에 불교가 전해졌기 때문에 같은 방향에 따라 북쪽에서 남쪽으로 내려간다고 보면, 서울에서 충주를 지나 소백산맥을 넘어 경상도 지역으로 들어가게 되는데, 그러자면 결국 새도 날아 넘기 힘들다는 험난한 새재, 즉 조령鳥嶺을 조우하게 된다. 조령을 걸어서 넘어가면 조령관鳥嶺關과 조곡관鳥谷關 그리고 주흘관主屹關을 차례로 지나 문경에 도착하는데, 이곳 문경에서 더 남으로 내려가면 옛 선산善山 지역인 구미에 이른다.

고려왕조를 무력으로 뒤집어엎은 이성계李成桂(1335-1408)의 불의한 쿠데타에 저항하며 금오산金烏山 아래로 내려와 미래를 기약하며 은거하던 야은冶隱 길재吉再(1353-1419) 선생이 학문을 펼쳐나간 곳이다. 불사이군不事二君의 지조를 지키며 두문동杜門洞에 들어간 고려 충신들을 불태워 죽이려고 했던 엄혹한 시대에 포은圃隱 정몽주鄭夢周(1337-1392) 선생과 뜻을 같이 하며 영남 유학의 문을 열고 인재들을 배출해낸 조선 도학道學의 요람이 되는 땅이다.

요즘이야 자동차로 바로 구미에 갈 수 있으니 새재를 넘을 필요는 없다. 반면에 오늘날 새재는 경상북도 도립공원으로 잘 가꾸어져 있어 봄, 여름, 가을, 겨울 할 것 없이 높이 빼어난 주흘산主屹山과 조령산鳥嶺山의 사계절 풍광과 운치를 즐기러 오는 사람들로 발걸음이 끊이지 않는다. 이 길은 옛날 개성이나 한양에서 영남 지역으로 오르내리는 수많은 사람들과 사연들이 묻혀 있는 곳이기도 하고, 입신양명立身揚名을 위하여 그 많은 선비들이 과거시험을 보러 오르내리며 희비가 갈린 길이기도 하다.

이 길을 따라 내려오다가 낙동강과 만나 선산으로 들어오면 먼저 말 그대로 도道를 연 도개읍道開邑과 도개리를 지나게 된다. 여기서 남쪽으로 조금 내려가 구미 시가지를 통과하여 낙동강을 건너 송곡리로 접어들어 그 옛날 냉산冷山으로 불린 태조산太祖山을 향하여 가면 길 위에 일주문一柱門이 장엄하게 서 있다. 시간적인 여유가 있으면 여기서부터는 차로 가는 것보다 걸어서 가는 것이 산사를 찾아가는 맛을 듬뿍 느낄 수 있고, 그 옛날 이곳을 따라 도리사로 오가던 수많은 사람들의 삶과 그들이 만들어간 역사를 되새겨볼 수 있는 시간을 가질 수 있어 좋다. 길재 선생도 10살 때 이곳 도리사에서 처음 글을 배웠다고 한다.

도리사 경내로 들어서면 청량 담백한 극락전極樂殿과 태조선원太祖禪院이 유서 깊은 터를 지키고 있다. 도리사에는 석가모니의

극락전

진신사리를 모시고 있기 때문에 석가모니불상을 모시는 대웅전은 없다. 고색창연한 3칸 팔작지붕의 극락전에는 서방 극락정토를 주재하는 아미타불을 1645년에 목조로 조성한 좌상이 있다. 현재 법당은 건립 연도를 정확히 알 수 없으나 조선시대 양식을 갖추고 있고 고졸한 모습이 참배객들로 하여금 겸손하게 만든다.

극락전 앞에는 독특한 모습을 하고 있는 고려시대 석탑인 화엄석탑華嚴石塔이 서 있다. 전체 모습을 보면 5개 층을 이루고 있는데, 세로로 긴 돌을 연속으로 이어 사면으로 기단을 구성한 다음 1층과 2층의 탑신은 작은 돌을 벽돌 쌓는 방식으로 쌓아 올리고, 맨 위에는 연꽃을 새긴 보주를 얹어 놓았다. 이런 형태의 석탑은 우리나라 석탑 가운데 같은 것을 찾기 어려운 독특한 형태인데, 보물로 지정되어 있다.

극락전 뒤에는 높이 1.3m의 석탑으로 석종石鐘의 모양을 한 세존사리탑世尊舍利塔이 있다. 16세기 말 17세기 초에 조성된 것으로 추정되는데, 부도浮屠의 양식에서 흔히 볼 수 있는 석종형 부도와 같은 모양을 하고 있다. 이 사리탑은 고졸하게 보이면서도 자세히 보면 매우 섬세하고 아름답다. 사각형의 기단 위에 탑신과 연꽃봉오리 형태의 보주寶珠를 조각하였는데, 상층 지대석의 네 귀퉁이에는 사자 머리를 새기고 그 중간에는 향로香爐를 새겼다. 탑신의 위와 아래는 모두 돌아가면서 연꽃잎을 연이어 새겼는데, 꽃잎들이 서로 겹쳐지게 한 것이 특별나다. 보주에는 다섯 개의 원을 새

화엄석탑

—

세존사리탑

기고 각 원 안에 '세존사리탑世尊舍利塔'의 각 글자를 한 자씩 새겨 놓았다. 불교가 힘들던 시절에 산 아래 폐사된 석종사 부근에서 도굴꾼들에 의해 훼손된 채로 나뒹굴던 것을 인근 마을 사람들이 도리사의 사리탑이라고 옮겨 놓은 것이라고 한다.

세존사리탑에서 돌아서면 소박하고 고졸한 멋이 느껴지는 건물이 눈에 띄는데, 이는 옛날 도리사가 어려운 형편에 처했을 때 법당 이외에 도리사를 대표하던 태조선원이다. 정면 7칸, 측면 8칸 규모의 'ㄷ자'형으로 된 구조인데, 말 그대로 선방禪房으로 참선 수행하는 납자衲子들이 목숨을 걸고 치열하게 진리를 추구하던 수행처이다. 이 태조선원의 건물에는 「도리사桃李寺」라는 현판과 함께 위창葦滄 오세창吳世昌(1864-1953) 선생이 전서篆書로 멋있게 쓴 「태조선원太祖禪院」이라는 현판이 함께 걸려 있는데, 어려운 시절 법당과 함께 이 건물이 절과 선원을 겸했던 것을 말해 주는 것 같다.

불교 사찰을 보면, 요즘 세운 건물은 웅장하여도 크게 공감이 가지 않는 반면, 이렇게 소박하면서도 수수한 건축물에 더 정감이 가는 것은 그곳에서 지낸 사람들 때문이라 생각한다. 돈을 잔뜩 들인 휘황찬란한 건물들이 있어도 변변한 부도탑 하나 없는 곳은 그저 처량하게만 보이고, 아예 건물은 사라졌어도 이끼 낀 부도탑들이 메우고 있는 폐사지에서 넉넉하고 가슴 가득한 쾌활

—
태조선원

함을 느끼는 것과 같은 것이리라. 절 살림이 넉넉지 않던 시절에 그래도 없는 살림에 좌선 수행을 하겠다고 온 납자들의 그 형형한 눈빛들이 오랜 세월이 지났어도 이 선원을 에워싸고 더욱 빛을 발하고 있는 것 같다.

이곳에서 참선 수행을 하고 한 시대를 들었다 놓았다 했던 선지식善知識 전강田岡(1898-1975) 선사의 카랑카랑한 목소리가 여전히 어디선가 들려오는 것 같고, 어느 때 한철 여기서 수행한 성철性徹(1912-1993) 스님이 곧 문을 열고 나올 것만 같다. 전강 선사의 강설은 다행스럽게 현재도 녹음된 당시의 육성이 생생히 전해

오는데, 도학자道學者들이 어떻게 수행하고 참선 공부를 해야 하는지에 관해 새벽부터 말씀을 풀어놓으시는 스님의 목소리에 취해 이를 들으며 여러 밤을 지새운 사람들도 많을 것이다. 나는 전강 선사의 녹음된 목소리를 들었을 때 그 옛날 장삼을 휘휘 날리며 죽어가던 조선의 선맥禪脈을 다시 힘차게 뛰게 만든 경허鏡虛(1849-1912) 선사의 목소리를 듣고 있는 것이 아닌가 하는 착각이 들곤 했다.

태조선원 앞마당에서 위로 올라가면 근래 봉안한 아도 화상 좌상을 지나 맨 위쪽에 있는 적멸보궁寂滅寶宮에 이른다. 부족한 공간에 지어 오르막 계단이 가파르다. 적멸보궁 뒤편에는 석가모니의 진신사리 1과가 새로 조성된 석가세존사리탑釋迦世尊舍利塔에 봉안되어 있다. 이 탑은 세존사리탑에서 발견된 진신사리를 봉안하기 위해 새로 조성한 것이다. 팔각원당형부도八角圓堂形浮屠를 본따서 정방형 지대석 위에 팔각 탑신을 세웠는데, 기단에는 용

적멸보궁

석가세존사리탑

을 조각하고 탑신에는 사천왕상을 새기고 상륜부의 귀꽃에는 여래상을 새겼다. 매우 장엄하고 화려하다.

들판에서 도리사로 옮겨온 세존사리탑에 진신사리가 들어 있었는지는 그 전에 탑의 아래쪽을 깨어본 도굴꾼들도 발견하지 못했는데, 1976년에 세존사리탑의 보수공사를 하던 중 깨어진 아래 부분이 이중구조로 되어 있음이 드러났다. 그리하여 도굴꾼들도 놓친 이중구조 속에서 8세기 중엽에 만든 것으로 추정되는 금동

육각사리함이 발견되었고 그 속에 진신사리가 봉안된 사실이 세상에 드러났다. 금동육각사리함은 그 후 국보로 지정되었다. 이 진신사리는 아도阿道 화상이 신라에 불교를 전하러 올 때 가져온 것이라고 전해진다. 이 적멸보궁과 석가세존사리탑은 이 절에서 오래 주석하여 오신 법등法燈 화상이 성심을 다하여 조성하였다.

적멸보궁에서 탁 트인 전망으로 저 멀리 보이는 낙동강과 들판을 보면, 자연은 그대로인데 인걸만 온데 간데 없구나 하는 생각이 든다. 그 옛날 불교가 들어오고 그 뒤에 유학이 들어 올 때 신라의 승려와 유학생들이 새로운 지식과 철학을 공부하고자 당나라로 유학을 가서 전력으로 공부하던 모습을 상상해 본다. 새로운 지식과 철학을 공부하여 세상에서 가장 존귀한 인간들이 영생을 누리며 행복하게 사는 나라를 제시하고자 이국 땅 힘든 곳에서 밤낮 없이 노력한 그들의 모습들을 떠올려 보면 그 치열한 삶에 고개가 숙여진다. 권력을 쥔 자들끼리 하루가 멀다하고 큰 전쟁과 작은 싸움들을 하고, 승자는 패자를 짐승같이 다루며 사람 죽이는 것을 아무렇지도 않게 생각하는 세상이 온전한 인간 세상일 리 없다.

이 세상에 태어나기는 했지만 언제 무슨 영문으로 죽을지도 모른 채 하루하루 살아가는 인간들에게 있어서는 공통된 염원이 영생불사永生不死였으리라. 예나 지금이나 사람들은 과학적으로 생각해 보면 불가능한 영생불사를 꿈꾸며 사는데, 이 당시에도 이를 노려 온갖 허황된 얘기들과 주술들이 난무하고 혹세무민하는 언설들이 사람의 눈과 귀를 멀게 하고 있었다.

하기야 종교치고 영생불사를 내세우지 않는 경우가 드물지만 말이다. 생물학적으로 영생불사가 안 되면 사후 부활을 내세우든가, 아니면 생물학적으로는 죽었지만 영혼은 살아있기 때문에 죽지 않는다고 하든지, 그것도 아니면 형이상학적인 나의 '존재'를 설정하여 몸은 없어지지만 그 존재는 영원이 사라지지 않는다고 한다. 이런 형편에서 만백성이 진리에 눈을 뜨고 평등하고 행복하게 사는 제대로 된 나라를 만들고자 뛰어난 불교철인들과 지식인들이 진리 탐구의 길에 뛰어들었다.

신라에 불교가 언제 처음 전해졌는가 하는 점에 관하여는 신뢰할 수 있는 기록이 없어 여러 견해들이 분분한 형편이다. 제13대 미추왕味鄒王(재위 262~284) 2년인 263년에 고구려의 승려 아도阿道 화상이 전했다는 견해, 19대 눌지왕訥祗王(재위 417~458) 때 고구려의 승려 묵호자墨胡子가 신라땅으로 와서 지금의 선산인 일선군一善郡에 살고 있는 유력가 모례毛禮의 집에 머물며 불교를 전했다는 견해, 21대 소지왕炤知王(재위 479~500) 때 아도 화상이 세 사람의 시자와 함께 신라로 와서 모례의 집에 거주하다가 아도 화상은 먼저 가고 시자들은 남아서 불교를 전했다는 견해, 고구려의 승려 아도阿道가 신라로 와서 불교 신자인 모례의 집을 중심으로 은밀히 교화를 펼쳐나갔다는 견해 등이 있는데, 어느 것이 정확한 것인지는 고증할 방법이 없는 형편이다. 묵호자와 아도를 동일한 사람으로 보는 견해와 다른 사람이라는 견해도 있다.

『한국민족문화대백과』에 실린 내용에 의하면, 먼저 '아도'라는 명칭부터 따져보아, 아도阿道는 아도我道 또는 아두阿頭라고도 하는데, 아도阿道를 아두阿頭라고 하면 '머리카락이 없는 승려'를 일컫는 일반명사이므로 아도는 특정인의 이름이 아니라 소지왕=비처왕 때 신라에 들어온 고구려의 승려를 가리키는 말이라고 한다. 반면 아도 화상을 아도我道라고 보면, 〈아도본비我道本碑〉에 쓰여 있는 것처럼 위魏나라 사신이었던 아굴마我掘摩가 고구려에 왔을 때 고구려 여인 고도녕高道寧과 정을 맺어 그 사이에서 태어난 고구려의 승려라고 특정할 수 있다고 한다.

후자에 따르면, 아굴마의 아들인 아도는 5살 때 어머니에 의해 출가하였으며 16세에는 위나라로 가서 자기 아버지인 아굴마를 만났다. 그는 아버지에 의해 현창玄彰 화상의 문하에서 불법을 배우고 19살 때 고구려로 돌아왔다. 그러자 어머니인 고도녕이 그에게 신라로 갈 것을 권하며 다음과 같이 말하였다고 한다.

"그 나라는 아직 불법을 알지 못하지만, 앞으로 삼천여 달이 지나면 계림에 성왕이 나서 불교를 크게 일으킬 것이다. 그곳의 서울 안에 절터가 일곱 곳이 있으니, 하나는 금교 동쪽의 천경림興輪寺이요, 둘째는 삼천기永興寺이며, 셋째는 용궁 남쪽皇龍寺이요, 넷째는 용궁 북쪽芬皇寺이며, 다섯째는 사천미靈妙寺요, 여섯째는 신유림四天王寺이요, 일곱째는 서청전曇嚴寺이니 모두 전불前佛 때의 절터이다. 법수法水가 깊이 흐르는 땅이니 네가 거기로 가서 큰 가르침大敎을 전파하면 마땅히 그 땅의 불교의 초석이 될 것이다."

그리하여 아도 화상은 263년 미추왕 2년에 신라로 들어가 불법을 펼치고자 했으나 쉽지 않아 속림續林에 있는 모록毛祿의 집에 3년 동안을 숨어 있었다. 264년 미추왕 3년에 성국공주成國公主가 병에 걸렸을 때 무당이나 의술을 가진 자도 낫게 하지 못하였는데, 아도 화상이 대궐로 나아가자 공주의 병이 나았다. 이에 왕이 기뻐하며 그의 소원을 들어주어 아도 화상은 천경림天鏡林에 띠풀로 지붕을 덮어 흥륜사를 창건한 뒤 그곳에 머물며 설법을 하였다. 모록의 누이 사씨史氏는 아도 화상에게 귀의하여 신라 최초의 비구니가 되었다. 그녀는 삼천기三川岐에 절을 창건하고 이름을 영흥사라고 하였다. 얼마 후 미추왕이 죽자 사람들이 아도 화상을 해치려고 하여 그는 모록의 집으로 돌아와 스스로 무덤을 만들고 들어가 다시는 나타나지 않았다.

〈아도본비〉의 내용만을 놓고 보면, 아도는 아굴마와 고도녕 사이에서 태어난 고구려 승려로서 신라불교의 초전자라고 할 수 있지만, 〈신라본기〉와 〈아도본비〉에 등장하는 두 명의 아도는 서로 다른 사람임이 분명하고, 고구려불교의 재전자인 동진東晉(317-420)에서 온 아도 역시 신라불교의 초전자 아도와는 다른 인물일 가능성이 크다고 본다. 눌지왕 때 신라에 온 묵호자墨胡子 역시 〈신라본기〉와 〈아도본비〉의 아도와 같은 인물이라고 확정할 수 없고, 나아가 백제불교의 초전자인 마라난타와 아도를 동일 인물로 볼 근거도 없다고 한다.

결국 신라 미추왕 때 신라에 건너 온 아굴마와 고도녕의 아들인 아도, 고구려불교의 재전자인 아도, 그리고 소지왕=비처왕 때의 아도는 분명 서로 다른 인물임을 알 수 있다. 또한 백제불교 초전자인 마라난타와 신라 눌지왕 때의 묵호자의 외형은 비록 머리를 깎은 아두형일 가능성은 있지만, 고구려불교의 재전자인 아도와 소지왕 때의 아도와는 다른 인물이라고 한다. 이에 관해서는 앞으로 전문가들의 연구가 진행되어 사실 관계가 확정되기를 기다려볼 수밖에 없다. 그렇더라도 『삼국유사三國遺事』에 일연一然(1206-1289) 스님이 써 놓은 얘기는 한번 읽어볼 만하다. 흥미롭다.

아도 화상에 대해 서축인西竺人, 즉 인도인이라고 하는 견해도 있고, 오吳나라 사람이라고 하는 견해도 있다. 한자어 '阿道'라는 말은 『삼국사기三國史記』에도 여러 명이 나오는데, 미추왕의 고조 할아버지도 아도阿道이고, 박제상의 할아버지도 아도갈문왕阿道葛

모례정

文王이고, 일성왕 때 갈문왕으로 봉해진 박아도朴阿道라는 사람도 있다. 우리나라에서 삼국시대로 거슬러 올라가며 역사를 알려고 하면, 우선 기록이 충분하지 않아 사실을 확정하기 힘이 들고 다양한 해석적 견해들이 분분해지는 이유이다. 아도 화상이 누구인지 확정하는 일부터 이렇게 어려움을 겪는다.

아무튼 아도 화상이 묵으며 불교를 전파하였다는 집 주인인 모례毛禮도 모록毛祿과 같은 사람이고, 모례의 시주로 도리사를 지었는데, 아도 화상이 수행처를 찾던 중 겨울에도 복숭아桃꽃과 오얏李꽃이 피어 있는 것을 보고 절 이름을 도리사라고 지었다고

아도 화상상과 신라불교 초전지

전한다. 모례의 집에 있던 우물이라고 전해오는 모례정은 지금도 보존되어 있다. 그리고 구미시에서는 모례의 집터로 추정되는 장소 일대를 신라불교 초전지初傳地라고 대대적으로 조성하여 불교 성지와 같이 조성하여 놓고 있다.

여기서 궁금한 것은 아도 화상이 처음 불교를 전했을 때 무엇을 전하였을까 하는 점이다. 삼국시대에 고구려, 백제, 신라가 국가적 차원에서 불교를 공인을 한 것을 보면, 고구려는 372년 소수림왕小獸林王(재위 371-384) 2년에 전진前秦(315-394)의 왕 부견符堅(재위 357-385)이 사신使臣과 함께 승려 순도順道를 보내 불상과 불경佛經을 전한 것이 그 시초인데 초문사肖門寺를 지어 그를 머물게 하였고, 2년 후인 374년에는 동진에서 아도阿道가 들어와서 나라에서는 이불란사伊弗蘭寺를 짓고 여기에 머물도록 했다.

백제는 384년 침류왕枕流王 1년에 인도의 승려 마라난타摩羅難陀(?-?)가 동진으로부터 백제로 와 불교를 전하였는데, 왕실에서는 이를 수용하고 한산주漢山州에 절을 짓고 열 사람이 승려가 되는 것을 허락하였다. 신라는 527년 법흥왕 14년에 이차돈異次頓(503-527)의 순교가 있자 그간 신하들의 반대로 수용하지 못했던 법흥왕이 비로소 불교를 공인하였다.

중국에서 고구려와 백제에 불교가 전해지던 이 시절의 중국의 상황을 한번 본다. 중국에서도 불교가 언제 전해졌는지는 분명하지 않지만, 후한後漢(25-220) 때에 이르러 소승불교의 경전을 번역하고 선禪에 대해 가르침을 전개한 안식국安息國 아르사키데스 왕조의 파르티아(BC 250경-AD 224)의 태자 안세고安世高(2세기 중엽)와 대승불교의 경전을 번역한 월지국月支國 쿠샨왕국(BC 1세기-AD 4세기) 출신의 지루가참支婁迦讖(Lokaksema 2세기 중엽) 등이 협력자들과 불경을 번역해 내면서 낙양洛陽에서 불교가 사원공동체를 중심으로 전파되기 시작하였다. 3세기 후반 장안長安에서는 월지국 출신의 축법호竺法護(Dharmarakṣa 239-316)가 서역의 여러 나라에서 직접 수집하여 가지고 온 불경 원전을 뛰어난 외국어 실력을 바탕으로 하여 활발한 역경작업을 전개하였다.

그가 죽은 후 장안의 불교공동체를 다시 연 전진의 도안道安(312-385)과 그의 제자인 동진의 그 유명한 혜원慧遠(334-416)이 불경을 활발히 연구하며 결사도 만드는 등 영향력을 넓혀나가던 시절이었다. 이들의 활동과 가르침이 한반도에 전해졌는지도 흥미롭다. 시기로만 보면, 중앙아시아 쿠차龜玆왕국의 왕자인 구마라집鳩摩羅什(350-409, 344-413)이 후진後秦(384-417)의 수도 장안으로 와서 대대적으로 불경을 번역하던 때도 불교의 신라초전新羅初傳 운운하는 시대였는데, 당시 번역된 불경이 한반도에 유입이 되었는지, 어떤 불경이 유입되었는지, 그리고 이를 제대로 가르쳤는지, 한역 경전을 누가 습득했으며, 과연 제대로 이해하였는지 등등 모두가 궁금해진다.

신라에서 본격적으로 불교가 국교로 공인된 것은 진흥왕眞興王(재위 540-576) 때였다. 이때 승려로 출가하는 것이 허용되었고, 호국불교로 사찰들도 건립되기 시작하였다. 천재 불교철인인 원효元曉(617-686)와 의상義湘(625-702)이 태어나는 것은 아도 화상이 불교를 전하였다고 하는 시기로부터 대략 200여 년 후의 일이고, 신라가 불교의 전승기를 맞이하는 것도 그 이후의 일이다.

아도 화상이 불교를 전했을 때, 신라에는 무속신앙이나 원시신

앙이 있었다고 쳐도 여전히 사람들의 관심은 영생불사이고 위험한 세상에서 복을 받을 수 없는가 하는 염원이 일반적인 상황에서 과연 불교는 무엇을 말하였는지도 궁금하다. 석가모니의 존재와 가르침이 있다는 사실을 전했는지, 업業에 따른 인과응보나 윤회에 대하여 말했는지, 새로운 기복신앙을 말했는지, 중국어로 번역된 불경의 지식을 전파하였는지, 아니면 그야말로 왕족과 귀족, 지식층을 중심으로 불교가 시작되었더라도 신라가 지식과 철학이라는 것에 눈을 뜨기 시작한 것일까.

낙동강이 보이는 풍경

중국에서는 천하가 혼란하던 전국시대戰國時代(BC 403-221) 때 지금의 산동반도山東半島 지역을 중심으로 한 제齊나라에서 수도인 임치臨淄에 직하학궁稷下學宮이 만들어지고, 순우곤淳于髡(BC 385-BC 305경), 맹자孟子(BC 372-BC 289 추정), 장자莊子(BC 369-BC 289경), 고자告子, 추연鄒衍, 노중련魯仲連(BC 305-BC 245 추정), 순자荀子(BC 298-BC 238경), 한비자韓非子(BC 280?-BC 233) 등과 같은 천하의 지식인들이 백가쟁명으로 서로의 지식과 철학을 논하고 체계화시켜 가던 때가 기원전 4세기와 3세기 시대에 있었던 일이니, 한반도에서 아도 화상의 이런 일이 있은 때로부터 대략 700여 년 전 전에 있었던 일이다. 플라톤Platon(BC 427-BC 347)이 『국가Politeia』와 『법Nomoi』을 쓴 때가 기원전 4세기이고 그후 아리스토텔레스 Aristoteles(BC 384-BC 322)가 『정치학Politika』을 쓴 때도 그 시대였다. 그간에 한반도에 살던 사람들은 어떤 사람들이며, 무엇을 생각했고 어떻게 살았을까 하는 궁금증이 더해감은 어쩔 수 없다.

태조산 중턱에서 눈앞으로 펼쳐진 산하를 바라보며 인간의 삶과 아직도 '국가의 실패'가 계속되는 이 나라에 대해서 또 생각해 보았다. 지금까지 '좋은 나라'에 대하여 탐구해온 헌법학자인 나는 솟아나는 여러 의문들에 머리가 여간 복잡하지 않았다. 청정 도량인 도리사에서 머리가 복잡해지다니, 참으로 구제하기 어려운 중생인가 보다.

낙산사

낙산사에 와 본 지도 여러 번이다. 젊은 날 동해 바다로 유람하러 왔다가 처음 들렀고, 그 이후 강릉이나 속초로 오는 기회가 있을 때 몇 차례 들렀다. 그때마다 계절이 달랐던 듯하다. 요즘은 양양에 국제공항까지 생겨나 이곳으로 오는 길은 육로와 함께 바닷길과 하늘길이 모두 열려 있다. 설악산 국립공원에서 동해를 바라보는 오봉산五峰山 기슭에 자리한 산사의 빼어난 경치는 더 말할 나위도 없어 예로부터 관동팔경의 최승경으로 많은 사람들의 입에 회자膾炙된 풍광이다.

신라 이래 고려와 조선에 이르기까지 많은 왕실 사람들과 이규보李奎報(1168-1241), 이곡李穀(1298-1351), 허균許筠(1569-1618), 윤휴尹鑴(1617-1680), 윤증尹拯(1629-1714), 홍대용洪大容(1731-1783) 등 당대 거유巨儒들과 기라성 같은 현인 문사들, 정선鄭敾(1676-1759), 허필許佖(1709-1761), 김홍도金弘道(1745-1806?) 등과 같은 화사畫師들의 걸음이 끊이지 않아, 예배를 올리고 글을 짓고 그림을 남겨 전해오는 것이 여럿이다.

낙산사에 와 본 지도 여러 번이라고 하고 나니, 문득 당나라 조주趙州從諗(778-897) 선사의 '끽다거喫茶去' 화두가 떠올라 머쓱하기는 하다. 하루는 조주 선사가 머무는 절에 수행자 두 사람이 왔는데, 선사가 그들에게 이 절에 와 본 적이 있는가 하고 물었다. 그랬더니 한 사람이 와 본 적이 없다고 대답했다. 선사는 그에게 '차나 드시게喫茶去'라고 말하며 차 한잔을 주었다. 다른 사람에게 물었더니 그는 이미 와 본 적이 있다고 대답했다. 그런데 선사는 그에게도 '차나 드시게'라고 하며 차 한잔을 주었다. 선사가 물은 질문이 그냥 절에 와 본 적이 있는가라고 한 것이 아닐 것이고, 더구나 수행자가 서로 다른 답을 했는데도 선사는 두 사람에게 똑같이 '차나 드시게'라고 말씀하시니 이 또한 무슨 영문인지 이해하기 어려운 일이다. 그래서 선사를 모시고 있던 원주院主 스님이 선사에게 수행자 두 사람의 답이 다른데 어째서 선사께서는 똑같이 '차나 드시게'라고 말씀하셨습니까라고 물었다. 그랬더니 선사는 원주 스님에게도 '차나 드시게'라고 말했다.

분명히 조주 선사가 실없이 차를 마시라고 한 것은 아닐테고 필시 어떤 뜻으로 '끽다거喫茶去'라고 했을 텐데, 이것이 무엇이냐 하는 것이 불가佛家의 숙제가 되었다. 그래서 '차나 드시게喫茶去'라는 것이 선법을 수행하는 사람들에게는 하나의 화두가 되었다. '끽다거喫茶去'라는 말에서 '거去'는 '가다'라는 뜻이 아니고 어조사에 해당하는 말일뿐이다. 이 말을 찻집 간판에도 사용하다 보니 '차 한잔 마시고 가라'는 의미로 받아들여졌는지 '차 마시러 오시

—

정종섭 글씨, 조주록의 끽다거 내용

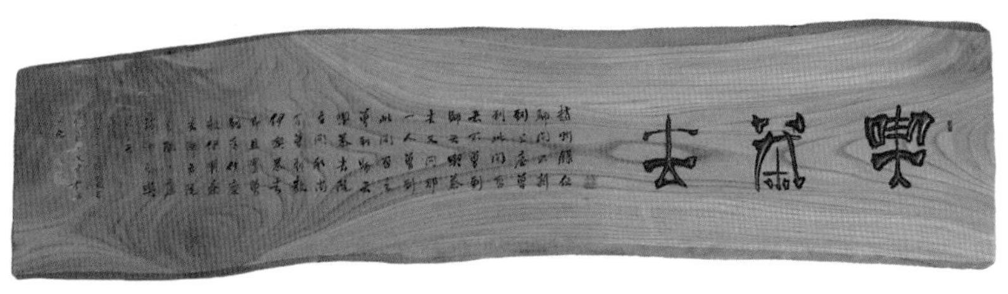

정종섭 글씨, 조정훈 서각, 끽다거 현판

오'라는 의미라며 '끽다래喫茶來'라고 쓰는 사람들도 있다. 좌중을 웃게 한 깜찍한 발상이다.

절에 한 번 왔든 여러 번 왔든 그게 무슨 상관이냐, 여전히 몇 번 왔느냐 하는 분별심을 내는 미망迷妄에 빠져있는 것이 난망難望이거늘 낙산사에 여러 번 와본들 그게 무슨 대수인가 하는 말이다. 그런데 낙산사에 오면 옛날에도 몇 번 왔었지 하는 생각부터 난다. 『조주록趙州錄』을 읽으면서 생각의 틀을 깨는 희열이 느껴져 그 이후에 조주 선사의 '차나 드시게'라고 하는 '끽다거' 화두를 여러 형태로 써보기도 했다.

2005년 대화재로 원통보전圓通寶殿과 1469년 조선 예종이 아버지 세조를 위하여 조성한 동종까지 화마에 사라지는 비극을 보면서 모두가 안타까워했다. 낙산사의 역사를 보면, 창건 이후 신라시대에도 두 번이나 전소되다시피 했고, 고려 때는 몽골군의 침

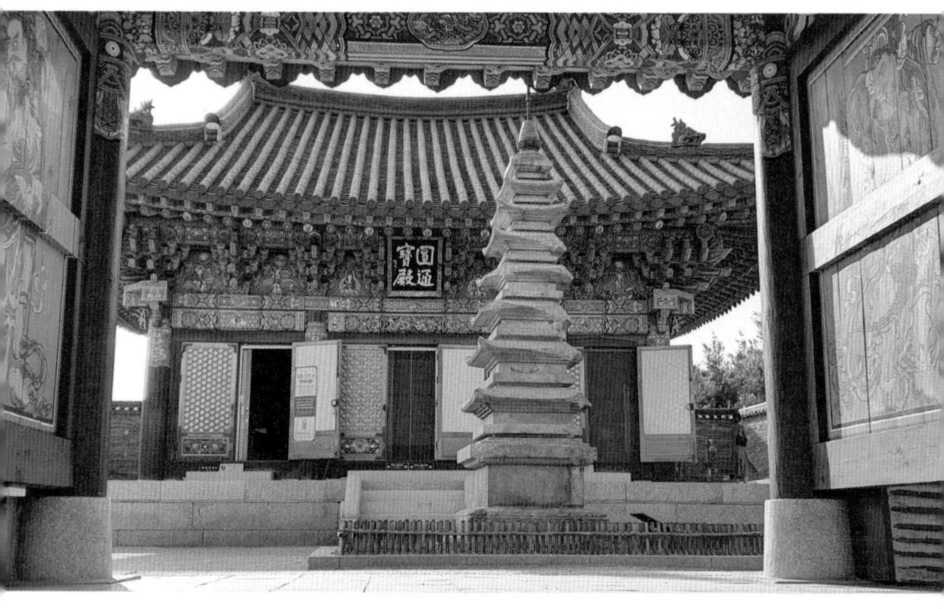

원통보전과 칠층석탑

입으로 피해를 입었다. 조선시대에도 임진왜란을 위시하여 전란을 맞아 몇 번의 화재로 당우들이 거의 소실되는 비극을 반복했다. 6·25전쟁 때도 마찬가지의 참화를 입었다. 지금도 산불이 나면 불길이 산사로 옮겨 붙지 않을까 늘 걱정되는 형편이다. 2005년에 발생한 대화재로 인해 엄청난 잿더미가 된 낙산사는 다시는 살아날 것 같지 않았다. 그러나 금곡金谷 화상이 폐허에도 살아남은 의상대, 홍련암, 보타전, 칠층석탑, 공중사리탑, 원통보전 담장 등에 의지하여 복원의 원을 세우고 일념으로 힘써 이제는 역사상 그 어느 때보다 더 아름다운 전각들이 갖추어진 낙산사를 재탄생시켜 놓았다. 만화방창萬化方暢한 아름다운 화엄세계와 같다.

의상대義湘臺의 일출과 한 그루의 소나무는 물론이고, 관음굴觀音窟의 홍련암紅蓮庵과 파랑새, 그리고 홍예문虹霓門에서 범종루梵鐘樓, 사천왕문四天王門, 응향각凝香閣, 빈일루賓日樓, 대성문大聖門을 지나 원통보전의 담장으로 둘러싸인 칠층석탑에 이르는 길은 실로 환희와 경탄의 공간이다.

김돈희 글씨, 의상대 현판

의상대에는 후대에 세운 팔각의 정자가 서 있는데, 북송의 황정견黃庭堅(1045-1105)의 글씨체를 잘 구사하고 예서隸書에서 한 경지를 이룬 성당惺堂 김돈희金敦熙(1871-1937) 선생이 그의 격조 높은 예서로 멋있게 쓴 현액이 걸려 있다. 화강암으로 축조된 홍예문과 창천蒼天으로 날아갈 듯한 누각은 그 하나만으로도 감탄을 자아내게 한다. 세조가 낙산사를 중건할 때, 처음 쌓은 원통보전의 따뜻하면서도 품위가 있는 담장은 안쪽에는 기와로 쌓고 바깥쪽에는 막돌로 쌓은 아름다운 양식을 한 것인데, 사찰 건축에서는 보기 드문 것이다.

칠층석탑은 원래 신라시대 의상 대사가 3층탑을 조성하였는데, 조선시대에 와서 세조 때 중건할 당시에 학열學悅(?-1484) 화상이

홍예문

원통보전의 담장

7층으로 다시 쌓았다고 전한다. 손상 하나 없이 완전한 탑의 모습을 간직하고 있다. 학열 화상은 세조 때 간경도감刊經都監에서 신미信眉(1405?-1480?) 대사, 학조學祖 대사와 같은 여러 고승들과 함께 많은 불경을 훈민정음訓民正音의 언해본諺解本으로 간행한 고승이다.

경봉鏡峰(1892-1982) 대화상이 쓴 글씨로 현액을 건 원통보전에는 조선시대 장지壯紙로 만들고 옻칠을 입힌 관음보살의 건칠좌상乾漆坐像이 모셔져 있다. 대화재 때에 금곡 화상이 몇몇 스님들과 목숨을 걸고 화마 속으로 뛰어들어 안고 나온 보물이다.

관음지觀音池와 이를 내려다보는 보타락寶陀落의 높은 누각과 천수관음상과 1,500관음상을 봉안하고 있는 웅대한 보타전寶陀殿이 만들어내는 공간은 그야말로 하나의 그림과 같이 아름답고 성스러운 대관음의 공간이다.

이런 아름다운 낙산사는 국내 제일의 관음성지가 되어 오늘날에도 많은 참례객들이 찾아오고, 종교가 무엇이건 이 문화유산을 찾아오는 걸음이 끊이지 않는다. 동해 바다나 연꽃이 피어 있는 연못을 배경으로 사진을 찍기도 하고, 아름다운 누각과 소나무의 어울림을 풍경으로 담기에 바쁘다. 그러나 유럽의 오랜 수도원들이 오늘날 관광코스와 사진 배경이 되는 것으로 전락하고 수도원이 비어 가는 것과 같이 사원이 건축과 정원을 구경하는

극복을 위한

관음지와 보타락

자리가 되고 사진의 배경으로 남는 것이라면 이는 인류가 찾아낸 고등철학인 불교의 진리체계의 공간으로서 가지는 진면목과는 거리가 멀어도 한참 먼 것이 될 것이다.

요즘에는 이탈리아에 있는 옛 수도원들도 레스토랑으로 개조되는가 하면 공무원 시험준비를 하는 사람들이 시험공부하는 공간으로 된 경우도 있다. 이탈리아에서는 최근에 수도원을 레스토랑으로 처분하는 것이 옳은 일인가를 놓고 논란도 있었지만 결국 팔려버렸다. 중국 산시성山西省에서는 개발을 한다는 이유로 유서 깊은 옛 성당을 파괴한 일도 있었다. 과학과 지식이 고도화되면서 종교의 힘이 잃어가는 추세를 막을 방법은 없지만 마음이 씁쓸한 것은 어쩔 수 없다.

낙산사는 이 절을 처음 창건한 의상義湘, 義相(625-702) 대사와 관련된 설화와 그의 가르침이 구성하고 있는 도량이다. 인간이 발전하고 문명이 형성되고 고도화되는 것은 진리에 대한 탐구로 시작한다. 진리에 대한 자각으로부터 시작하여 그 실현에 이르는 길이 인간이 이 세상에서 삼라만상과 함께 하며 행복하게 살다가 가는 길이다. 탐욕과 폭력이 만들어내는 비극과 전쟁과 온갖 고통으로 아비규환阿鼻叫喚의 늪에 빠져 허우적거리다가 생을 마치고 만다면 이는 축생과 다름이 없다.

그렇지 않으려면 인간이란 무엇인지, 내가 누구인지, 내 눈앞에 보이는 것이 진실로 무엇인지, 어떻게 하면 이를 알 수 있는지, 진리의 온전한 모습을 알았다면 이를 현실에서 어떻게 구현할 것인지, 모든 인간이 행복하게 사는 세상은 어떻게 실현할 수 있는지 등등 이 의문에 대한 명확한 답이 진리이고, 이 진리를 실현하면 모두가 평등하게 존엄하게 평화롭게 자기의 삶을 자기가 하고 싶은 대로 하면서 자유로이 살아갈 수 있다. 그리고 온 세상과 우주의 존재도 정확히 알 수 있게 된다. 철학적으로 말하면 존재와 인식의 문제이다. 존재와 인식에서 올바른 지식을 얻어야 그 다음 현실의 문제들을 해결하고 이를 실현하는 지식체계를 구축할 수 있다.

의상 대사도 죽고 죽이는 전쟁의 고통, 지배와 피지배의 인간 차별, 각자 자기의 몫을 정의롭게 가지는 것이 어려운 실상, 질병과 애증 속에 빚어지는 비극 등 온갖 고苦로부터 인간이 어떻게 벗어날 수 있으며, 모든 인간이 동등하게 자연과 우주와 함께 하는 물아일체物我一體의 환희의 삶을 어떻게 살 수 있게 할 것인가 하는 의문 앞에서 진리를 찾아 나서게 된 것이다.

그는 신라라는 변방의 나라에서 홀로 진리를 탐구하는 것보다는 당시 모든 지식이 모여드는 당唐나라로 공부하러 갔다. 당시 당나라에서는 한漢(BC202-AD220), 위진魏晉(220-589), 수隋(581-619)의 시대를 거쳐 유교, 불교, 도교의 지식체계가 왕성하게 발전하고 있었다. 특히 천재 현장玄奘(602-664) 법사는 이미 높은 경지에 오른 고승이라는 세상의 평판에도 아랑곳하지 않고 629년에 열사熱砂와 고산준령高山峻嶺을 넘는 목숨을 건 천축구법행天竺求法行에 나서 10여 년 동안 인도의 대덕大德, 철인哲人들에게서 불교철학을 공부하였다.

당시 현장 법사가 찾아간 인도의 날란다Nālandā 那爛陀사원은 국내외 각지에서 찾아온 학승들이 불교교학을 공부하는 세계 최대의 대학이었다. 고대 인도 문화의 최전성기를 수놓은 굽타Gupta 왕조(320-550경) 후반기인 5세기부터 700여 년 동안 교학의 최대 중심지였으니 세계 여러 곳으로부터 와 이곳을 다녀간 뛰어난 인재들이 뿜어낸 진리를 향한 열기는 가히 인류사에서 대 장관이라고 할만하다.

현장 법사는 645년에 귀국하여 장안長安 대자은사大慈恩寺에 머물며 인도에서 가지고 온 657부部의 불경을 본격적으로 번역하기 시작하면서 불교철학의 새 지평을 열어가고 있었다. 이미 신라국의 왕손인 원측圓測(613-696) 화상도 3세에 출가하여 15세에 당나라로 가서 산스크리트어, 티베트어, 중국어 등 여러 언어를 구사하면서 유식학唯識學과 소승小乘과 대승大乘의 경론經論을 종횡무진 넘나들고 현장 법사의 역경 작업에서도 중심적인 역할을 하며 천하에 뛰어난 명성을 날리고 있었다. 여러 경을 번역하는 중심에 있었을 뿐 아니라, 695년에는 옥 산지로도 유명한 오늘날의 화

고산사 그림, 의상 대사 진영

—

관음굴과 홍련암

전和田, 즉 우전국于闐國에서 온 실차난타實叉難陀(652-710)가 방대한 『화엄경華嚴經』을 번역하는 역사적인 거사巨事를 할 때도 함께 하였다.

19세에 황복사皇福寺로 출가한 의상 대사도 661년 38세의 나이로 드디어 당나라로 건너갔다. 당대에 화엄학을 정립한 화엄종의 2조 지엄智儼(602-668) 화상 문하에서 공부한 후 스승의 인증印證을 받고 지엄 화상의 대를 이을 만큼 명성을 떨쳤다. 그러나 그는 당나라가 신라를 침략할 것이라는 정보를 알고 이를 고국에 알리고자 문무왕 11년 671년에 급히 신라로 귀국하여 나라에 이 사실을 알리고 그 후로 신라에 머물면서 화엄 이론을 펼쳐나갔다. 지엄 화상을 이은 3조 현수賢首法藏(643-712) 화상도 서역 사마르칸트국Samarqand, 颯秣建國 출신으로 스승을 이어 당나라 화엄종의 종주가 되었지만, 같은 스승에게서 함께 공부한 도반道伴인 의상 대사의 높은 경지를 익히 알기에 신라로 돌아가 불법을 펼치고 있는 의상 대사와 문답을 주고 받으며 지적인 교유를 계속 이어나갔다.

의상 대사는 신라로 귀국한 해 황복사에 머물며 수행생활을 하던 중 계시를 얻어 동해안 관음굴을 찾아 지금의 의상대 절벽 위에서 관음보살을 친견하는 기도를 올리고 드디어 관음보살의 현현을 보게 되었다. 그 가르침에 따라 관음굴 위에 홍련암을 짓

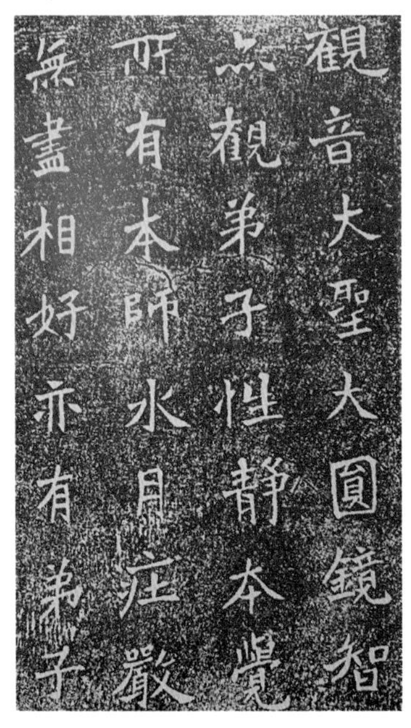

안광석 글씨, 백화도량발원문 부분

고 오봉산 기슭에 낙산사를 지었다.

그때 의상 대사가 기도하면서 올린 발원문은 실로 불교의 정수를 정확히 드러내고 있을 뿐 아니라 구도자로서 간절함이 절절이 넘치는 천하의 명문이다. 사실 이 발원문만 제대로 이해해도 많은 경을 공부할 필요가 없을 정도다. 그런데 논리적으로 말하면, 이 발원문만 그저 읽는다고 하여 경을 공부할 필요가 없는 것이 아니라, 불교철학을 먼저 공부하고 이해해야 이 발원문을 제대로 해득할 수 있다. 그리고 이해가 있은 다음이라야 실천이 따를 수 있다. 이 글이 이름하여 〈백화도량발원문白華道場發願文〉이다.

稽首歸依 觀彼本師 觀音大聖 大圓鏡智 亦觀弟子
性淨本覺 同是一體 淸淨皎潔 周遍十方 廓然空寂
無生佛相 無能所名 旣然皎潔 鑑照無虧 萬像森羅
於中頓現 所有本師 水月莊嚴 無盡相好 亦有弟子
空花身相 有漏形骸 依正淨穢 苦樂不同 然皆不離
一大圓鏡 今以 觀音鏡中 弟子之身 歸命頂禮
弟子鏡中 觀音大聖 發誠願語 冀蒙加被 唯願弟子
生生世世 稱觀世音 以爲本師 如彼菩薩 頂戴彌陀
我亦頂戴 觀音大聖 十願六向 千手千眼 大慈大悲
悉皆同等 捨身受身 此界他方 隨所住處 如影隨形
恒聞說法 助揚眞化 普令法界 一切衆生 誦大悲呪
念菩薩名 同入圓通 三昧性海 又願弟子 此報盡時
親承大聖 放光接引 離諸怖畏 身心適悅 一刹那間
卽得往生 白華道場 與諸菩薩 同聞正法 入法流水
念念增明 現發如來 大無生忍
發願已 歸命頂禮 觀自在菩薩摩訶薩

머리 숙여 귀의하오며, 본사이신 관세음보살의 위대한
대원경지(大圓鏡智)를 살피옵고, 또한 이 제자의 본래 맑은 성품의 본각(本覺)을 살피옵니다. 이 둘은 한 가지로 일체여서 청정하며 밝고 맑아 시방세계에 꽉 차 있으며 확연하고 공적합니다. 중생이니 부처니 하는 모습도 따로 없고, 귀의의 주체니 객체니 하는 것도 없습니다. 이미 이렇게 밝고 맑아 비춤에 부족함이 없으니, 삼라만상 가운데 홀연히 나타납니다.

본사이신 관음보살의 영원하신 모습은 밝은 달이 강물에 비치듯이 다함없는 상호로 장엄하시건만, 어리석은 이 제자는 허공 속의 꽃처럼 헛되고 번뇌에 찌든 육신(정보)과 이 육신이 의지할 국토(의보)를 살피오니, 실로 서로 다르고, 깨끗함과 더러움, 괴로움과 즐거움이 같지 않습니다.

그렇지만 이 제자의 몸과 마음이 하나로 같은 대원경지를 떠나 있지 아니하오니, 이제 관음보살의 거울에 든 제자의 이 몸으로 제자의 거울에 계신 관음보살께 목숨 바쳐 경배하고 진실로 발원을 올리오니 가피를 내려주시옵소서.

오직 바라옵나니, 이 제자는 영원토록 관음보살을 염하며 본사로 모시겠습니다. 마치 관음보살께서 아미타불을 이마 위에 받들듯이, 이 제자 또한 관음보살을 똑같이 받들겠습니다. 관음보살께서 과거 수행하실 때 세운 열 가지 서원과 여섯 가지의 진리 회향, 천수천안으로 모든 중생을 보살피는 대자대비의 마음을 갖춤에 관음보살과 같아질 것이며. 이 세상과 저 세상에서 몸을 버리거나 받는 곳에서 머무는 곳마다 그림자가 주인을 따르듯이, 언제나 보살님의 설법을 듣고 교화하심을 돕겠나이다. 널리 온 세상 모든 중생이 대비주를 외우고, 관음보살의 명호를 생각하게 하여 다함께 원통삼매의 바다에 들게 하옵소서.

또한 바라옵건대, 제자의 목숨이 다할 때에는 관음보살께서 밝은 빛을 발하여 이끌어 주옵소서. 그리하여 모든 두려움에서 벗어나 몸과 마음이 쾌활하고, 한순간에 백화도량에 왕생하여, 여러 보살들과 함께 정법을 듣고 진리의 강물에 들어, 생각마다 지혜가 더욱 밝아져 부처의 완전한 깨달음의 세계(無生忍)에 들게 하옵소서. 이제 지극한 마음으로 발원을 마치오며 관자재보살마하살께 목숨 바쳐 경배하옵니다.

이러한 발원을 하고 의상대에서 간절히 기도를 한 끝에 그는 동해 바다 위에 붉은 연꽃이 솟아나면서 현현한 관음보살을 친견하였다. 그리고 관음보살로부터 대나무 한 쌍이 돋아날 곳에 절을 세우라고 한 계시를 받아 그 자리에 절을 세우고 보타낙가산寶陀洛伽山, 補陀落迦山에서 이름을 따와 낙산사라고 하였다. 보타낙가산은 고대 인도어로 보타락Botarak을 한자로 음역한 것인데, 관음보살이 머물고 있는 산을 말한다. 의역을 할 때에는 소백화小白華, 백화白樺, 白花, 白華, 백화수白華樹, 백화수산白華樹山 등으로 번역하는데, 이 말에 의할 때 백화도량은 곧 관음보살이 머물고 있는 보타락의 절을 의미하며, 이를 다시 이름 짓되, 백화白華를 낙산洛山으로 짓고 도량道場을 사寺라고 지어 '낙산사'가 되었다.

의상 대사는 미타신앙과 관음신앙을 불교신앙의 중심으로 삼아 불교의 틀을 세우면서 특히 관음보살도를 스스로 행하고자 한 수행자로서의 길을 걸어갔다.

'보살菩薩'이라는 말은 불교 이외에는 사용한 흔적이 보이지 않는데, 이는 '보리살타菩提薩埵'를 줄인 말로서 산스크리트어로 보디사트바bodhisattva를 번역한 말이다. 즉 깨달음이나 지혜를 의미하는 '보디bodhi'와 생명체를 의미하는 '사트바sattva'의 합성어인데, 이는 각각 보리菩提와 살타薩埵로 번역되어 보살로 줄여졌다.

물론 이 개념은 싯다르타 당시에는 없었던 것이고 먼 훗날인 기원전 약 1세기경 불교도들이 싯다르타가 득도하여 붓다로 되기 전의 단계를 염두에 두고 이를 일컫기 위한 개념으로 만든 말이다. 즉 붓다가 되기 전의 싯다르타는 붓다가 되기 위해 구도자의 길을 걷는 보살이라는 것이며, 이러한 의미가 붓다의 경지에 들기 위해 구도하는 출가 승려를 의미하는 것으로 사용되었다. 의상대사는 이런 의미에서 자신도 중생을 구제하는 보살의 길을 가겠다는 서원을 밝히고 있다. 이런 존재로서의 보살은 『화엄경』에 나타나 있는 보살의 개념과 같다.

다른 한편으로 보살은 또 신앙의 대상으로 되어 중생을 구제하는 힘을 가지고 있는 존재로도 나타나는데, 이는 곧 신을 연상시키는 개념이다. 불교가 싯다르타 당시 성문승聲聞僧과 같이 단순히 출가자 자신만의 니르바나를 얻는 것으로 충분한 것이 아니라 중생을 구제하는 것이 중요하기 때문에 다양한 형태로 '중생을 구제하는 존재'가 필요하게 되어 여기서 이러한 존재를 지칭하는 의미로 보살이라는 말을 사용하였다. 이런 점에서는 불교는 자력종교서의 성격 이외에 타력종교로서의 성격도 가지는 이중적 성

의상대와 관음송

격을 가지는 것으로 된다.

관음보살, 미륵보살 등 다양한 보살이 등장한다. 이는 다분히 신이 인간을 구제해준다는 인도의 여러 신관의 영향과 기독교와 이슬람교 등과 같은 타력종교의 바람이 거세게 불 때 불교도들조차 원래의 자력종교인 불교에서 이탈해 나가고 권력자들까지 이러한 양상을 보이자 이에 대응하기 위하여 사실상 신의 능력을 가진 존재를 설정할 필요가 생겨 이를 보살이라는 말로 불렀다. 신앙의 대상으로서의 보살은 이러한 존재를 말하며, 의상 대사도 이러한 존재로서의 보살을 부정하지는 않았다. 어쩌면 그래야 불교가 '중생이 필요로 하는 종교(!)'가 될 수 있을지도 모른다.

관동팔경 답사 중 낙산사 홍련암에서

관음성지인 낙산사로 많은 참례객들이 순례의 걸음을 멈추지 않지만, 그 기도가 개인의 복이나 소원을 비는 것이라면 붓다의 가르침에서는 한참 벗어난 것이리라. 의상 대사와 같이 성불 이전에 먼저 『화엄경』에서 말하는 「십지품十地品」의 십지보살十地菩薩, 즉 부처가 되지 않아도 좋으니 속세에 남아서라도 중생을 마지막까지 구제하는 관음보살이 되게 해달라는 비원悲願이야말로 진정한 관음도량의 기도가 아닐까. 낙산사에서는 오로지 이 의상 대사의 발원문을 송하고 증득하여 비원의 기도를 올리는 도량이 되기를 소망해 본다. 낙산사의 불교대학은 교육과정을 운영하고 있는데, 여기서는 화엄학과 관음기도를 중점으로 행하는 곳이었으면 좋겠다는 생각도 해 본다. 그러면 관음보살의 행이 행해지지 않을까.

불교에서 관음보살은 산스크리트어 아발로키테슈바라avalokiteśvara 즉 '만물을 내려다보는 신'이라는 뜻인데, 석가모니의 입적 이후 미륵보살이 세상에 내려올 때까지 구원을 갈구하는 중생들의 근기에 맞게 다양한 모습으로 현현하여 대자대비大慈大悲한 마음으로 구제하여 준다는 보살이다. 중국 당나라에서 현장 법사가 불경을 번역하기 전에 이른바 '구역舊譯 불경'에서는 한자어로 의역하여 광세음보살光世音菩薩, 관세자재보살觀世自在菩薩, 관세음자재보살觀世音自在菩薩, 관음보살, 관음觀音 등으로 번역되었으나 현장 법사는 '신역 불경'에서는 관자재보살觀自在菩薩로 번역했다. 원어의 아발로키타Avalokita(觀하다)와 이슈바라itśvara (신)라는 말이 합쳐진 것이라고 보아 그 뜻에 맏게 직역한 것으로 보인다. 음역으로는 아박로지저습벌라阿縛盧枳低濕伐羅로 번역하기도 했다. 중국에서는 남해관음南海觀音이나 남해고불南海古佛이라고도 지칭했다.

그 모습은 33신身이라고도 하듯이, 워낙 여러 모습이라 하나로 묘사할 수도 없고, 얼굴이 11개이기도 하고 수천 수만 개의 팔로 중생을 구제하고 수천 개의 눈으로 중생의 온갖 어려움을 살피는 모습으로도 등장한다. 이는 브라만교에서 말하는 신들과 같은 모습을 띠고 있으며 인도의 신앙 안에서 만들어진 모습이지 중국이나 우리나라의 신화나 신앙에서는 발견할 수 없는 모습이다. 상상의 하늘세계에 거처하면서 중생을 구제할 때 세상에 나타난다고 한다. 이는 확실히 신화속의 신과 같은 개념이다. 티베트에서는 달라이라마를 관세음보살의 현신으로 보고 그를 받든다.

관음보살은 『법화경』, 『대아미타경』, 『대지도론』 등 경전에 따라서는 다양한 능력을 가지고 다양한 대상들을 구제하는 역할을 하는 것으로 나온다. 인도의 신들만큼이나 복잡하다. 사실 보살이라는 개념이 이처럼 브라만교를 중심으로 한 인도의 신앙에서 등장하는 여러 신을 불교적인 개념으로 바꾼 것이기 때문에 신과 같이 전지전능한 능력을 가지고 있다. 이런 점에서는 불교도

정종섭 그림, 의상일빈

타력신앙으로서의 한 면을 가지고 있어 일반 백성들에게는 신앙으로서 더 매력적이지만(구원해 주고 복을 주기 때문에), 선불교의 입장에서 보면 이러한 것은 방편일뿐 불교의 본질이 아니게 된다.

아무튼 의상 대사가 활동하던 시절에는 아직 선불교가 등장하기 전이기 때문에 비록 불교가 아니더라도 민간신앙으로 쉽게 받아들일 수 있는 체계이다. 이러한 요소 때문에 관음보살의 개념은 간다라지방의 신앙에서 나타나는 신들의 개념이 불교에 변형되어 유입된 것으로 보는 견해도 있다.

형상으로 나타날 때에도 남성인지 여성인지 알 수 없고, 모습도 수월水月관음, 양류楊柳관음, 해수관음, 마두馬頭관음 등 다종다양하다. 팔이 사람과 같이 두 개인 모습도 있고 여러 개인 모습도 있다. 어차피 현실에 존재하지 않는 모습이기에 생각에 따라 다양한 상상이 덧붙여진 것이리라. 그리스 신화의 다종다양한 신들이 이해할 수 없을 만큼 논리적으로 모순된 능력과 행동을 하는 것으로 나타나듯이 말이다.

낙산사의 역사를 보면, 의상 대사가 창건한 이후 부침을 거듭하다가 유교를 새 왕조 개창의 이념으로 하는 조선에 들어서면서 불교는 억압되어 위기에 처했으나, 유교를 왕조 창건의 기치로 내건 이성계李成桂(太祖, 재위 1392-1398)부터 이방원李芳遠(太宗, 재위 1400-1418)까지 내적으로는 불교를 존중하여 왕실에서는 낙산사를 중히 여겼다. 그러다가 세조대에 와서 왕이 친히 낙산사를 방문하고 대대적으로 중건하도록 지원하여 학열 화상이 총 책임을 맡아 중창하면서 홍예문, 칠층석탑, 원통보전 담장 등을 조성하였고, 아들 예종도 동종을 조성하고, 성종도 교지를 내려 전답과 노비를 하사하고 요역을 감면시키는 등 각종 혜택을 베풀었다.

불교 측에서 보면, 유교국가 조선에서 세조가 간경도감을 설치하고 불경을 간행하고 낙산사를 대대적으로 지원한 것은 큰 도움이 되었지만, 자기 조카인 단종을 제거하고 부당하게 권력을 찬탈한 자신의 정통성의 허약함이나 피의 업보를 씻어내고 싶은 콤플렉스에서 기인했는지도 모를 일이다.

사실 조선의 역사에서 보면, 1453년 수양대군首陽大君이 왕위를 찬탈한 '계유정난癸酉靖難'을 거치면서 새 왕조를 세워 새 세상을 만들려고 한 의지는 퇴색하고 국가권력의 사유화가 진행되기 시작한다. 권력을 찬탈하기 위한 불의한 살육과 학살에 한 패가 되고 부역한 무리들은 그 공으로 차지한 사전私田을 확대시켜 가고 거대한 장원莊園을 경영하면서 백성들에 대한 수탈을 더해갔다. 결국 토지제도는 왜곡되어 나라를 망가뜨려가고 백성들은 도탄에 허덕이게 된다.

이성계가 조선을 세운 이후 2대 정종, 3대 태종, 4대 세종은 장자가 아니어서 유교이념에 따르면 왕위계승의 정통성에서 근본적인 하자가 있었다. 왕위 찬탈을 놓고 혈육까지 도륙을 한 이방원의 피의 향연은 이미 우리 역사에 낭자하게 서술되어 있다. 다행히 5대 문종이 장자로서 왕위에 올라 정통성을 회복하지만 즉위 2년만에 바로 세상을 떠났고, 13살인 큰아들 단종이 승계하게 되었다. 그렇지만 이때 세종의 둘째 아들인 수양대군이 어린 조카를 1년만에 축출하고 왕 자리를 빼앗아 세조가 되었다. 이때 천하에 이름을 날린 김종서, 황보인, 조극관·조수량 형제, 이양 등 국가동량들을 무자비하게 살육하고 그의 무도한 행위에 찬성하지 않은 친동생인 안평대군安平大君(1418-1453)과 금성대군錦城大君(1426-1457)도 죽여버렸다.

반면 광란의 칼춤을 추며 왕위 찬탈에 같이 행동한 한명회, 한확, 정인지, 이사철, 이계전, 권람, 최항 등 37명은 자칭 난을 진압한 '정난공신靖難功臣'이 되어 공신전功臣田을 두둑이 받고 거대한 기득권 세력을 형성하였다. 조선 창건 이후 나라 땅을 이렇게 나누어 가진 적은 처음 있는 일이었다.

도대체 누가 난을 일으키고 누가 난을 진압한 것인가? 이후 조선의 역사는 지극히 왜곡되고 파행을 거듭한다. 1456년 세조의 잘못을 탄핵하고 단종을 다시 세워 왕조의 정통성을 바로 잡으려 하다가 세상을 떠난 충신을 역사에서 사육신死六臣이라 한다. 이때 정의를 위해 일어선 70여 명의 지사志士들이 모반혐의를 뒤집어쓰고 처형되거나 유배되는 참극이 벌어졌다. 세조의 불의에 저항하여 관직을 던지고 초야에 묻힌 인재들을 역사는 생육신生

六臣이라고 기록한다. 세조는 아버지 세종이 애써 키운 국가동량지재國家棟梁之材들을 이렇게 없애 버렸다. 그 이후에도 음모와 살육의 정치는 계속 반복되었다.

아무튼 낙산사에는 세조가 하사한 것으로 전해오는 대형 벼루와 두꺼비연적이 전해오는데, 오랜 세월이 흘렀어도 이를 보는 사람의 마음이 편치 못한 것은 어쩔 수 없다.

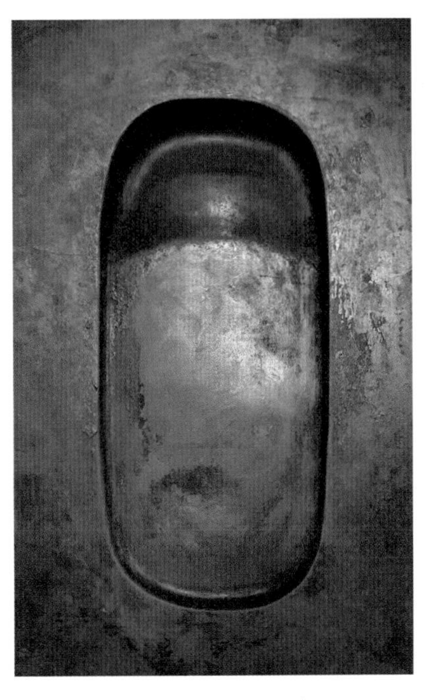

세조가 하사한 벼루

낙산사에는 의상기념관을 신축하여 의상 대사와 관련된 자료들을 전시하여 일목요연하게 이해할 수 있게 하고 있어 과거에 비하여 더 진지한 모습을 볼 수 있다. 의상 대사와 원효 대사에 관하여 얘기하자면, 청사晴斯 안광석安光碩(1917-2004) 선생을

두꺼비 연적

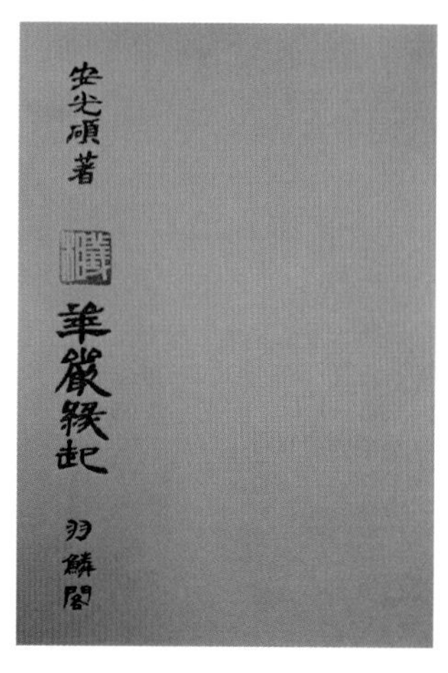

안광석 저, 화엄연기

안광석 전각, '무량겁' 인영

빼놓을 수 없다. 선생은 오세창吳世昌(1864-1953) 선생에게서 서예와 전각을 배우고 범어사의 동산東山(1890-1965) 대종사를 은사로 출가 수계한 후 나중에 환속하였지만, 평생 의상 대사와 원효 대사를 스승으로 받들면서 두 분에 관한 자료를 모으고 연구에 몰두하였다. 그리고는 갑골학, 서예, 전각, 서각, 다도에서 큰 길을 열어 간 일대 선생으로 활동하였는데, 의상 대사에 관하여는 일본의 자료까지 모아 『화엄연기華嚴緣起』라는 제하의 작품을 남겼고, 〈법성게法性偈〉를 62과의 전각으로 새겨 전무후무한 『법계인유法界印留』의 작품을 남겼다. 위비魏碑의 높은 풍격을 지닌 선생의 글씨는 보는 이의 정신을 고양시켜준다. 나는 젊은 날 화엄학을 배우고자 선생의 '우린각羽麟閣'을 출입하며 그분의 자상한 아낌 속에서 서예와 전각 등에 대해서도 눈을 키울 수 있었다.

한문에 조예가 깊은 낙산사의 법인法仁 화상은 감회에 젖어 있는 나에게 〈공중사리탑空中舍利塔〉의 비석 글을 보여주며, 격이 높은 문장이라고 하였다. 당시 강원도 방어사 겸 춘천도호부사인

안광석 전각, 법계인유 실물

안광석 글씨, 서각, 투차 현판

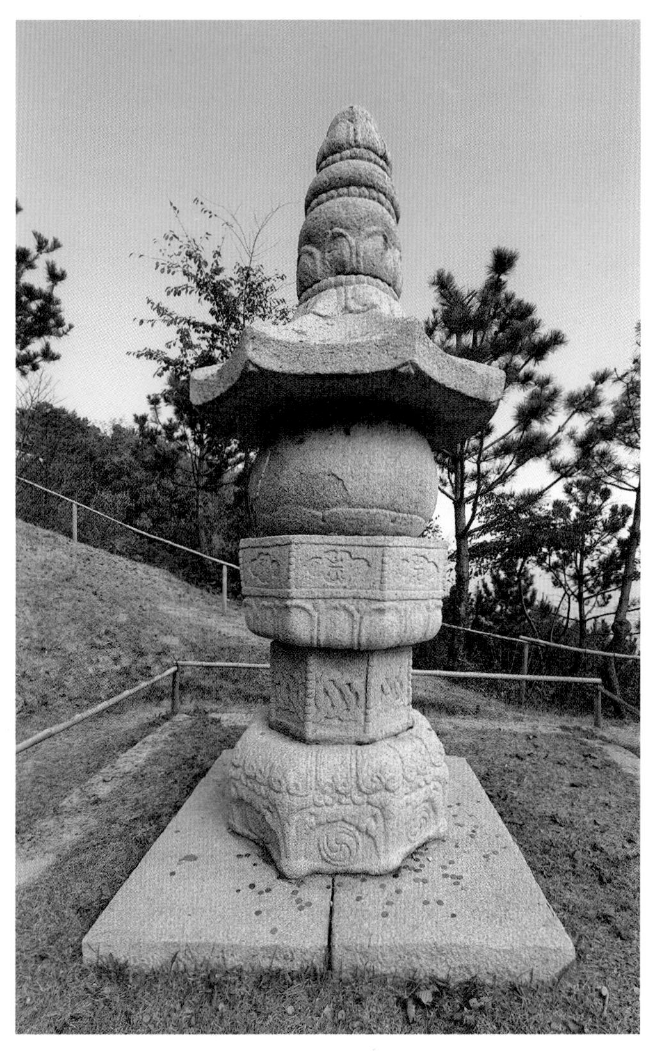

공중사리탑

이현석李玄錫(1647-1703) 선생이 1693년에 지은 글이었다. 그는 방대한 『유재선생집游齋先生集』을 남겼는데, 지봉芝峯 이수광李睟光(1563-1628) 선생이 그의 증조부다.

낙산사의 관음굴에는 영험한 일이 자주 생겨나 굴 앞에 법당을 짓고 관음보살상을 모셨다. 오랜 세월이 지나면서 낡아져 1683년에는 관음보살상에 개금불사를 하게 되었는데, 이때 하늘에서 상서로운 빛과 향기를 품은 신비한 구슬 한 개가 떨어졌다. 사람들은 이를 상서로운 일이라 하여 탑을 조성하고 구슬을 봉안하는 불사를 하게 되어 1693년에 완성되었다. 이 당시 탑을 건립하는 것과 동시에 〈해수관음공중사리비명海水觀音空中舍利碑銘〉을 두전頭篆으로 쓴 비를 세웠는데 유재 선생이 비문을 지었다. 현재 이 비는 홍련암 옆 높은 자리에 서 있다. 그 비문을 읽어 가는데, 비명碑銘이 내 눈에 확 띄었다.

佛本無言 現珠著玄 珠亦藏光 借文以宣 文之懼泯 鑱石壽傳
珠耶石耶 誰幻誰眞 辭乎道乎 奚主奚賓 於焉得之象罔有神

부처는 본래 말이 없어, 구슬 들어 현묘한 법 보이네. 구슬도 빛을 함장하고 있기에 글로 뜻을 밝혀놓거니, 글도 없어질까 걱정되어, 돌에 새겨 전한다. 구슬과 돌이라, 어느 것이 헛것이고 어느 것이 참이던가. 말과 도라, 누가 주인이고 누가 객이던가. 그 사이 어느새 형상은 벌써 없어지고 마음 있음 깨달았네.

공중사리탑비명

이현석 부사는 유학에서 이미 높은 경지에 도달했고 문장 또한 높았다. 이 글을 놓고 보면 그는 유가와 불가의 근본 이치는 둘이 아님을 알았고 실로 그 진리의 이치를 터득하였다고 생각된다. 이 탑비의 비문은 정녕 그 경지가 드러난 절창의 문장이다. 뛰어난 그의 글씨를 보게 되니 이 또한 안복眼福이라고 하지 않을 수 없다.

저녁 햇살을 뒤로 하고 솔바람 속으로 산사를 내려오는 길, 해수관음상을 앙망하며 정례頂禮하고 내려가는 길이지만 푸른 물속에 달은 보이지 않는다. 중생의 발걸음 소리에 나뭇가지에 앉았던 파랑새가 숲으로 날아간다. 비스듬히 기운 부드러운 햇살 속으로 날아가는 파랑새를 보는 우리들 뒤에서 원효 스님의 빙그레 웃는 미소가 느껴진다. '자네도 관음을 보지 못하는도다!'

부석사

이 땅에 사는 사람들치고 부석사에 와 보지 않은 사람이 있을까. 부석사는 사시사철 옷을 갈아입지만 몸은 항상 그 자리에 있다. 나른한 봄날의 부석사는 누구나 추억 속에 있을 것이다. 봄이 오는 색깔은 사실 연초록이 오기 전의 옅은 보랏빛이다. 온통 산과 들판에 보랏빛 자운紫雲이 춘산을 은은하게 감싸고 겨우내 얼었던 개울이 풀리며 졸졸 흐르는 물소리를 들으며 걷는 시간이 춘시春時다.

여름에는 저녁 늦게 안양루安養樓로 올라가 저 멀리 겹겹으로 펼쳐진 산 능선 뒤로 모천暮天을 붉게 물들이는 낙조落照를 바라보는 맛이 일품이다. 황금색 은행나뭇잎이 떨어져 흙길을 가득 덮고 있는 가을 산길을 따라 오를 때에는 누군가와 함께 걷고 싶은 시간이다. 나무에 잎이 다 떨어지고 고색창연한 당우堂宇의 마른 기둥들이 마주보고 선 사이로 흰머리 날리며 홀로 순례의 발걸음을 옮기는 고결한 시간은 겨울에만 가질 수 있다.

부석사浮石寺. 공중에 떠 있는 돌 사원이라고? 옛날에 흔히 그랬듯이, 절이 있는 산의 이름을 따 절의 이름을 짓는 바람에 부석

—
부석

산浮石山에 있는 절이라는 뜻으로 지은 것이리라. 그런데 그 산에 '부석浮石'이라고 글씨까지 새겨 놓은 바위가 있으니 그 산 이름 역시 산에 있는 이 기이한 너럭바위에서 이름을 따온 것인지도 모른다. 그렇지만 부석사 창건 설화에는 이 바위가 주인공으로 등장하여 공중으로 날아다니면서 절 짓는 일을 방해하는 무리들을 쫓아버렸다고 한다.

대기 중에 있는 돌이 공중에 뜰 수가 없는데, 바위가 진짜 떠 있는지를 알아보려고 긴 실로 바위 사이를 통과시켜 본 사람도 있다고 한다. 당연히 실이 바위가 맞닿은 곳에서 걸릴 수밖에 없다. 물리학의 기초도 모르면 그런 일도 저지른다. 한문으로 된 글

부석사 일주문

을 보면, 자욱한 안개 사이로 바위가 나타나 있는 모습을 묘사할 때 '부석'이라고 썼다. 주위는 안개에 가리워 있고 돌출된 바윗돌만 보일 때는 꼭 바윗돌이 공중에 떠 있는 것처럼 보인다.

부석사는 경상북도 영주시 부석면에 있는 봉황산鳳凰山의 중턱에 자리잡고 있다. 그러니 절이 터를 잡고 있는 산은 봉황산이다. 산의 아래쪽에서 걸어 일주문으로 가는 길은 이제 붓다가 있는 곳을 만나러 가는 길이다. 일주문을 들어서면 「태백산부석사太白山浮石寺」라는 힘차고 세련된 필치의 현판을 마주하게 되는데,

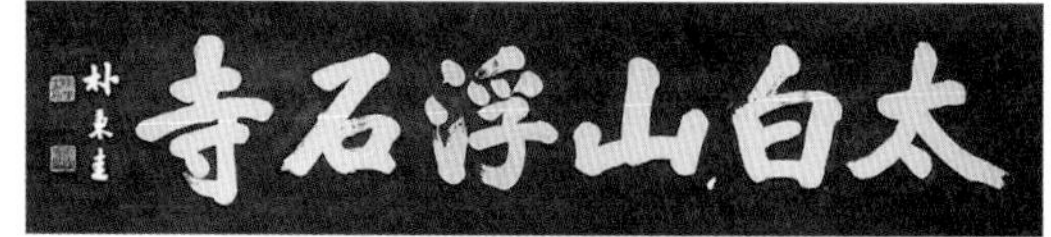

박병규 글씨, 일주문 현판

—

하엽정

신라 때에 이 일대를 북악北嶽인 태백산으로 일컬었기 때문이리라. 봉황산이 태백산에서 시작하여 남쪽으로 내려온 셈이다. 현판은 효남曉楠 박병규朴秉圭(1925-1994) 선생이 썼다. 절의節義로 청사에 빛나는 사육신死六臣 박팽년朴彭年(1417-1456) 선생의 19세손으로 서울대 상대를 졸업하고 한 시대를 서예가로 활동하며 많은 글씨를 남겼다. 일주문 뒤편에 걸려 있는 「해동화엄종찰海東華嚴宗刹」이라는 현판도 그의 글씨이다. 집에 딸린 정자 하엽정荷葉亭으로 유명한 대구 달성군 하빈면에 있는 삼가헌三可軒이 그의 선조때부터 살아온 집이다.

박팽년 선생은 집현전학사集賢殿學士로 성삼문成三問(1418-1456) 선생과 함께 문명을 날렸는데, 당대 명필이기도 한 안평대군安平大君(1418-1453)이 그린 〈몽도원夢桃源〉의 그림에 서문을 지었고, 학문은 물론이고 글씨와 그림에도 뛰어났다. 그런 그가 세조世祖(재위 1455-1468)가 정변을 일으켜 조카인 어린 단종端宗(재위 1452-1455)으로부터 왕권을 찬탈하는 모습을 보고는 성삼문 선생 등과 단종의 복위를 도모하다가 김질金礩(1422-1478)의 밀고로 발각되어 세조에게 죽임을 당하였다. 1456년 이 '병자화란丙子禍亂'으로 사육신을 포함하여 100여 명이 죽임을 당하였다. 당시 세조는 사육신의 친족들도 모두 죽였는데, 박팽년 선생의 손자가 대구 관아의 관비官婢로 되어 버린 어머니의 배 속에 있는 바람에 임신한 여종의 아들과 바뀌어 숨겨서 키울 수 있어서 기적적으로 화를 면하였다. 이 유일한 혈육인 박일산朴壹珊의 후손들이 지금까지 이어져오고 있다.

사육신의 이야기는 생육신으로 불리는 추강秋江 남효온南孝溫(1454-1492) 선생이 죽음을 무릅쓰고 진실을 기록한 『육신전六臣傳』으로 인하여 지금까지 우리가 알고 있다. '폐가입진廢假立眞'이라면서 거창한 구호를 내걸고 쿠데타로 고려왕조를 없애고 조선왕조를 열었지만, 태조인 이성계李成桂(1335-1408) 직후부터 왕위는 장

하빈면의 육신사

자에게 이어지지 못하고 피바람 속에서 왕위계승은 파행을 면치 못한다. 정종은 태조의 2남이고, 태종은 태조의 5남이고, 세종은 태종의 3남이었다. 문종이 세종의 장남으로 왕위를 회복하고 장남인 단종에게 왕위를 물려주었으나 결국 세종의 2남인 수양대군이 이를 찬탈하였다. 어차피 장자에게 왕위가 승계되는 것은 이미 깨져버렸으니 호시탐탐 왕자리를 탐내왔던 수양대군에게는 천재일우의 기회라 마음에 거리낄 일도 없었으리라. 이런 파행은 조선왕조 내내 수없이 반복되었다. 하빈면에는 사육신을 모시고 있는 육신사六臣祠가 있다.

일주문을 지나 산비탈에 누워 있는 과수원을 양옆으로 끼고 길을 올라가면, 통일신라시대의 것으로 추정되는 당간지주幢竿支柱가 당당한 모습으로 서 있다. 잘 다듬은 돌을 깔아 길게 난 포장도로를 따라 걷다보면 계단 위에 천왕문天王門이 서 있다. 가을날 온 산이 단풍으로 물들 때 일주문에서 천왕문으로 나 있는, 노란 은행잎들이 한 점 빈틈도 없이 황금카펫으로 깔아 놓은 이 길을 감히 밟고 지나가기에는 미안한 마음마저 든다. 뒤에 오는 사람들을 위해 차라리 은행나무들이 줄지어 서 있는 길 옆을 따라 조심스럽게 발걸음을 옮기는 것이 오히려 마음이 편하다.

사람이 붐비지 않는 계절에 홀로 산 아래에서 일주문을 지나 천왕문으로 걸어오면 자연스레 인간과 삶과 자연과 영원에 대하여 생각하지 않을 수 없게 만든다. 그래서 사색을 할 때면 사람

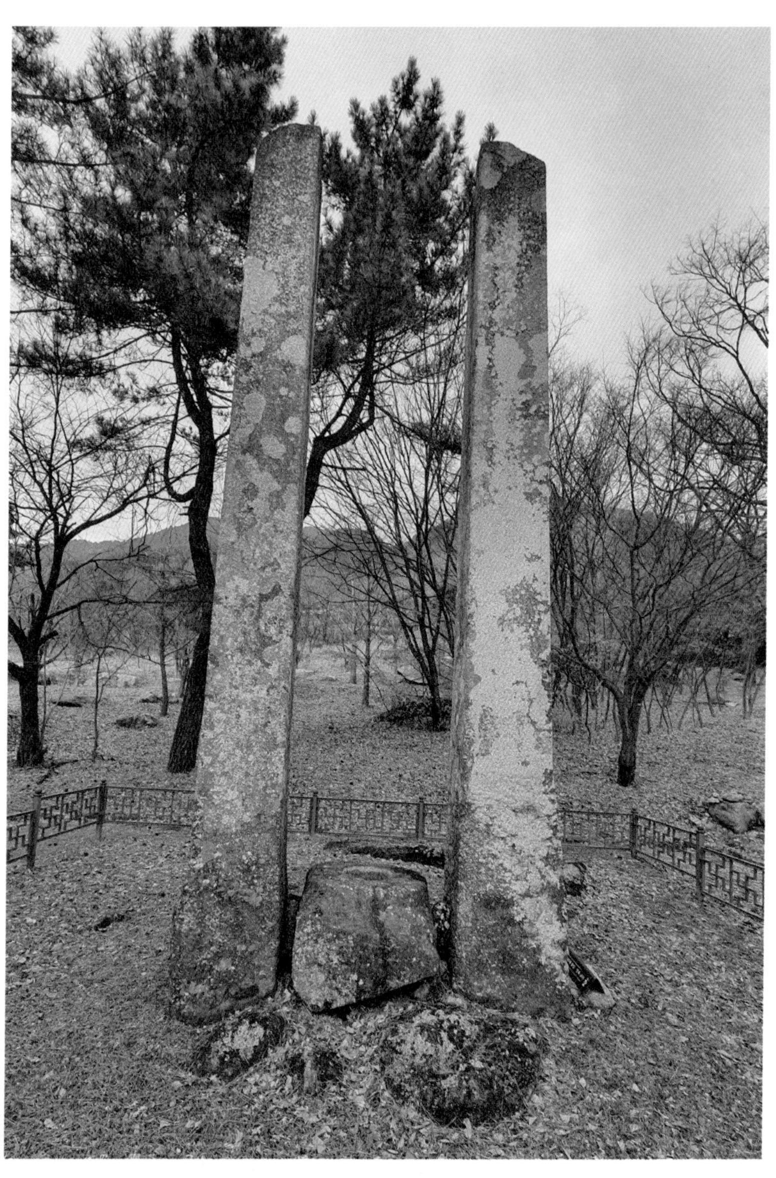

부석사 당간지주

은 홀로 길을 걸어가는 모양이다. 요즘에는 종교에 관계없이 유럽 각지에서 스페인의 땅 끝에 있는, 사도 야고보Jacobus Major(?-44경)의 관 위에 세운 산티아고 대성당Santiago de Compostela까지 걸어가는 옛 '순례자의 길Camino de Santiago'을 걸어가는 사람들이 많이 있는데, 이들도 대부분 이 길을 걸으며 자기 자신과 이 세상에서 살아가는 자신의 삶에 대하여 생각하는 시간을 가진다고 한다. 하기야 이런 사유思惟가 꼭 길을 걸어야만 할 수 있는 것은 아니고 어느 자리에서나 가능하지만 일상의 공간에서 떠나 다른 공간에서 홀로 자신만의 시간을 가질 때 사유하는 폭과 깊이가 더해지기 때문이리라. 「천왕문天王門」이라는 현판 글씨도 박병규 선생이 썼다.

천왕문을 지나 또 호젓한 길을 걸어 2단의 대석단大石壇으로 나 있는 계단을 밟아 올라가면 양쪽으로 당우를 날개처럼 거느리고 있는 회전문廻轉門을 지나게 된다. 장엄한 회전문의 공간을 지나 본격적으로 사역寺域에 들어서면 양 옆으로 석조로 된 불사리탑佛舍利塔이 서 있고 그 사이로 난 길 끝에 범종루梵鐘樓가 아름다운 모습을 하고 높이 서 있다. 2층의 범종루로 지어진 건물이지만 본당 건물처럼 보이고 세로로 배치되어 있어 '바로 여기가 부석사'라고 말해 주는 것 같다. 그래서 북과 종 등을 달아놓은 범종루 건물임에도 「봉황산부석사鳳凰山浮石寺」라는 현판을 높이 달아 놓은 것으로 보인다.

회전문으로 오르는 계단

범종루와 경내

범종루를 받치고 있는 해묵은 기둥들 사이로 허리를 굽혀 빠져 나가면 오른쪽으로 방향이 바뀐 저만치 앞쪽에 안양루安養樓가 그 고귀한 자태를 드러내고 있다. 안양이라는 말은 극락極樂이라는 뜻이다. 따라서 안양루는 원래 안양문安養門으로 문루를 겸하고 있는 건물인데, 부처가 있는 세상으로 들어가는 누대가 있는 문이다. 이 문을 지나면 아미타불阿彌陀佛 Amitabha이 있는 극락정토極樂淨土의 세계에 들어가게 된다. 이 안양루를 바라보노라면, 과연 누각이 품고 있는 격조와 아름다움에서 한국 사찰 건축의 백미白眉라고 하는 찬사가 지나치지 않다. 높은 처마 아래에 「부석사浮石寺」라고 쓴 고졸한 현판은 서예 솜씨가 뛰어난 이승만李承晩(1875-1965) 대통령의 글씨이다. 붓을 잡고 마음가는 대로 일필휘지一筆揮之로 쓴 글씨라서 꾸밈도 없고 거침도 없다.

오늘날 우리가 보기에는 안양문의 문루가 가장 빼어난 누각樓閣처럼 보이지만, 옛날에는 부석사 최고의 누각은 무량수전無量壽殿의 서남쪽에 있었던 해동 최고의 누대樓臺인 취원루聚遠樓였다. 많은 문인 묵객들의 발걸음이 끊이지를 않는 곳이다. 취원루 가까이에는 가뭄 때도 물이 마르지 않는 동쪽의 선묘정善妙井과 서쪽의 식사정食沙井이 있었다고 한다. 현재 선묘정은 작은 수로를 만들면서 흙에 덮혀 있다.

안양루 아래에서 계단으로 올라서면 바로 금당金堂인 아미타불을 모시고 있는 무량수전이 눈앞에 나타나고 그 앞마당에 광

—
범종루 아래에서 본 안양루

—

무량수전과 석등

명대光明臺의 석등石燈이 진리의 빛을 밝히며 오랜 세월을 지키고 서 있다. 무량수전의 기둥은 가운데를 불룩하게 깎은 엔타시스entasis양식으로 되어 있는데, 미술사학자 최순우崔淳雨(1916-1984) 선생이 격찬한 그 '배흘림기둥'이다. 이 기둥양식은 그리스시대와 로마시대의 고대 건축물에서도 자주 사용된 것이지만, 우리 것은 우리 고유의 멋과 향기를 지니고 있다.

그 무량수전 옆에는 선묘善妙 낭자의 설화 속에 등장하는 육중한 부석浮石이 바윗돌 위에 얹혀 있다. 뒤 산도 바위들로 되어 있다. 동서양을 막론하고 바위산에서 수도와 기도를 행하는 경우는 많다. 가톨릭교의 프란체스코Francesco d'Assisi(1182-1226) 성인도 아시시의 수바시오Subasio산에 있는 바위에 작은 굴을 파고 들어가 그 속에서 수도생활을 하였다. 사람 하나가 겨우 들어갈 수 있는 좁은 바위문으로 들어가면 프란체스코 성인이 수행했던 장소가 나온다. 요즘 미국의 애리조나Arizona주에 있는 세도나Sedona에 사람들이 힐링 명상을 한다면서 찾아가거나 종교집단들이 다투어 자리를 만드는 것도 그곳이 거대한 붉은 바위로 된 지역이라는 점과도 연관이 있어 보인다. 사실 굳이 바위에 들어가지 않아도 시간과 장소를 가릴 것 없이 욕망에서 나오는 집착하는 마음을 끊어버리면 한순간에 평온해질 것이지만 예나 지금이나 인간은 또 바위를 찾아가는 모양이다.

무량수전은 의상義湘, 義相(625-702) 대사가 부석사를 창건할 때 아미타불을 모신 본당이다. 1916년 무량수전을 수리할 때 발견된 기록에 의하면, 공민왕恭愍王(재위 1352-1374) 7년인 1358년에 화재를 당하여 우왕禑王(재위 1374-1388) 2년인 1376년에 재건된 것으로 되어 있지만, 〈원융국사비圓融國師碑〉에는 정종靖宗(재위 1034-1046) 9년인 1043년에 중건된 것으로 되어 있다. 의상 대사의 화엄사상과 미타정토신앙에 따라 무량수전에는 커다란 아미타불만 주불主佛로 모시고 협시불脇侍佛은 없다. 이 건물 앞마당에 있는 석등은 통일신라시대의 것으로 우리나라 석등 가운데서 아름답기가 그지없는 명품이다.

무량수전 옆으로 가면 선묘상을 봉안한 선묘각善妙閣이 있다. 부석사에는 창건설화에 선묘설화가 남아 있어 선묘의 모습을 상상하여 그려 사당에 봉안하여 두고 있다. 선묘설화의 이야기는 이렇게 전해온다.

의상 대사가 당나라에서 머물렀던 집에 주인의 딸인 선묘 낭자가 있었다. 그 낭자는 신라에서 온 의상 대사를 보고 사모의 정이 든 나머지 의상 대사가 신라로 귀국할 때까지 그 마음을 품고 기다리면서 나중에 그에게 선사할 의복도 만들어 놓았다. 그런데 의상 대사가 신라로 귀국할 때 그를 만나지 못하고 그가 배를 타고 떠났다는 소식을 뒤늦게 듣고는 바다에 투신하여 용으로 변

고산사 두루마리 그림, 의상 대사와 선묘가 만나는 장면

하여 의상 대사가 신라로 무사히 귀국할 수 있게 바닷길을 인도하였다는 이야기다. 『송고승전宋高僧傳』의 「신라의상전新羅義相傳」에 나오는 짧은 기록에 근거를 둔 이야기인데, 구체적인 일시와 장소는 알 수 없다. 입담이 좋은 사람이 살을 가져다 붙이며 이야기를 풀어나가면 재미난 야화가 될만하다.

일본 교토京都에 화엄종사찰로 고산사高山寺를 창건한 명혜明惠(1173-1232) 화상이 주도하고 혜일방성인惠日房成忍 화상이 두루마

고산사 두루마리 그림, 선묘가 용이 되어 의상 대사를 호위하는 장면

리 그림繪卷으로 그리고 혜명 화상이 쓴 〈화엄종조사회전華嚴宗祖師繪傳〉에는 의상 대사가 선묘 낭자를 만나는 장면과 선묘 낭자가 변신한 용이 의상 대사가 탄 배를 호위해가는 장면이 그림으로 그려져 있다. 사람이 용이 될 수도 없고 용이라는 동물이 존재하는 것도 아니니 이는 사실이 아닐 것이다. 그렇지만 의상 대사가 당나라로 건너가 어느 곳에서 머물 때 어떤 낭자를 만났는데 그 여인이 의상 대사를 사랑하는 연모의 정을 품고 살다가 의상 대사가 신라로 귀국할 때 함께 떠나지 못하여 이를 비관한 나

머지 죽고 만 일이 있었다는 이야기가 이렇게 전해졌는지도 모른다. 물론 사실인지 아닌지 이를 증명할 자료는 발견하기 어렵다.

그러나 그 이야기는 종교를 떠나 남녀 간의 사랑이야기로 아름다운 것이기에 후세로 전해오면서 계속 각색되었다. 부석사를 지을 때 그곳에 이를 방해하는 나쁜 사람들을 선묘 낭자가 바위로 변하여 공중에 날아다니며 그들을 쫓아버렸다든지, 무량수전 앞마당에 선묘 낭자가 변하여 돌로 된 용이 묻혀 있다든지 하는 이야기도 그에 해당하는 것이리라. 아무튼 현재 부석사에는 이런 연유로 선묘각이 세워져 있다.

선묘각을 지나 그 옆으로 가면 삼층석탑이 서 있다. 삼층석탑을 지나 산 위로 올라가면 의상 대사의 진영을 모신 조사당祖師堂이 죽림竹林 속에 겸손하게 자리 잡고 있는데, 고려시대인 1377년에 세운 목조건물로 국보로 지정되어 있다. 조사당은 옛날에는 조전祖殿으로 불렸다. 안동 봉정사의 극락전을 근래에 와서 변형된 모습을 없애고 다시 수리·복원할 때 참고를 한 것이 이 조사당의 건축양식인 것 같다. 물론 봉정사가 부석사보다 먼저 지어진 것으로 보면 원래는 봉정사의 극락전이 부석사의 조사당 건물

조사당

의 표준이 되었을 수도 있다. 아무튼 이곳에 있는 벽화는 현존하는 사찰 벽화 중 가장 오래된 벽화이다.

조사당의 추녀 아래에 문제의 선비화禪扉花, 仙飛花가 있다. 선비화라고 불리는 이 나무는 골담초骨擔草 chinese pea tree인데, 이름이 이렇게 붙은 것은 이 나무에 관한 설화 때문이다. 설화는 이렇다.

의상 대사가 당나라로 유학의 길을 떠나려고 할 즈음에 평소에 짚고 다니던 석장錫杖을 그가 거처하던 집 문 앞 처마 밑에 꽂으면서 이르기를, "내가 떠난 뒤 이 지팡이에 반드시 가지와 잎이 돋을 것이다. 이 나무가 마르지 않으면 내가 죽지 않고 살아 있음을 알지어다." 라고 하였다. 의상 대사가 당나라로 떠난 뒤, 그 절의 승려가 대사가 거처하던 방에다 소상을 모셨더니, 과연 그 지팡이에서 가지와 잎이 새로 돋아나왔고, 그 후에는 비를 맞지 않고도 물이 없는 상태에서 천 년을 넘게 살고 있다는 것이다. 수분이 없는데 식물이 어떻게 살 수 있겠느냐마는 이야기가 그렇다는 말이다.

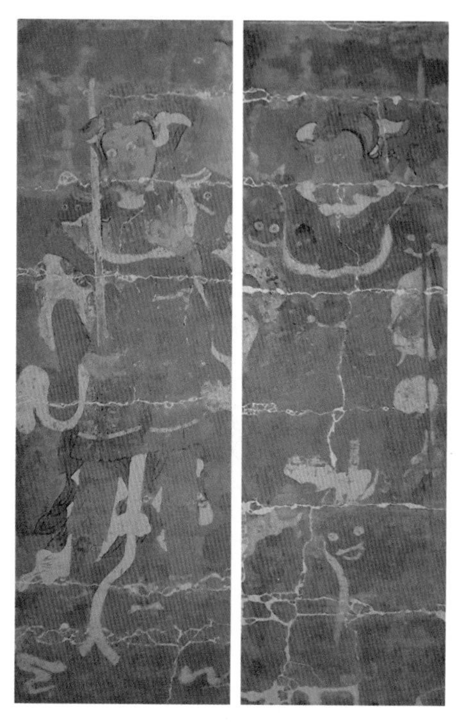

조사당 벽화

퇴계退溪 이황李滉(1501-1570) 선생이 어느 날 부석사에 들러 이와 관련하여 〈부석사비선화浮石寺飛仙花〉라는 제목의 시를 지었다.

擢玉森森倚寺門 탁 옥 삼 삼 의 사 문	옥처럼 빼어난 줄기가 절 문에 비껴 서 있는데
僧言卓錫化靈根 승 언 탁 석 화 령 근	스님이 대사의 신령한 지팡이 뿌리가 변한 것이라 말해주네

杖頭自有曹溪水 꽂아 놓은 지팡이 머리에는 원래 조계의 물이 있었으니
장 두 자 유 조 계 수
不借乾坤雨露恩 천지의 비와 이슬에 은혜를 입지 않고도 살았으리라
불 차 건 곤 우 로 은

문제는 그 다음부터였다. 격물치지格物致知를 중시하는 천하의 퇴계 선생이 부석사에 살고 있는 승려의 말을 듣고 이런 시를 남겼으니, 후세 유교를 신봉하는 유생들 가운데는 이 시를 놓고 퇴계 선생이 불교 승려의 황당한 언설을 믿은 것은 잘못된 것이라고 비판하는 일이 벌어졌다. 특히, 불교를 중흥하려고 한 문정왕후文定王后(1501-1565)가 죽자 전국의 유생들이 일어나 왕실이 강력하게 지원한 보우普雨(?-1565) 대사와 함께 공격을 가하였다. 결국 보우 대사를 제주도에 유배 보내 죽여 버린 유생들이니 아무리 퇴계 선생이 위대한 학자라고 해도 이 문제는 간단한 일이 아니었다. 불교를 적대시하던 유생儒生들에게는 이런 선비화도 아예 뽑아 없애 버리는 것이 쓸데없는 논란거리를 없애는 길이었으리라. 과연 이 나무가 죽으면 사람이 죽고 나무가 살아있으면 사람이 살아있는 것인지를 직접 시험해 보자면서 나무를 꺾어버리고 아무 탈 없이 살아 있음을 보이며 의상 대사의 말이 허황된 것임을 증명해 보이는 사람까지 등장하였다.

광해군光海君(재위 1608-1623) 때에는 경상감사慶尙監司였던 정조鄭造(1559-1623)가 부석사에 와서 이 나무를 보고 망칙스런 나무라고 하면서 베어 버리게 하였는데, 당시 절에 살던 승려가 죽기

를 각오하고 다투는 바람에 나무를 베어내지는 못하고 경상감사가 '선인仙人이 짚었던 지팡이를 나도 짚고 싶다'라며 직접 나무를 꺾어 가지고 갔다. 그런데 그런 일이 있은 후 그 나무에서는 바로 줄기 두 개가 다시 뻗어나서 싱싱하게 자랐다. 영창대군永昌大君(1606-1614)의 친모인 인목대비仁穆大妃(1584-1632) 제거에 앞장서서 승승장구하던 경상감사 정조는 1623년 인조반정仁祖反正으로 정권이 바뀌자 대역죄大逆罪로 사형을 당했고, 출세가도를 달리던 3명의 그의 동생들도 사형을 당하거나 귀양을 가는 화를 입었다. 경상감사가 선비화를 꺾어서 그런 화를 당하게 되었다는 이야기가 퍼져나간 것은 불을 보듯 뻔한 일이었으리라.

이렇듯 선비화는 세상 사람들 사이에 논란거리가 되었는데, 그후에도 선비화를 꺾어 버리면 과연 사람이 죽는지를 시험해 보자고 한 사람으로는 연암燕巖 박지원朴趾源(1737-1805) 선생의 친척이 되는 박홍준朴弘儁이라는 사람도 있었다. 숙종 때 집의執意를 지낸 영주 사람인데, 젊었을 때

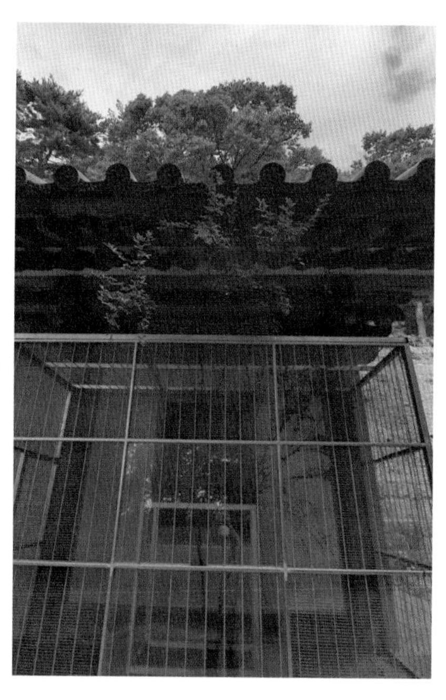

조사당의 선비화

이 절에서 공부하던 어느날 선비화를 꺾으면 과연 사람이 죽는지를 놓고 스님과 다툼을 벌이다가 칼로 줄기를 잘라 버리고 그럼에도 불구하고 그는 멀쩡하게 살아있는 것이라면서 선비화에 관한 이야기가 틀렸다고 증명해 보였다. 그런데 또 문제가 된 것은 이 사람이 인생 말로에 곤장을 맞고 죽었다는 것이다. 과학적으로 보면 이런 사건들이 선비화와는 아무런 연관이 없는 것임에도 사람들은 이런 얘기를 해왔다. 연암 선생이 중국에 갔을 때 중국 사람도 조선의 선비화에 관한 이야기를 물어왔다. 연암 선생은 이런 일들이 영괴靈怪에 가까운 것이어서 답을 하지 않았다고 한다.

다른 한편으로 퇴계 선생의 시에 대한 논란에 관해서는, 영조 때 1753년부터 4년간 순흥부사로 있었던 조덕상趙德常 선생이 시를 지어 퇴계 선생을 변호한 일이 있다. 그는 퇴계 선생이 불교 승려의 말을 믿어서 시를 그렇게 지은 것이 아니라 오히려 절집의 허황된 이야기를 조롱하려고 한 것이라고 했다.

陶山詩語笑禪門 퇴계 선생의 시는 선문을 비웃은 것이리니
도 산 시 어 소 선 문

枯杖生花是不根 마른 지팡이에 꽃이 피는 것은 근거 없는 것이로다
고 장 생 화 시 불 근

短簷風露層階土 짧은 처마 밑에서 오랜 세월 바람과 이슬 맞으며 살아왔나니
단 첨 풍 로 층 계 토

猶荷乾坤長養恩 하늘과 땅의 은혜를 늘 입어 온 것이리라.
유 하 건 곤 장 양 은

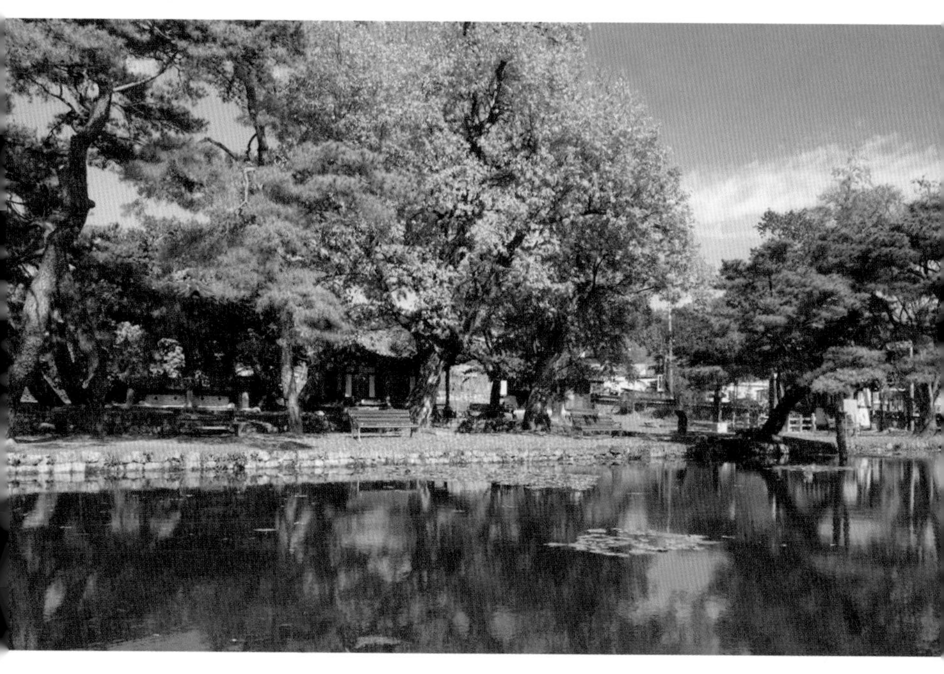

순흥 봉도각 공원

유가철학으로 인간사회를 새롭게 하기 위해 엄정하게 지식을 궁구하는 퇴계 선생이 불교 승려의 이야기 하나 듣고 이를 믿을 분이 아니라는 점을 말한 것이다. 1754년에 남아 있는 순흥 관아의 옛터에 연못을 파고 봉도각蓬島閣과 승운루勝雲樓를 조성한 사람이 조덕상 선생이다. 이 유적은 현재 봉도각 공원으로 되어 있다.

아무튼 선비화는 이런 숱한 일들을 겪고서도 지금까지 조사전 추녀 아래에 살아 있다. 문제는 또 터졌다. 이 나무의 가지와 잎을 어떻게 해서 먹으면 아들을 낳는다는 속설이 생겨나 인간으로부터 또 다른 형태의 물리적 수난을 당하자 요즘에는 아예 철망을 쳐놓았다. 졸지에 철창 속에 갇힌 신세가 된 선비화는 지금도 철망 밖으로 온갖 인간들을 보고 있다. 선비화가 갇혀 있는 것일까 인간들이 갇혀 있는 것일까.

인류의 역사에서 지식의 발달로 과학적으로 명백한 사실이 증명됨에도 허황한 이야기를 막무가내로 믿겠다고 덤벼드는 사람들은 지금도 여전히 있으니 지식을 기반으로 하는 합리적인 사회를 만들어가는 일이란 여간 어려운 일이 아닌 것 같기도 하다. 인류의 역사에서 교언영색巧言令色으로 거짓으로 진실을 덮고 혹세무민惑世誣民으로 날뛰는 사람들이 사라지지 않는 원인을 밝혀내야 그나마 정상적인 사회를 만들어 갈 수 있을 것 같다. 오늘날에도 가짜뉴스로 세상을 속이려 하거나 온갖 사교邪教에 속아 스스로 삶을 망치는 일이 계속 생겨나는 것은 이성적인 사회와는 거리가 먼 생각과 행동들을 하기 때문이리라.

현재 부석사에는 여러 전각들이 있지만, 부석사를 연구한 김태형 선생은 부석사의 원래 모습을 찾는 것이 중요하다고 한다. 그에 의하면 창건 직전에 500명이 넘는 승려들이 활동했고, 의상 대사 문하에 3,000명이나 되는 제자들이 구름같이 모여들었던 곳이고, 1203년에는 고려 무신정권에 대항하여 난을 일으킬 정도로 사세가 컸던 화엄종 대본사인 부석사가 지금과 같은 작은 사역寺域일 리가 없다고 한다. 취원루, 심검당尋劍堂, 만월당滿月堂, 서별실西別室, 만세루萬歲樓, 약사전藥師殿, 수비원守碑院, 영산전靈山殿과 터만 남아 있는 은신암隱神菴, 극락암極樂菴 그리고 기와 명문銘文으로 확인되는 천장방天長房, 대장당大藏堂, 봉황지원鳳凰之院과 같은 당우들을 다시 복원해 보면, 부석사는 창건 이후 14세기 후반 왜구의 침탈로 사역 전체가 불에 타기 전까지 무량수전을 중심으로 한 사역과 동쪽으로 보물 제220호 석불이 있던 금당과 천장방 구역, 원융국사비와 동부도전을 중심으로 한 대장당 구역, 서쪽으로 봉황산 기슭 골짜기에 위치한 암자 구역으로 된 대가람이라고 한다. 기록에 보면, 일주문 밖에 일리쯤 떨어진 곳에 영지影池가 있어 절의 누각이 모두 이 연못 속에 비쳤다고 하였는데, 최근 주차장 부근에 만들어 놓은 연못과 분수로 마음의 위안으로 삼아야 할 것 같다.

안축安軸(1287-1348) 선생의 〈죽계별곡竹溪別曲〉과 『세종실록지리지世宗實錄地理志』에도 나오는, 옛날 순흥도호부順興都護府에 속해 있었던 부석사의 취원루는 금당 서쪽에 있었는데 돌계단을 깎아 질러 높이가 10여 길이나 되었다고 한다. 남쪽으로 바라보면, 온 산이 모두 눈앞에 펼쳐져 있어 시력이 좋으면 3백 리는 바라볼 수 있었다. 취원루 북쪽에 장향대藏香臺가 있고, 금당 동쪽에 상

승당上僧堂이 있으며, 금당 뜰에 광명대가 있고, 그 앞에 안양문이 있었다. 『순흥지順興誌』에 실려 있는 내용이다.

이렇듯이 취원루는 천하의 빼어난 누각이라 문인 묵객들의 발걸음이 빈번하였다. 봉화 청량산清凉山의 봉우리들이 불가의 이름을 가지고 있다고 하여 유가의 이름으로 바꾼 신재愼齋 주세붕周世鵬(1495-1554) 선생도 취원루에 올라서는 이렇게 읊었다.

萬古珠琳浮石寺 아름다운 만고의 부석사에서
만 고 주 림 부 석 사
白頭來倚夕陽樓 흰 머리 날리며 지는 해에 누대에 기대어본다
백 두 래 의 석 양 루
浮雲點點暮天外 저무는 하늘 멀리 구름만 점점이 떠가노니
부 운 점 점 모 천 외
商略古今多少愁 인간세상 지금과 옛일을 생각하며 시름에 젖는다.
상 략 고 금 다 소 수

신재 선생에 이어 퇴계 선생도 어느 날 밤에 취원루에 홀로 올라 적막한 가을의 감흥을 시로 읊었다.

鬼役天成萬古樓 귀신을 부려 하늘이 이룬 만고에 전하는 누대
귀 역 천 성 만 고 루
風雲一任洗新秋 바람과 구름은 가을을 씻겨 새롭게 하였네
풍 운 일 임 세 신 추
夜深獨對高僧榻 깊은 밤에 홀로 고승이 앉던 자리 마주하나니
야 심 독 대 고 승 탑
惟見長空月似鉤 먼 하늘 갈고리 같은 가는 달만 보이네.
유 견 장 공 월 사 구

부석사가 세계문화유산으로 지정된 것으로 만족할 것이 아니

라 영남 제일의 사찰이었던 부석사를 복원하고 화엄불교의 수행 도량으로 다시 태어나기를 기대해 본다.

부석사는 의상 대사가 661년 당나라 장안으로 유학을 가서 종남산終南山에 있는 지상사至相寺에 머물며 화엄종의 2대 종주宗主인 지엄智儼(602-668) 화상에게 화엄학을 공부하고 671년 신라로 귀국한 후에 이곳 태백산으로 와서 창건한 절이다. 3년 뒤에는 경주에 명랑明朗 화상의 건의로 당나라 군대를 물리치기 위해 짓기 시작한 사천왕사四天王寺가 완공되었다. 명랑 화상은 선덕여왕善德女王(재위 632-647) 1년인 632년에 당나라로 유학을 가서 3년 동안 진언밀교眞言密敎를 공부하고 와 신라에 밀교를 전파하고 있었다. 이러한 시절에 의상 대사가 화엄종을 공부하고 들어와 가르침을 펼치기 시작한 것이다.

『삼국사기三國史記』에 의하면, 의상 대사가 문무왕文武王(재위 661-681) 16년인 676년 2월에 왕명을 받들어 부석사를 창건한 것으로 기술되어 있다. 그간 신라는 고구려와 백제의 군사적 공격에 늘 시달리고 백성들이 수도 없이 죽어 나가자 결국 천하통일의 마음을 먹고 무열왕武烈王(재위 654-661)과 그의 아들 문무왕에 이르러 당나라와 힘을 합쳐 삼국을 통일하였다. 그렇지만 통일전쟁의 와중에 수많은 사람들이 죽었고, 통일이 되었어도 반기를 들고 일어나는 일이 있었기에 통일국가로 통합되는 데는 서로 다른 백성들

해질녘의 부석사

이 하나로 융합하고 공동체가 일체성과 결속력을 확보하는 것이 필요했다.

당시 통일신라의 정치 사회적인 상황과 시대적인 요청은 불교의 화엄사상과 합치하는 것이어서 화엄학은 신라불교의 중심으로 자리를 잡게 된다. 그 최고 지위에 의상 대사가 있었다. 따라

서 의상 대사는 왕의 자문에도 응하는 높은 권위를 지니고 있었는데, 문무왕이 세상을 떠나던 해 왕이 의상 대사에게 경주에 성을 새로 쌓으려고 물으니 의상 대사가 "비록 들판에 띠집을 짓고 살아도 바른 도를 행하면 곧 복업이 길 것이요, 진실로 그렇지 않으면 비록 사람을 수고롭게 하여 성을 쌓을지라도 이익이 되는 바

가 없습니다."라고 하여 왕으로 하여금 공사를 그만두게 한 이야기는 유명하다. 그러나 나라를 튼튼히 해야 할 신라의 왕에게는 수시로 왜군이 왕경에까지 공격해오는 것을 막기 위해 성을 새로 쌓는 것이 더 필요했을지도 모른다.

의상 대사는 당나라에 유학을 하고 돌아온 후 신라에서 화엄종을 펼쳐나갔지만, 원래 원효 대사와 의상 대사가 당나라로 유학가려고 했을 때는 당나라에서 명성을 날리고 있던 천재 현장玄奘(602?-664) 법사에게 배우러 가려고 했다. 요즘도 외국에 유학을 가고자 할 때에는 그 분야에서 제일 유명한 교수에게 가서 배우고자 하는 것은 당연한 것이고 그것이 뜻대로 되지 않았을 때 자기를 받아줄 다른 교수를 찾아가거나 아니면 자기를 받아주는 다른 전공의 교수를 찾아 아예 전공을 바꾸기도 한다.

이 당시도 마찬가지였으리라. 해골물 이야기로 원효 대사가 당나라 유학을 가지 않았다는 것은 흥미로운 설화일뿐, 사실 뛰어난 사람은 굳이 유학을 가지 않아도 스스로 이치를 터득하고 새로운 경지를 열 수가 있으므로 시류에 편승하지 않는다. 천재적인 원효 대사가 보기에는 당나라로 유학을 가지 않아도 붓다의 가르침과 불교철학의 이치를 훤하게 알 수 있는데 굳이 당나라로 유학을 갈 이유가 있는가 하는 회의가 들었을 것이다. 그렇지만 의상 대사는 당나라로 갔고, 무슨 이유인지는 몰라도 현장 법사에게 배운 것이 아니라 당시로서는 별로 주목되지 않은 지엄 화상의 문하로 갔다.

당시 당나라 수도 장안長安에는 현장 법사가 인도의 날란다那爛陀(Nalanda) 사원 대학에서 공부할 때 계현戒賢 시라바드라 법사 문하에서 불교철학의 최고봉인 17지론, 즉 『유가사지론瑜伽師地論』과 무착無着(395-470경), 그의 동생인 세친世親(400-480경) 계열의 유가瑜伽, 유식唯識에 관한 공부를 마스터하고 힌두쿠시와 파미르고원을 넘어 645년 초에 귀국하여 태종太宗(626-649)의 절대적인 후원을 받으며 불교경전을 한역하며 불교철학을 펼쳐나가고 있었다. 사실 구마라집鳩摩羅什(344-413)의 불경 번역이 중국 사람들로 하여금 이해하기 쉽게 하고자 중국적인 개념과 용어로 번역하였기 때문에 중국 승려들도 불교의 진면목을 이해하는 데는 상당한 혼란과 어려움을 겪고 있었고, 승려마다 자기 수준에서 이해한 것을 고집하는 풍토도 있어 현장 법사는 이를 개탄스럽게 생각했다.

그는 인도로 가기 전에 이미 유명한 고승들로부터 『구사론俱舍論』이나 『섭대승론攝大乘論』을 익혀 승려로서의 명성이 널리 알려졌음에도 그가 밝히고자 한 의문들은 여전히 풀리지 않아 태종 3년인 629년에 드디어 인류 역사에 일대 사건이라고 할 인도행을 결행했다. 결국 17년간 인도에서의 공부를 마치고 138개국에 달하는 천축·서역의 여러 나라들에 관한 정보와 함께 수많은 경전을 가지고 와 20년간 74부部 1,338권卷에 달하는 불경을 원전의 의미에 보다 가까운 내용으로 번역하였다.

이런 신세계가 열리자 중국에서는 불경의 구역(구마라집 번역)과 신역(현장 번역)을 근거로 한 견해들이 서로 대립하는 양상이 나타났다. 이런 상황 속에서 이미 현학玄學과 유학儒學 등을 두루 섭렵한 원광圓光(555-638) 법사가 진陳(557-589)나라로 가서 명성을 날리고, 수隋(581-618)나라가 건국된 뒤에 장안에서 무착계열의 유식학으로 명성을 떨치다가 660년 귀국하여 이를 신라에 전파하였다. 황룡사皇龍寺를 중심으로 백고좌법회百高座法會와 점찰법회占察法會를 주도하며 국가와 불교가 일체가 되는 기틀을 만드는 중심인물로 활약하였다. 진골 출신의 자장慈藏(590-658) 율사도 이런 상황 속에서 유식학을 공부하고 선덕여왕 7년인 638년에 당나라로 가서 유식학을 배워와 대국통大國統으로 큰 활동을 하였다.

그런데 이들이 공부한 유식학은 현장 법사 이전의 구유식론이었다. 현장 법사가 번역한 『유가사지론瑜伽師地論』을 기본으로 전개된 신유식학을 터득하여 신라에 전개한 사람들은 신라의 천재 원측圓測(613-696) 화상을 중심으로 현장학玄奘學을 공부한 신방神昉, 지인智仁, 승현僧賢, 순경順璟 등 신라승들이었다. 이들은 인식론, 논리학 등 치밀한 인식체계에 대하여 논구한 대학자들이었다.

신라승들도 현장 법사의 번역사업에 참여하여 중요한 역할을 했던 『유가사지론』 100권이 당나라에서 간행되자 신라 진덕여왕眞德女王(재위 647-654)은 당태종에게 이를 보내달라고 요청하는 표表를 올리기도 했다.

아무튼 신라불교의 초기에 이런 유식학이 중국과 비교하여 종교성을 더 강하게 띠면서 전개되었는데, 이는 결국에 의상 대사의 화엄사상과 경쟁·대립하게 된다. 당나라 장안의 서명사西明寺를 중심으로 한 원측 화상의 유식학맥을 잇는 도증道證 화상이 효소왕孝昭王(재위 692-702) 원년인 692년에 귀국하는데, 의상 대사의 제자 승전勝詮 화상도 효소왕대에 귀국하면서 화엄학과 유식학의 양대 학맥은 서로 팽팽한 세력을 형성하였다. 유식학파는 경덕왕景德王(재위 742-765)대에 법상종法相宗으로 교단을 형성하기에 이르렀지만, 왕실의 강력한 후원을 받고 있는 화엄학파와의 경쟁에서는 밀려 영향력이 상대적으로 약화되었다.

법상종의 전개를 보면, 원측–도증–대현大賢으로 이어져 미륵불과 아미타불을 모시는 대현계와 원광圓光(555-638) 진표眞表로 이어져 미륵불과 지장보살을 모시는 진표계로 분화되었고, 진표계는 헌덕왕憲德王(재위 809-826)의 왕자 심지心地 화상으로 그 맥이 이어져 팔공산 동화사桐華寺를 중심으로 전개되어 갔다. 고려시대에도 법상종과 화엄종이 고려불교의 양대 축을 형성했을 정도이니 그 생명력은 여전했다.

고산사 두루마리 그림, 산사에서의 의상 대사 설법 장면

아무튼 불교가 보다 고도의 철학체계를 갖춘 것이 되기 위해서는 이런 법상종의 유식학과 인식방법론을 중심으로 확대되어 나갔어야 하지 않는가 하는 생각이 든다. 그랬으면 현대에 이르기까지 지식과 과학의 발전에도 많은 영향을 주었을 뿐 아니라 나중에 등장하는 격물치지를 요체로 하는 성리학과도 서로 영향을

주고받으며 발달하였을 것이라고 생각된다. 그러나 이는 매우 어려운 철학체계이고 더구나 한자를 해득할 수 없는 대부분의 일반 사람들이 받아들이기는 어려웠다고 보인다. 더구나 종교의 힘을 빌어 큰 바람을 일으켜 통일신라를 그야말로 통일된 하나의 왕국으로 새로 세우는데는 화엄사상을 수용하여 한바탕 바람을 일으키는 것이 더 쉽고 필요했을 것이라고 보인다.

현실을 초월한 별다른 세상이 존재하는 것 같으면서도 현실을 지극히 긍정하도록 하는 세계도 있었으니, 인식과 존재에 대한 어려운 논의를 전개하는 것보다는 훨씬 받아들이기도 쉽고 재미난 것일 수 있었으리라. 역설적이게도 종교는 현실을 초월하고자 하는 것임에도 현실과 유리되면 모두 멸하였다. 여기에 종교의 비밀이 있는 것인지는 모르지만 말이다.

『화엄경』은 일찍이 자장 율사에 의하여 신라에 전파되었지만, 통일신라의 화엄사상을 체계화하고 주도해 간 사람은 의상 대사였다. 진골 출신으로 경주 황복사皇福寺에 출가한 의상 대사가 당나라로 간 때는 원광 법사가 귀국한 다음해인 태종무열왕 8년 661년이다. 670년 귀국한 후 양양 낙산洛山에서 관음보살을 친견하고 황복사에서 화엄학을 강론하다가 신라가 당나라 군대를 격파하고 통일을 완수하는 676년에 부석사를 창건하고 화엄사상을 본격적으로 펼쳐나갔다.

그는 화엄학을 공부한 후 지은 〈화엄일승법계도華嚴一乘法界圖〉를 요체로 화엄사상을 정립하고 아미타불을 받드는 미타신앙彌陀信仰을 교단의 중심신앙으로 삼았다. 낙산사 창건에서 볼 수 있듯이, 그는 관음신앙觀音信仰을 구도 신앙으로 승화시키고 미타신앙을 현실에 사는 모든 인간이 받아들이기 쉬운 현실 신앙으로 정립하였다. 그는 저술보다는 백성들이 마음의 평화를 찾고 사회가 화합하여 하나 되는 것을 추구하였기에 발원문이나 게송을 중심으로 전국적으로 화엄사상을 설파하여 나갔다. 물론 그 중심에는 〈화엄일승법계도〉가 있었고, 사람들은 그 의미를 제대로 알든 모르든 〈법성게法性偈〉를 암송하고 소리내어 부르기도 했다. 이는 화엄사상의 정수로서 『화엄경』의 법계연기설法界緣起說을 핵심으로 하나와 전체의 연관성을 밝히고, 모든 법은 자성自性이 없고 단지 인연으로 이루어지는 관계 속에 있다는 연기론을 제시한 것이다. 요즘 많은 사찰에서 〈화엄일승법계도〉를 땅에 그려 놓고 신도들이 이를 따라 걸으며 〈법성게〉를 염송하는 수행도 하는데, 그 연원은 여기에 있다.

7언으로 된 〈법성게法性偈〉를 열심히 암송하고 터득하여 마음을 올바르게 가지면 죽어서도 아미타불이 사는 서쪽 나라 깨끗한 불국토佛國土, 즉 극락정토極樂淨土에 다시 태어나 왕생한다는 것이다. 그런데 이 극락정토는 딴 곳에 있는 것이 아니라 신라인들이 미타신앙을 간절히 믿고 따르면 바로 아미타불로 성불하는 것이며, 그렇게 되면 통일된 신라의 국토가 바로 극락정토가 된다는 생각으로까지 나아가게 된다. 신라의 미타신앙은 이렇게 전개되었다. 의상 대사도 미타신앙과 관음신앙을 중심으로 삼고 『화엄경』을 축으로 하여 불교의 틀을 세웠고, 특히 수행자로서 관음보살의 길을 걸어갔다.

이러한 미타신앙은 신라에 광범하게 퍼졌다. 신라 제35대 경덕왕景德王(재위 742-765) 때 승려 월명사月明師가 먼저 죽은 누이동생을 추모하는 제사를 올리며 지은 향가인 〈제망매가祭亡妹歌〉도 이러한 미타신앙적 삶의 한 모습을 잘 보여주고 있다. 『삼국유사三國遺事』에 전하는 향찰鄕札로 된 절창의 이 노래는 다음과 같다.

生死路隱 생 사 로 은	죽고 사는 길
此矣有阿米次層伊遣 차 의 유 아 미 차 힐 이 견	여기 있음에도 두려워
吾隱去內如辭叱都 오 은 거 내 여 사 질 도	'나는 가네'라는 말도
毛如云遣去內尼叱古 모 여 운 견 거 내 니 질 고	다하지 못하고 가는가.
於內秋察早隱風未 어 내 추 찰 조 은 풍 미	어느 가을날 이른 바람에
此矣彼矣浮良落尸葉如 차 의 피 의 부 량 낙 시 엽 여	여기 저기 떨어지는 잎처럼
一等隱枝良出古 일 등 은 지 량 출 고	한 가지에 같이 나고서도
去奴隱處毛冬乎丁 거 노 은 처 모 동 호 정	가는 곳은 모르는구나.
阿也 彌陀刹良逢乎吾 아 야 미 타 찰 량 봉 호 오	아, 극락 미타찰(彌陀刹)에서 다시 만날 나는
道修良待是古如 도 수 량 대 시 고 여	도 닦아 기다리리라.

비록 같은 부모에게서 태어난 오누이이지만, 속세에서는 누가 먼저 떠날 것인지를 알 수 없기에 누이동생이 먼저 저 세상으로 갔으니 나는 열심히 붓다의 가르침에 의지하고 수행하여 극락정토인 미타정토에 가서 너를 기다리겠다고 하는 가슴 뭉클한 오빠의 제문이다. 붓다의 가르침을 믿고 그에 따라 열심히 살면 죽은 다음에도 극락에 가서 평안과 복락을 누리는 영원의 삶을 살게 된다는 것을 불교로 이해한 것이다.

의상 대사의 〈법성게〉는 암송해 보면 리듬이 있어 어렵지 않게 외울 수도 있다. 그러나 그 내용은 상당히 어려운 것이고 이를 완전히 터득하기란 많은 공부가 요구된다. 210자 30구로 된 〈법성게〉를 한번 본다. 이 시대의 선지식 무비無比 대화상이 설잠雪岑 김시습金時習(1435-1493)의 주해註解에 따라 번역한 내용을 기준으로 한번 본다. 〈법계도〉를 한 바퀴 돌아도 '법法'과 '불佛'은 일체가 되어 중도상中道床 본처本處에 그대로 있는데, 〈법성게〉를 송하면서 시작과 끝이 없는 길을 돌아본다.

法性圓融無二相 법과 성은 원융하여 두 가지 모습이 아니니,
법 성 원 융 무 이 상

諸法不動本來寂 모든 법은 움직이지 아니하여 본래부터 고요하도다.
제 법 부 동 본 래 적

無名無相絶一切 이름도 없고 모양도 없어 일체를 떠난 것이니,
무 명 무 상 절 일 체

證智所知非餘境 깨달은 자의 지혜라야 알 것이요, 다른 경계가
증 지 소 지 비 여 경

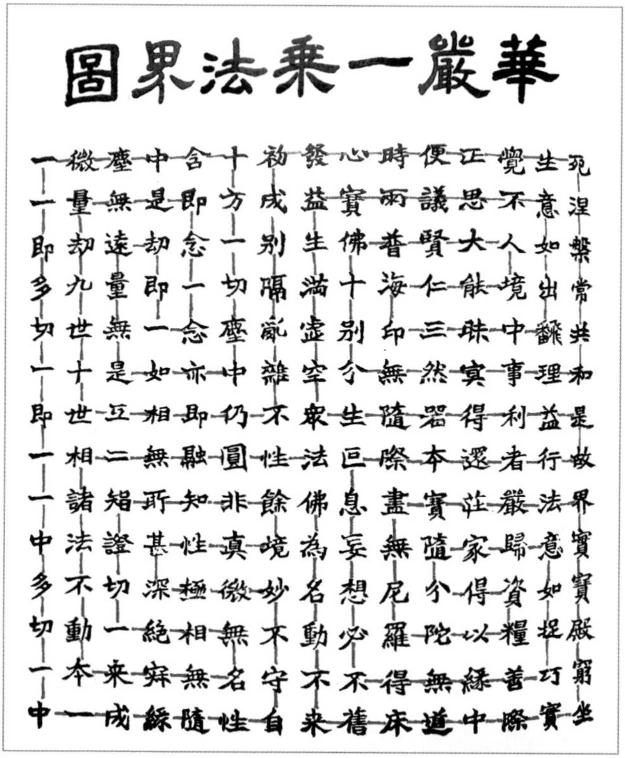

안광석 글씨, 서각, 화엄일승법계도

아니로다.

眞性甚深極微妙 참다운 성품은 깊고 깊어서 지극히 미묘하니,
진 성 심 심 극 미 묘

不守自性隨緣成 자성을 부지함이 없이 인연을 따라 이루도다.
불 수 자 성 수 연 성

一中一切多中一 하나 가운데 모든 것이 있고, 모든 것 속에 하나가 있으며,
일 중 일 체 다 중 일

一卽一切多卽一 하나가 곧 모든 것이고, 모든 것이 곧 하나로다.
일 즉 일 체 다 즉 일

一微塵中含十方 한 티끌 속에 시방세계가 들어있으며,
일 미 진 중 함 시 방

一切塵中亦如是 일체 티끌 속에도 이와 같은 것이로다.
일 체 진 중 역 여 시

無量遠劫卽一念 끝없는 멀고 먼 시간도 곧 한순간이요,
무 량 원 겁 즉 일 념

一念卽時無量劫 한순간이 바로 끝이 없는 시간이도다.
일 념 즉 시 무 량 겁

九世十世互相卽 구세와 십세가 서로서로 따르지만,
구 세 십 세 호 상 즉

仍不雜亂隔別成 그래도 뒤섞이지 않고 각기 제 모습 이루도다.
잉 불 잡 란 격 별 성

初發心時便正覺 처음 발심한 때가 바로 정각이고,
초 발 심 시 변 정 각

生死涅槃常共和 생사와 열반은 항상 함께 하는 것이로다.
생 사 열 반 상 공 화

理事冥然無分別 이와 사는 따로 드러나지 않아 분별됨이 없으니
이 사 명 연 무 분 별

十佛普賢大人境 모든 부처와 보현보살 같은 대인의 경지로다.
십 불 보 현 대 인 경

能入海印三昧中 능히 해인삼매 가운데로 들어가서
능 입 해 인 삼 매 중

繁出如意不思議 마음대로 부사의의 경계를 무한히 만들어 내노니
번 출 여 의 부 사 의

雨寶益生滿虛空 허공에 보배를 가득 쏟아 중생을 이롭게 하거늘
우 보 익 생 만 허 공

衆生隨器得利益 중생은 그릇 따라 이로움을 얻어 갖는 것이로다.
중 생 수 기 득 이 익

是故行者還本際 그러므로 수행자는 본제로 돌아가니
시 고 행 자 환 본 제

叵息妄想必不得 망상을 쉬지 않으려 해도 반드시 그렇게는 되지
파 식 망 상 필 부 득

않으리.

無緣善巧捉如意 무 연 선 교 착 여 의	장애도 걸림도 없는 훌륭한 솜씨로 여의주를 잡아서
歸家隨分得資糧 귀 가 수 분 득 자 량	본지풍광(本地風光)의 집으로 돌아가 분수 따라 양식을 얻는도다.
以陀羅尼無盡寶 이 다 라 니 무 진 보	다라니의 무진장(無盡藏)한 보배로써,
莊嚴法界實寶殿 장 엄 법 계 실 보 전	법계의 참된 보배궁전을 장엄하나니,
窮坐實際中道床 궁 좌 실 제 중 도 상	마침내 진여법성(眞如法性)의 중도상에 앉았으되
舊來不動名爲佛 구 래 부 동 명 위 불	예로부터 움직이지 아니한 채 이름하여 붓다라 하도다.

의상 대사는 가르침을 펼쳐나갈 때 이 〈법성게〉의 사상을 제일 중시하였고, 제자들에 대한 법의 인가 표시로 〈법계도〉를 수여할 정도였다. 그 제자들 역시 이 〈법계도〉의 사상을 계속 심화시켜 나갔다.

의상 대사의 10대 제자를 '의상십철義湘十哲'이라고 한다. 금강산에 표훈사表訓寺를 지은 표훈表訓 화상, 의상 대사가 그를 위해 소백산 추동錐洞에서 『화엄경』을 강의해 주었다는 진정眞定 화상, 의상 대사의 강의를 가장 잘 정리한 「도신장道身章」의 저술자 도신道身 화상, 추동에서의 의상 대사의 강론을 적은 「추동기錐洞記」의 저술자 지통智通(655-?) 화상, 부석적손인 신림神琳 화상에게 화엄교학을 전수한 상원相圓 화상, 「양원화상기良圓和尙記」를 지은 양원良圓 화상, 안동 골암사鶻嵒寺에 주석한 오진悟眞 화상, 진장眞藏 화상, 도융道融 화상, 표훈 화상과 함께 표훈사를 창건한 능인能仁 화상이다.

674년 황복사에서 표훈 화상과 진정 화상이 스승 의상 대사에게 부동不動의 이 몸이 곧 법신이라 한 뜻이 무엇입니까 묻자, 의상 대사는 표훈과 진정에게 보여준다는 〈시표훈진정示表訓眞定〉의 게송을 이렇게 읊어 보였다.

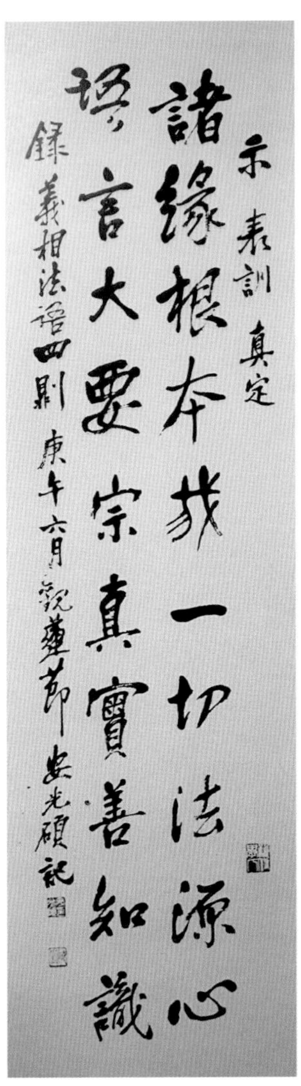

示表訓眞定
諸緣根本我
一切法源心
語言大要宗
眞實善知識

안광석 글씨, 〈시표훈진정〉

諸緣根本我 모든 연은 나를 근본으로 하고,
제 연 근 본 아
一切法源心 일체법은 마음에 근원이 있다.
일 체 법 원 심
語言大要宗 가장 큰 핵심을 말하자면,
어 언 대 요 종
眞實善知識 진실이 선지식이다.
진 실 선 지 식

그리고 전국에 10개의 중심되는 화엄종 사찰을 세웠다. 『삼국유사』와 최치원崔致遠의 〈법장화상전法藏和尙傳〉에서 기술한 내용에 따르면, 북악北嶽인 태백산의 부석사浮石寺, 오늘날 단양丹陽인 원주原州의 비마라사毘摩羅寺, 강주康州 가야산伽倻山의 해인사海印寺, 비슬산琵瑟山의 옥천사玉泉寺, 경남 양산인 양주良州 금정산金井山의 범어사梵魚寺, 남악南嶽인 지리산智異山의 화엄사華嚴寺, 중악中嶽인 공산公山의 미리사美理寺, 서악西嶽인 계룡산鷄龍山의 갑사甲寺, 오늘날 서산瑞山인 웅주熊州 가야협迦耶峽의 보원사普願寺, 오늘날 서울인 한주漢州 부아산負兒山 즉 삼각산三角山의 청담사靑潭寺가 그것이다.

평생 의상 대사를 받들며 구도의 삶을 살아간 청사晴斯 안광석安光碩(1917-2004) 선생은 1990년 작품집 『화엄연기華嚴緣起』를 남겼다. 여기에는 교토 고산사 소장의 〈의상회義湘繪〉, 〈법성게〉, 〈의상화상투사례義湘和尙投師禮〉, 〈일승발원문一乘發願文〉, 〈백화도량발원문〉, 〈오관석五觀釋〉, 〈의상찬〉, 〈법장화상서간〉 등 모든 자료를 모아 서예가로서의 기량을 다하여 손수 쓰고 서각書刻으로 새겨 실었다. 선생의 문하에 드나들던 나도 어느 날 〈법계도〉를 직접 그리고 붓을 들어 써보았다.

문무왕의 맏아들인 신문왕神文王(재위 680-692) 2년 682년에는 국가교육기관인 국학國學을 예부禮部에 설치하여 유학儒學을 본격적으로 가르치기 시작하였다. 686년에는 당나라로 사신을 보내 『예기禮記』와 『문장文章』을 청하였는데, 측천무후則天武后(재위 690-

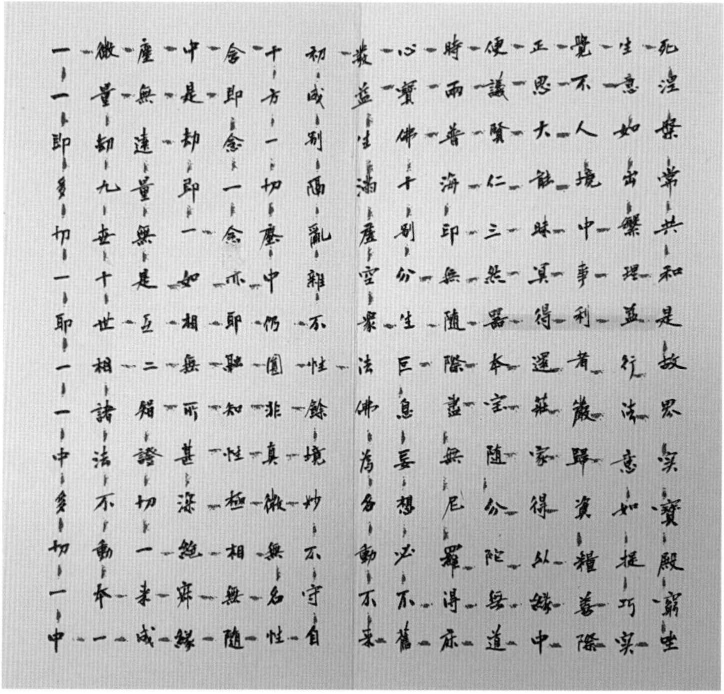

—

정종섭 글씨, 화엄일승법계도

705)가 담당 관청에 명하여 오례五禮 중 길례吉禮와 흉례凶禮를 요약한 「길흉요례吉凶要禮」를 베끼고 『문관사림文館詞林』에서 중요한 내용을 골라 50권의 책을 만들어 신라에 보냈다.

신문왕의 맏아들인 효소왕 원년인 692년에는 도증 화상이 당나라에서 원측 화상에게서 유식학을 공부하고 천체 운행과 별자리에 관한 천문도天文圖를 가지고 왔다. 효소왕과 의상 대사는 같은 해에 세상을 하직하였다. 효소왕의 친동생인 성덕왕聖德王(재위 702-737) 3년 704년에는 현종玄宗(685-762)이 다스리던 당나라에 사신으로 갔던 김사양金思讓이 『최승왕경最勝王經』 즉 『금광명경金光明經』을 가지고 왔다. 여기에는 인도 의학의 중요한 내용이 들어 있었다.

717년에는 왕자 김수충金守忠이 당나라에 가서 숙위하다가 공자孔子와 그의 제자 10철十哲, 육례六禮에 뛰어난 72제자의 초상화를 구해 와서 국학에 모셨다.

그간에 일본은 신라에 사신을 자주 보내더니 급기야 731년에는 병선 300척을 몰고 동해로 신라를 쳐들어왔다. 다행히 신라군이 이를 상대로 크게 이겼다. 아직 지식이 축적되지 않았고 백성들에 대한 인식의 수준이 얕은 시대였지만, 이러한 상황에서는 백성과 나라를 진지하게 생각했다면 축성술을 연구하고 난공불락難攻不落의 성을 쌓고, 병법과 병술을 연구하여 백성과 나라를 편안하게 하는 것이 더 중요한 일이 아니었을까 하는 생각이 든다.

아무튼 의상 대사와 그 제자들이 화엄사상을 펼쳐가던 시대의 풍경이다.

안양루에는 삿갓시인 난고蘭皐 김병연金炳淵(1807-1863) 선생이 지은 시가 걸려 있다. 그 뛰어난 재주를 뒤로 하고 세상의 모순에 몸서리치며 방랑하다가 전남 동복同福에서 객사한 비운의 시인 김삿갓이다.

안양루에서 바라 본 강산

平生未暇踏名區 평 생 미 가 답 명 구	평생 바쁘다며 이런 좋은 곳을 오지 못했는데,
白首今登安養樓 백 수 금 등 안 양 루	흰머리 날리며 오늘에야 안양루에 올랐다.
江山似畵東南列 강 산 사 회 동 남 렬	강산은 그림같이 동남으로 펼쳐 있고,
天地如萍日夜浮 천 지 여 평 일 야 부	천지는 부평초같이 밤낮없이 떠돈다.
風塵萬事忽忽馬 풍 진 만 사 홀 홀 마	세상 온갖 일로 말 달리듯 헐떡이지만,
宇宙一身泛泛鳧 우 주 일 신 범 범 부	우주 속의 이 한 몸은 오리같이 헤엄친다.
百年幾得看勝景 백 년 기 득 간 승 경	백 년을 산들 이런 절경 몇 번이나 볼 수 있을까,
歲月無情老丈夫 세 월 무 정 노 장 부	세월은 무정하구나, 나는 벌써 늙어버렸네.

봉황산을 등지고 안양루에 올라서면 시인이 아니더라도 누구나 이런 시정詩情에 빠지리라. 더구나 진애塵埃의 속세俗世에서 한 세월을 살고 이제 머리가 희어지는 나이에 든 사람이라면 '아 어쩌면 내 마음과 이렇게 같을까' 하게 된다. 이문열李文烈(1948-) 선생이 소설 『시인』에서도 그려본 주인공이지만, 이 시 역시 절창絶唱이다. 사람이 태어나서 죽을 때까지 긴 시간 같지만 생사가 찰나刹那이고, 온갖 욕망들이 부딪치는 풍진 세상에 헐떡거려봤자 부모미생전父母未生前의 내가 누구인지 모르는데, 아서라, 허망하게 몸 굴리지 말고 내가 누구인지라도 알고 가라는 것이 붓다의 메시지이다.

그것이 참 안 된다. 대부분의 사람은 죽을 때까지 자신이 누구인지도 모르고 죽으리라. 그간 여러 번 오기도 했지만, 이번에도 또 안양루 처마 밑에서 텅 빈 마음으로 강산을 바라본다. 강산은 유구悠久한데 사람만 분주히 오고 갈 뿐이다.

"의첨산색연운취倚簷山色連雲翠, 출함화지대로향出檻花枝帶露香" 처마에 기댄 산은 구름에 연이어 푸르르고, 난간 바깥으로 뻗은 꽃가지는 이슬과 향기를 머금고 있구나! 시공간을 벗어던진 매월당梅月堂 설잠 화상이 〈법성게〉의 주해에서 읊은 착어着語다. 경탄할 뿐이다.

진전사

강원도 동해안 양양 낙산사에서 설악산을 향하여 내륙으로 들어가면 광대한 설악산 지역의 한 자락인 강현면 둔전리屯田里로 가게 된다. 넓은 들판을 지나 골짜기 안에 있는 둔전저수지를 향하여 들어가다 보면 길 옆에 진전사지陳田寺址가 있다. 요즘은 자동차로 갈 수 있는 도로가 나 있지만, 옛날에는 골짜기의 길을 따라 해안과 평야 지대에서 산마루를 넘어 다닌 것 같다. 더 깊이 들어가면 설악의 깊은 산속으로 들어가게 되는데, 온갖 욕망들이 거짓과 어리석음들과 뒤엉켜 들끓는 진애塵埃의 속세를 떠나 그야말로 자연을 벗 삼아 한 세상 살 수 있는 무릉도원武陵桃源을 만날 수 있을지도 모른다.

이 진전사지는 말 그대로 옛날 번창했던 진전사가 있었다가 폐사된 자리이지만, 현재는 도의(道義=道儀 ?-? 도당 유학: 784-821) 선사의 부도탑浮屠塔이 있는 구역에 적광보전寂光寶殿 하나를 새로 지어 부처님께 예불을 올리는 스님이 가난한 절을 지키고 있다.

1975년 학술조사에 의하면, 진전사의 금당金堂은 현재 삼층석탑三層石塔이 있는 구역에 있었던 것으로 밝혀졌고, 더 위로 올라가 도의 선사 부도탑이 있는 구역에서는 '진전陳田'이라는 글씨가 있는 기와가 출토되는 바람에 이 일대 전체가 진전사의 사역寺域이었음을 짐작하게 해 준다. 부도탑이 있는 구역에 덩그러니 서 있는 적광보전의 넓은 앞마당에 놓여 있는 큰 주춧돌들과 축대를 보면 가람의 원래 규모가 상당했음을 짐작할 수 있다.

진전사 삼층석탑은 높이 5미터로 화강석으로 만든 것인데 2단의 기단 위에 3층의 탑신이 세워져 있다. 통일신라시대인 9세기 때의 석탑양식을 그대로 유지하고 있고, 형태에서도 손상된 것이 거의 없이 완전한 모습을 지니고 있다. 탑신의 4면에는 부처상이 정교하게 조각되어 있고, 2단의 기단에는 4면에 비천상飛天像과 불교의 호법신인 팔부신중八部神衆, 즉 천天, 용龍, 야차夜叉, 건달바乾闥婆, 아수라阿修羅, 가루라迦樓羅, 긴나라緊那羅, 마후라가摩睺羅迦의 모습이 새겨져 있다.

불교에 무슨 신이 있느냐고 생각되지만 인도의 힌두에서 불교가 생겨나고 그러한 서술에서 인도신화에 등장하는 신들이 여러 형태로 변형되어 불교에 들어오면서 이런 변형된 신들이 다른 이름으로 경전에 나타나 있다. 물론 신화 속에 등장하는 내용은 고대 여러 지역의 신화들이 서로 영향을 주고받아 혼합되면서 변형되기도 한 것이다.

팔부신중 가운데 건달바를 보면, 이러한 존재와 역할을 소급해 가보면 그리스신화에 나오는 헤라클레스Heracles에 닿기도 한다.

적광보전

건달바는 '간다르바gandharva'를 소리를 따라 음역한 말인데, 소리를 따라 그에 비슷한 한자를 찾다보니 한역 문헌에는 건달바乾達婆, 건답화乾沓和, 건달박乾達縛, 언달바彦達婆 등으로 다양하게 나타나 있고, 그 뜻으로 번역한 경우에는 심향행尋香行, 심향尋香, 식향食香 등으로 번역되기도 했다. 한역 불교 자료들을 보면 이런 번역 용어들이 혼란스러워 불교경전을 이해하는 데 방해가 되기도 한다. 그래서 요즘은 산스크리트어나 팔리어 등 원래의 말로 이해하는 것이 더 쉽다.

아무튼 이 건달바라는 존재는 불경에 나오는 것이지만, 그 형상은 조각을 통하여 일면을 볼 수 있다. 그 모습은 사자의 머리 가죽을 뒤집어쓰고 바즈라vajra, 즉 금강저金剛杵를 쥐고 있는 근육질의 건장한 남성으로 표현되어 있다. 그런데 이런 조각상은 동아시아에서는 건달바라고 하지만, 간다라의 불교조각에서는 붓다가 출가하여 열반에 드는 순간까지 항상 옆에서 지키는 시자인 약사yaksa로 등장하여 '바즈라를 들고 있는 사람'이라는 뜻의 바즈라파니Vajra-pani로 불렸다.

인도신화에서는 번개나 벼락을 상징하는 바즈라는 『베다』에 등장하는 인드라Indra만이 가지는 물건이고 능력인데, 이것이 간다라 미술에 오면 붓다를 수호하는 바즈라파니가 가지고 있는 것으로 변화되어 나타난다. 출가한 붓다를 지근 거리에서 시봉하고 지키는 역할도 인도 본토에서는 붓다의 사촌 형제인 아난阿難

(Ananda)이 하는 것으로 나오다가 서북쪽으로 설법을 하는 시기에는 바즈라파니가 하는 것으로 나타나기도 했다.

신화를 추급해가면 원래 벼락이나 번개라는 힘을 가진 능력이나 물건은 그리스신화에 나오는 제우스Zeus가 가지고 있던 것인데, 제우스의 힘이나 상징이 인도-아리아신화에서 등장하는 인드라와 일맥상통하여 인도에서도 인드라가 이런 벼락과 번개를 치게 하는 물건을 가지고 있는 것으로 나온다.

인드라와 『우파니샤드Upanisad』에 나오는 브라흐마Brahmā는 불교에 수용되어 대표적인 하늘의 신으로 되었고, 한역에서는 이를 각각 제석천帝釋天과 범천梵天으로 번역하였다. 인간이 신을 본 적이 없기에 이들도 결국 불교그림에서는 화려한 의복을 걸치고 있는 인간의 모습으로 그렸는데, 제석천과 범천의 형상은 우리나라의 탱화에서도 흔히 볼 수 있다.

붓다를 수호하는 바즈라파니가 바즈라를 가지고 있는 존재로 등장하게 된 이유는 분명하게 밝혀진 것이 없다. 그 형태를 미술사적으로 보면 그리스의 제우스, 헤라클레스, 헤르메스Hermes, 디오니소스Dionysos 등 다양한 신의 형상을 수용하여 표현되어진 것으로 본다. 대영박물관에 있는 조각에서 볼 수 있듯이, 아예 사자의 머리가죽을 뒤집어쓴 헤라클레스와 같이 조각한 경우도 있는데, 사자의 머리가죽을 뒤집어쓴 바즈라파니는 키질Kizil, Qizil 석굴, 베제클릭Bezekliq 석굴, 돈황敦煌 석굴, 맥적산麥積山 석굴과 같은 실크로드상의 석굴에서 흔히 볼 수 있다.

아무튼 이 바즈라파니는 중앙아시아에서 중국으로 들어가 금강역사金剛力士로 형태가 변한다. 바즈라를 들고 있기도 하고 들고 있지 않기도 하는데 험악한 인상과 근육질의 용맹한 호위무사로 형상화된다. 우리나라 석굴암의 석가모니불좌상으로 들어가는 입구 양쪽에 서 있는 조각이 금강역사상이다.

석굴암에서 본존불을 모시고 있는 전실에는 팔부신중을 사방벽에 부조하여 놓았는데, 여기에 있는 건달바는 사자의 머리가죽을 뒤집어쓰지도 않고 바즈라를 들고 있지도 않다.

이러한 조각 하나라도 따지고 들어가면 그 공부가 끝도 없는 것이지만, 싯다르타가 진리를 가르치던 당시에 이런 조각이나 그림이 있었을리도 만무하고 나중에 인간들이 이야기로 구성한 것이기에 붓다의 가르침을 바로 직지하는 선불교禪佛敎에서 보자면 이러한 것에 관심을 가지는 것도 허송세월하는 것에 지나지 않는 것이리라. 그런 시간 있으면 참선하여 바로 진리를 꿰뚫으라는 것이 그 종지宗旨이다. 그렇지만 불교의 초기 형태와 그 변화 그리고 왜곡 등으로 복잡하게 널려 있는 현재의 모습을 보자면, 우선 불교의 진면목을 찾기 위해서도 이에 대한 공부는 필요하다고 보인다.

좀 다른 이야기이지만, 건달바가 인도에서 음악을 전문으로 하는 악사나 배우를 지칭하기도 하는데, 이것이 우리나라로 건너와서는 오랜 세월 지나면서 아무 하는 일 없이 빈둥거리거나 노래

석굴암 금강역사

석굴암 건달바상

나 부르며 술이나 마시며 세월을 보내는 인간을 지칭하는 '건달乾達'이라는 말로 변질되고, 더 나아가 사람을 해치거나 사회에 해악을 저지르는 폭력배를 지칭하는 말로까지 바뀌었으니 참으로 희한한 일이기도 하다.

국보인 삼층석탑은 통일신라시대의 전형적인 석탑으로서 세련된 모양과 조각, 그리고 균형미가 뛰어나 보는 이로 하여금 감탄을 금할 수 없게 한다. 이 구역의 발굴 결과에 의하면, 금당지로

진전사 삼층석탑

추정되는 곳에 정면 5칸, 측면 4칸의 건물지가 확인되면서 통일신라시대 후기 선종의 영향을 받은 가람배치 형식인 '1탑 1금당'식에 따른 것으로 밝혀졌다. 도의 선사 부도탑도 우리나라에서 가장 오래된 석조石造 부도탑으로 인정되어 보물로 지정되어 있다.

당우들이 들어선 사찰과는 달리 폐사지를 걷다보면 주위의 옛 풍광이 그대로 있는 것 같아 시간이란 인간이 만들어낸 개념이라는 것을 깨닫게 되고, 공적空寂의 공간에서 나라는 존재도 광대무변한 우주 속에서 먼지보다도 작은 미물에 지나지 않으며, 쪼

도의 선사 부도탑

개고 쪼개어 들어가면 궁극에는 요소들이 결합되었다가 흩어지는 공한 것이라는 결론에 도달됨을 어렵지 않게 짐작할 수 있다. 현실에서는 인간이란 존엄하고 고귀한 그 자체로 '목적적인 존재'라고 설정하는 것이 오늘날 문명국가의 헌법원리이지만, 본질론에서 보면 인간의 삶이라는 것도 결국 우연히 이 세상에 던져진 '피투적 존재被投的 存在'로서 본래의 목적이라는 것은 없는 것이고 그 자체 공한 것이 아닐까 하는 생각에 이르기도 한다.

선지식의 가르침을 알아들었다면 이런 의문의 덩어리를 모조리 작파作破해야 하지만, 중생인 나는 아직 그 정도까지만 생각이 미친다. 개인의 생각이나 종교를 떠나 '이 세상 모든 인간이 행복하게 살 수 있는 나라'가 어떠한 것인가 하는 문제를 탐구해온 헌법학도인 나로서는 아직은 중생에 머무르며 현실의 문제에 대한 고민을 계속하고 싶다.

진전사는 통일신라시대인 821년, 헌덕왕憲德王(재위 809-826) 13년에 도의 선사가 당나라에서 선종 역사상 '마조선馬祖禪'이라는 이름으로 큰 획을 그은 대적 선사大寂禪師 마조도일馬祖道一(709-788) 선사의 제자인 서당지장西堂智藏(735-814) 선사에게서 불법을 공부하고 신라로 귀국한 이후, 이 절에 주석하면서 경전보다 참선을 위주로 수행하는 남종선南宗禪을 한반도에 최초로 전래한 곳이다. 신라에서 도의 선사보다 먼저 서당지장의 문하로 들어간 사람으로는 진공 대사眞空大師 항수恒秀 화상이나 김대비金大悲 화상의 이름이 남아 있지만, 수행의 행적이 구체적으로 전하는 사람은 도의 선사이다.

도의 선사는 현재의 서울 지역에 해당하는 북한군北漢郡에서 태어나 784년 선덕왕宣德王(재위 780-785) 5년에 불교를 공부하기 위하여 중국으로 들어가는 사신들의 배를 타고 서해를 건너가 교종의 중심이자 대화엄사大華嚴寺, 금각사金閣寺, 죽림사竹林寺 등 화엄 도량이 즐비한 오대산五臺山으로 갔다. 이곳은 이미 그전부터 신라의 승려들이 많이 내왕하며 공부한 곳이기도 했다.

오대산에 관한 이야기는 일본의 교토京都 히에이산比叡山 연력사延曆寺 승려이자 일본 천태종天台宗 창시자인 사이초最澄(766-822) 대사의 제자인 엔닌圓仁(838-864) 대사가 쓴 『입당구법순례행기入唐求法巡禮行記』에 잘 나와 있다. 엔닌은 스승이 입적한 후 천태종의 제1인자의 지위를 이어받아 고승으로 명망이 높았지만 그에 머무를 수는 없었다. 신라나 백제도 마찬가지였듯이, 일본에서도 간간히 입수된 불경이나 불교 자료들을 읽고 불교를 알기가 어려웠던 것이고 중국이나 한반도에서 건너온 승려를 만나본다고 하여 의문들이 속 시원하게 해결되는 것은 아니었으리라.

엔닌 역시 스승 사이초에게서 배운 것으로 불법을 펼치고 수행생활을 할 수도 있었지만 더 많은 자료들과 고승들을 직접 접하고 새로운 지식을 넓히는 것이 필요하다는 것을 뼈저리게 느꼈으

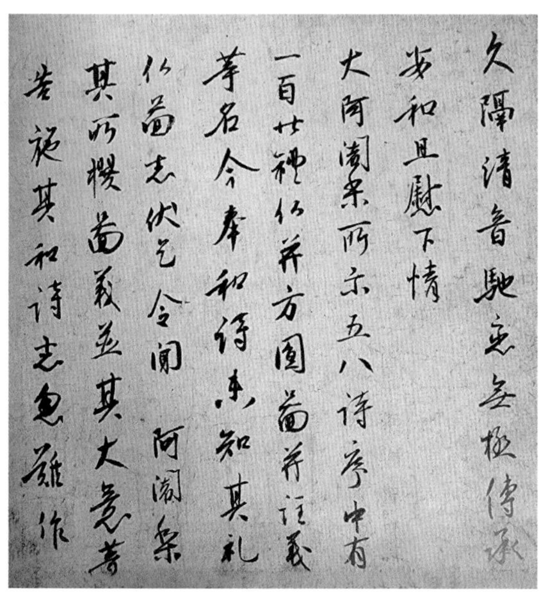

사이초 글씨, 구격첩(久隔帖)

리라 짐작된다. 불교가 중국에 처음 전해질 때에도 모두 신지식이 무엇인지를 그 전모를 몰라 '장님 코끼리 만지기'식으로 각자 접한 지식을 놓고 궁구를 하였다. 그리하여 초기 불전의 번역에서도 많은 오류와 자기식의 이해로 오해가 된 것이 많았다. 그러던 것이 구마라집鳩摩羅什(343-413) 대사의 불경 번역으로 일대 수준 향상이 있게 되고 그 다음에는 현장삼장의 불경 번역으로 가일층 불교에 대한 이해가 깊어지게 되었다.

중국에서도 사정이 이렇거니와 그 주변에 있는 고구려, 신라, 백제는 물론이고 일본은 불교라는 신지식을 이해함에 있어 많은 한계를 지닐 수밖에 없었으리라. 그래서 중국으로 유학을 가거나 이에 만족하지 못하면 실크로드상의 서역 국가로 가거나 파미르 고원을 넘어 불교의 본거지인 인도로 가서 불법을 직접 확인하고 공부하고자 했던 것이다.

아무튼 엔닌 화상도 드디어 결단을 내리고 838년에 45세의 나이로 후지와라노 쓰네쓰구藤原常嗣(796-840)가 견당사절遣唐使節의 대사大使가 되어 이끄는 견당선遣唐船에 승선 허락을 받아 동료 승려들과 같이 타고 하카타博太를 떠나 당나라로 건너갔다. 9년 6개월 동안 당나라 동쪽 연안에서 오대산을 지나 장안으로 돌아오는 구법의 고난 길을 걸으며 목숨을 걸고 구한 794권의 불교 자료들을 가지고 천신만고 끝에 821년에 일본 히에이산으로 돌아와 864년까지 불법을 펼치며 활동하였다.

그가 순례하던 시기에 '회창법난會昌法難(842-846)'을 맞아 불교가 대대적으로 멸절의 위기에 처하고 승려들의 목숨도 위태로운 환경에 처한 것을 몸소 겪고 그 역시나 앞날을 예측할 수도 없는 상황에 처했지만, 그는 그 상황에서도 자신의 목숨을 걱정한 것이 아니라 자신이 애써 모은 불경과 자료들이 일본에 전해지지 못할까를 더 걱정하였다. 그전에 신라의 구법승들이 당나라로 간 것도 이런 불법을 보다 정확히 알려고 하는 '붓다의 가르침에 대한 목마름'때문이었으리라.

그가 당나라로 가던 당시에 견당사의 배는 신라 사람들, 특히 장보고張保皐(787-846) 선단이 운영하였고 통역에서도 신라인들이 활약을 하였으며, 일본 승려라고 하는 것보다 신라 승려라고 하는 것이 당나라에서 잘 통하던 때였다. 그가 오대산에 갈 때 들른 등주登州 적산赤山의 법화원法華院에 오래 체류하며 법회를 한 사실과 장보고에게 도움을 청한 일과 신라관新羅館과 발해관渤海館, 신라방新羅坊, 신라소新羅所 등에 들러 필요한 일을 본 사실 등도 상세하게 기록하여 놓았다.

청량산淸凉山이라고도 하는 오대산은 오대五臺, 즉 동서남북의 4대와 중앙의 중대를 의미하는 산으로 되어 있는 지역인데, 이곳에는 대화엄사大華嚴寺를 비롯한 다수의 사찰이 즐비하게 있었다. 그는 오대산으로 가는 도중의 사찰들과 오대산의 이런 사찰들을 방문하여 참례하고 여러 곳에서 온 승려들을 만나 의견을 교환하고 배우기도 하며, 동시에 불교 관련 자료들을 구하는 등 그야말로 쉼 없는 구도의 행군을 강행하였다. 오대산에서는 천태종이 활발하였는데, 『대승기신론大乘起信論』을 강론하는 자리에도 참여하고 인도에서 온 승려들도 만났다. 구마라집의 3대 제자라고 하는 법달法達 화상도 오대산에서 만났다고 한다.

당시 남인도에서도 당나라로 순례하는 승려들이 있었던 것으로 보아 신라에서 유학을 간 도당유학승들도 당나라를 순례하는 동안 당나라의 선사들만 만난 것이 아니라 인도나 서역에서 온 승려들도 만났으리라 충분히 짐작이 된다. 그러다가 아예 인도로 떠난 신라승들도 있었다. 혜초慧超(704-787) 화상도 그 한 경우였는데, 천축구법승들에 대한 자세한 기록이 없어 그 수를 다 알 수는 없다.

김규현 선생이 밝힌 바에 의하면, 백제, 신라 등 해동에서 천축으로 간 승려는 혜초 화상 이외에도 백제의 겸익謙益과 의신義信을 포함하여 원표元表, 무루無漏, 지장地藏, 혜업慧業, 현태玄太, 현락玄烙, 오진悟眞 등 모두 17명에 이른다고 한다.

아무튼 중국에서 589년에 수나라에서 통일국가를 수립하면서 남북조의 불교를 통합하여 이론을 체계화하고 수행에 집중하는 천태종을 지의智顗(538-597) 화상이 열면서 불교는 새로운 전기를 맞이하게 된다. 중국의 천태종이 일본에 들어와 시작하고 엔닌 화상이 당나라로 가서 구법순례를 하고 돌아온 시기는 신라가 후대로 와서 권력투쟁으로 혼란을 거듭하고 있을 때였다. 신라에서는 구산선문이라는 것으로 말해지는 선종이 변방 지역을 중심으로 시작되어 점차 그 세력을 확장하여 가던 때이기도 하다. 우리나라에서는 11세기 이후에 선종이 조계종과 천태종으로 나뉘게 된다.

화엄승려로 보이는 도의 선사가 오대산에 갔을 당시에는 교종과 북종선 그리고 남쪽에서 올라온 남종선도 화북 지역에서 활발히 전개되고 있었다. 그는 여기서 공부한 후 남종선의 근거지인 장강중류 지역으로 내려가 『법보단경法寶壇經』의 산실인 소주韶州의 대범사大梵寺(寶壇寺로 추정)로 보이는 절에서 수계受戒를 하고, 다시 건주虔州에 있는 공공산龔公山의 보화사寶華寺에서 지장 선사를 심방하고 그 문하에 들어가 수행하였다. 지장 선사는 8세에 마조 선사에게 출가하여 평생 스승을 따라다니며 시봉하며 그 이름을 날리고 있었는데, 마조 선사가 788년에 입적하면서 자연히 홍주종洪州宗의 적통을 이어받는 위치에 있었다. 바로 이 지장 선사의 문하에 들어간 것이다. 신라에서 간 홍척洪陟, 洪直 화상, 혜철惠哲, 慧徹 화상, 혜소慧昭(774-850) 화상도 지장 선사 문하에서 동문수학했다.

도의 선사는 지장 선사 문하에서 남종돈오선법南宗頓悟禪法을 배우고 홍주종의 정통을 전수받은 고승이 되어 인근의 백장회해百丈懷海(720-814) 선사의 처소에도 들르고 여러 선장들이 활동하고 있는 곳도 두루 섭렵하며 활동하였다. 이 무렵 그보다 20년 뒤에 당나라로 온 혜소 화상과 만나 여러 곳을 함께 다녔는데, 이때 혜소 화상이 도의 선사에게서 홍주종의 선법을 체득했다고 보는 견해도 있다.

814년 스승인 지장 선사가 입적하자 그는 6년 더 중국에 머물다가 신라로 귀국하였다. 당나라로 건너가 불교를 공부하고 선종을 익힌 지 어언 37년이나 되었다. 참으로 불법을 공부하기 위한 치열한 삶을 살았다. 바로 이 도의 선사가 귀국한 후에 몇 년간의 간격을 두고 홍척 선사, 혜소 선사, 혜철 선사들이 차례로 신라로 돌아오면서 선문을 열어 간 것이다.

이러한 역사로 보면 진전사는 한국 선종의 시원始原이 되는 절이기 때문에 남종선을 선종의 중심 맥으로 하고 있는 현재 한국 조계종曹溪宗으로서는 이러한 진전사를 조계종의 종찰宗刹로 정하여 소중히 하지 않을 수 없다. 이 발굴이 있기 전에는 조선시대 후기 이래 그 동네 이름에서 유래되었을 것으로 보이는 '둔전사屯田寺'와 '둔전동탑屯田洞塔'으로 불렀다고 한다. 따라서 부도탑도 누구의 것인지도 모른 채 방치되다시피하였는데, 진전사의 기와가 출토되면서 이곳이 진전사가 있었던 곳이고 부도탑도 도의 선사의 것임이 확실하게 된 셈이다.

이렇게 되자 조계종은 이곳을 한국불교의 제일 큰집으로 정하여 대대적으로 발굴하고 복원하는 일을 시작하였다. 부도탑이 위치한 구역 일대에 대한 강원문화재연구소의 발굴조사에 의하면, 탑지 1개소, 건물지 9개소, 축대시설 등이 확인되었고, 사찰 구역의 중심부에서도 또 다른 탑지와 법당지가 발견되었으며, 남쪽 축대 우측에서 돌출된 누각이 있었던 곳과 남쪽 계단의 북쪽에서 중문이 있었던 것도 확인되었다. 유물로는 고려시대에서 조선시대에 걸친 각종 문양의 기물들이 대거 출토되었고, 청자, 분청, 백

자 등도 다수 출토되었다.

통일신라시대 진전사가 창건될 당시에는 선종이 아직 수용되기가 쉽지 않아 도의 선사도 설악에 은거하며 불법을 펼칠 정도였으니 절의 규모는 작았을 것이다. 그 이후 선종은 신라 왕실과 지방호족들의 지원을 받으면서 사세가 조금씩 확장되었고 고려에 들어오면서 본격적으로 커졌다고 보인다. 이렇게 하여 고려시대를 거쳐 조선시대 세조世祖(재위 1455-1468)대에 이르기까지 진전사에는 많은 당우들이 대규모로 축조되고 선종사찰의 중심으로 왕성하게 그 역할을 한 것으로 짐작된다. 『삼국유사三國遺事』를 지은 일연一然(1206-1289) 선사도 이곳에서 대웅장로大雄長老에게 구족계具足戒를 받았다고 한다.

『삼국사기三國史記』를 보면, 도의 선사가 신라로 귀국하여 활동한 사실에 관한 내용은 없다. 그 무렵 신라에서는 가뭄과 기근이 들어 백성들이 굶어 죽고 자손들까지 팔아먹는 일이 발생했다. 822년 웅천도독 김헌창金憲昌(?-822)이 자기 아버지 김주원金周元(?-?)이 왕이 되지 못했다며 반란을 일으켜 국호를 '장안長安'이라고 하고 연호를 '경운慶雲'이라고 하면서 신라를 부정하는 짓을 하다가 잡혀 죽었고, 또 그 아들 김범문金梵文(?-825)이 825년 여주 고달산高達山에서 도적떼들을 규합하여 다시 반란을 일으켜 지금의 서울 지역에 도읍을 정하려고 북한산주北漢山州를 공격하는 등 일을 저지르다가 잡혀 죽었다. 김헌창과 김범문의 부자는 강릉 지역에서 터를 잡고 세력을 확대해 가면서 범일梵日(810-889) 화상이 개창한 굴산사崛山寺의 사굴산파闍崛山派를 적극 지원하기도 했다.

이 사태는 원래 785년 선덕왕宣德王(재위 780-785)이 죽은 후 왕위 계승전으로 거슬러 올라간다. 선덕왕이 죽고 무열왕계의 최대 세력자인 김주원이 귀족들에 의해 왕으로 추대되자 무열왕계의 방계인 김경신金敬信이 정변을 일으켜 자신이 원성왕元聖王(재위 785-798)으로 즉위하였다. 이후로 김주원은 지금의 강릉 지방인 명주溟州로 물러나 살았지만, 그 아들 김헌창은 신라 왕실에서 시중이나 도독 등 벼슬을 하며 활약하였다. 그러다가 37년 뒤 다시 김주원계 귀족세력과 김경신계 귀족세력간에 전국적 규모의 권력투쟁으로 나타난 것이 김헌창의 반란이고, 김범문의 반란도 이의 연장선상에 있는 권력투쟁이었다. 이 결과 무열왕계는 완전히 몰락하고 원성왕계가 왕실을 장악하게 되었지만, 그 권력투쟁은 전국적인 규모이어서 신라는 나라의 기틀이 흔들리는 치명적인 혼란을 겪었다.

아무튼 이런 와중에서도 왕실에서는 당나라로 국비유학생 12명을 보냈다. 역사에서 이 시기는 선덕왕 이후 신라 멸망까지 150여 년간 20여 명의 왕이 왕위쟁탈전을 벌였다고 기록된 시기이다. 이런 권력투쟁의 혼란 속에 장보고도 왕위쟁탈전에 끼어들어

군대를 동원하여 839년에 김우징金祐徵(?-839)을 신무왕神武王(재위 839. 4.-839. 7.)으로 옹립하고 벼슬을 차지하였다가 김우징의 아들인 문성왕文聖王(재위 839-857)이 자신의 딸을 왕비로 맞이하지 않는 것에 앙심을 품고 청해진淸海鎭을 근거지로 하여 다시 반란을 일으켰는데, 846년에 신무왕 옹립의 반란 동지였던 무주武州 사람 염장閻長이 왕 앞으로 나가 '이런 놈의 목을 베어버리겠다'며 허락을 받은 후 장보고에게 접근하여 술판을 벌인 다음 그의 칼을 뺏어 한칼에 목을 베어버렸다. 한 시대 서해 해상권을 장악하고 활약하던 사람이 무력을 기반으로 왕위를 탐하다가 결국 황천길로 사라졌다. 이후 문성왕은 청해진을 폐지해 버리고 그곳 사람들을 지금의 김제 지역인 벽골군碧骨郡으로 모두 이주시켜 버렸다.

이 해에 당나라에 갔던 사신 원홍元弘이 불경과 부처의 치아齒牙사리를 가지고 왔는데, 왕이 교외까지 나가 이를 맞이하였다. 그 당시 부처의 치아사리가 많지 않았을 텐데 그 귀한 것을 구해왔다는 내용이 『삼국사기』와 『삼국유사』에 동시에 전한다. 신라에까지 전해진 싯다르타의 치아사리는 지금 어디에 있을까? 몹시 궁금해진다.

한편 이 무렵 당나라에서는 도교를 신봉한 무종武宗(재위 840-846)이 845년(會昌 5)에 불교를 없애버리려고 한 도사道士 조귀진趙歸眞(?-846)의 사주를 받아 '회창법난'을 일으켰다. 당시 불교 승려 90% 정도를 모두 환속시켜 버리고 장안의 사찰을 제외한 전국의 불교 사찰을 모두 불태워 없앴다. 살아남은 승려들은 심산유곡으로 피하였고, 신라의 도당유학승渡唐留學僧들은 외국의 승려라서 환속 대상에서 제외되었지만 장안에 출입이 금지되었기 때문에 대부분 신라로 귀국하는 일이 벌어졌다.

'도법자연道法自然'이라고 내세우던 도사가 이런 광란의 짓을 저질렀는가 하면, 무종은 도사들로부터 불로장생不老長生의 단약丹藥이라는 것을 받아먹다가 중독되어 왕이 된 후 6년 만에 황천길을 떠났다. 인간들이 한 짓을 보면 실로 가관이다. 역사에 기록된 종교전쟁이나 마녀재판 등을 보면, 동서양 할 것 없이 인간은 계속 이런 짓을 반복했다. '이성의 시대'를 통과했다고 하는 지금이라고 인간이 과연 달라졌을까 하는 생각도 든다.

아무튼 통일신라시대에 중국에서의 이러한 정치와 불교의 변동에 따라 도당유학승들이 귀국하게 되면서 중국 선종이 신라에 본격적으로 들어오게 되었다. 이 선승들이 귀국하였을 때에는 왕실과 진골세력들의 지원하에 전성기를 이루었던 교종이 다소 힘을 잃어가기는 했지만, 왕도인 경주 지역에서는 교종세력이 강하여 선승들과 선종을 강력히 배격하여 중앙으로 쉽게 들어갈 수 없었다. 그리하여 변방에 거점을 마련하고 왕실과 관계를 서서히 만들어 나갔다.

사실 선종만 놓고 보면, 신라에서는 북종선北宗禪이 먼저 들어

왔다. 북종선은 다양하기는 하지만 '관심觀心'이라는 깨달음의 체험을 중심으로 하는 수행법과 염불을 중시하고 '관심석觀心釋'이라는 경전 해석법을 견지하였다. 비문 등의 기록에 의하면, 법랑法朗 화상이 당나라 4조 도신道信(580-651) 화상에게서 법을 받아온 것으로 되어 있고, 신행愼行(704-779) 화상은 북종선이 왕성할 때 당나라로 건너가 신수神秀(?-706) 화상 이후 장안과 낙양의 법주이고 세 황제의 국사로 선종의 중심이었던 대조선사大照禪師 보적普寂(651-739) 화상의 문인인 지공志空 화상에게서 공부를 하고 759년 귀국하여 지리산 자락 산청군에 있는 단속사斷俗寺에 주석하며 그 제자들과 함께 법랑 선사의 맥을 이었다고 되어 있다. 그의 제자 준범遵範 선사도 북종선을 이어 갔다.

이들은 원성왕의 손자인 김헌정金獻貞의 강력한 지원을 받았으며, 신라 왕실과 상층 지배세력들도 그들을 적극 후원하고 따랐다. 중국에서는 성당盛唐시기(713-770)에 북종선이 강력한 영향력을 가지고 중원 지역을 통일하고 있었는데 그 영향이 신라에도 미쳤다. 이처럼 교종과 북종선이 지배적인 상황에서 도의 선사가 귀국하여 남종선을 말하자 '마귀의 말魔言'이라고 공격을 받을 만큼 신라 사회에는 수용되기 어려운 상황에 있었다. 그리하여 가지산문迦智山門의 개산조開山祖라고 불리는 그도 변방에 은거하게 되었고, 그에게서 법을 전수받은 염거(廉居=廉巨 ?-844) 선사도 설악산에 있는 조그만 절인 억성사億聖寺에서 조용히 수행한 것으로 보인다.

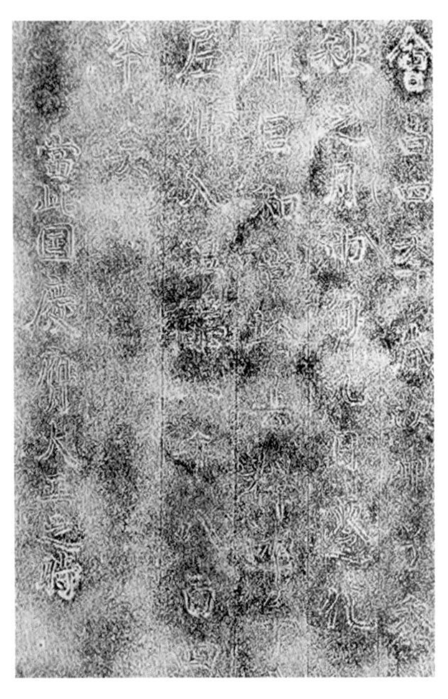

염거 화상 탑지

염거 선사탑은 원래 원주시 흥법사지興法寺址에 있었는데 현재는 국립중앙박물관에 옮겨져 있다. 현재 국내에 있는 팔각원당형八角圓堂形의 승탑 가운데 가장 오래된 것으로 조각도 매우 세밀하고 아름답다. 국보로 지정되어 있다. 그의 제자 보조체징普照體澄(804-880) 선사에 와서 비로소 전남 장흥 가지산 보림사寶林寺에서 가지산문을 개창하면서 남종선이 발전하기에 이른다.

한국불교사를 보면, 이러한 선승들이 신라 말기에서 고려 초기에 걸쳐 형성한 산문을 흔히 구산선문九山禪門이라고 한다. 그 형성 시기와 활동에 대해서는 아직 학계에서 의견이 분분한 형편이지만 대체로 9개의 산문은 다음과 같다.

① 당나라 서당지장에게서 법을 전수받은 도의 선사가 귀국하여 진전사에서 개산하고 장흥 가지산 보림사에서 개창한 가지산문迦智山門, ② 도의 선사와 같이 서당지장에게서 법을 받은 증각

홍척證覺洪陟 선사가 826년(흥덕왕 원년) 무렵 귀국하여 지리산 남원 지실사知實寺(뒤에 實相寺로 개명)에서 개창한 실상산문實相山門, ③ 도의 선사와 같이 서당지장에게서 법을 전수받은 적인혜철寂忍慧哲(또는 慧徹 785-861 도당 유학: 814-839) 선사가 839년 귀국하여 무주 쌍봉사에 머물다가 842년 곡성 동리산桐裏山 태안사泰安寺에서 개창한 동리산문桐裏山門, ④ 마조도일의 제자 마곡보철麻谷寶徹 선사에게 법을 전수받아 '동방대보살東方大菩薩'로 명성을 날린 낭혜무염朗慧無染(800-888 도당 유학: 821경-845) 선사가 845년 보령 성주사에서 개창한 성주산문聖住山門, ⑤ 마조도일의 제자인 염관제안鹽官齊安(?-842) 선사와 석두희천石頭希遷(700-790)의 제자인 약산유엄藥山惟儼(745-828) 선사에게서 법을 공부한 범일梵日(810-889 도당 유학: 831-847) 화상이 847년 귀국하여 강릉 굴산사崛山寺에서 개창한 사굴산문闍崛山門, ⑥ 마조도일의 제자인 남전보원南泉普願(748-834)에게서 법을 전수받아 847년에 귀국하여 전남 쌍봉사雙峰寺에서 선풍禪風을 일으킨 도윤道允(798-868 도당 유학: 825-847) 선사의 제자인 징효 대사 절중折中(826-900) 선사가 영월 사자산 흥녕사興寧寺에서 개창한 사자산문獅子山門, ⑦ 이엄利嚴(870-936 도당 유학: 896-911) 선사가 당나라 동산양개洞山良价의 제자인 운거도응雲居道膺(835?-902)에게서 법을 전수받고 911년에 귀국하여 해주 수미산 광조사廣照寺에서 개창한 수미산문須彌山門, ⑧ 지증 대사智證大師 도헌道憲(824-882) 선사가 창건한 문경 희양산 봉암사鳳巖寺에서 그의 제자 양부楊孚 선사의 제자인 정진 대사靜眞大師 긍양兢讓(878-956) 선사가 당나라로 가서 석두희천에게 남종선의 법을 전수받고 924년에 귀국하여 개창한 희양산문曦陽山門, ⑨ 원감현욱圓鑑玄昱(787-868 도당 유학: 824-837) 선사의 제자인 구가야 왕족의 후예 진경심희眞鏡審希(854-923) 선사가 효공왕 때 창원 봉림사에서 개창한 봉림산문鳳林山門을 말한다.

이는 모두 선종이지만 선사들의 개성과 그 제자들의 가풍에 따라 가르침과 정치적 행적에서는 차이가 있었고, 당시 밀착하거나 관계한 신라 왕실의 세력 그리고 신라 말기의 혼란한 정치상황과 고려 왕실과의 관계에 따라 성쇠盛衰와 성격에서 차이가 있었다.

도의, 홍척, 혜철, 현욱, 도윤, 무염, 이엄 이외에 앙산혜적仰山慧寂(814-890)의 제자인 순지順之(?-? 도당 유학: 858년경) 화상과 소산광인疎山匡人(837-909)의 제자인 경보 화상 등은 당시 중국에서 홍주洪州의 개원사開元寺에 주석한 마조 선사와 그의 제자들에 의해 풍미되고 있던 '마조선' 또는 '홍주종洪州宗'이 불교를 휩쓸고 있는 상황에서 공부하고 왔기 때문에 당연히 신라에 돌아와서도 마조선의 종풍을 펼쳐나갔다. 당시 일본에서도 도당구법승이나 당나라에서 직접 일본으로 건너간 당나라의 선사들이 이런 선풍을 펼쳐 나갔다. 이 시절에는 조사들이 곧 부처로 간주되었고, '조사어록祖師語錄'을 붓다의 말씀인 경전과 동일한 반열에 올려놓아 이를 간행하고 유포하는 것이 유행처럼 되었다.

나는 여기서 도대체 마조선이 무엇이기에 당시 신라, 일본 등 동아시아국가들에까지 그 바람이 이렇게 강하게 불었을까 하는 생각을 해 보았다. 중국에서는 경전의 번역을 통하여 고차원적인 불교철학이 전파되어 중국불교의 기반을 구축했고, 기라성 같은 뛰어난 승려들이 앞다투어 연구하여 교학을 체계화하고 발전시켰다.

그런데 이러한 교학이 성당시대 이후 정치적 불안 상황과 맞물리면서 왕실과 귀족, 지식층 중심의 불교에 대한 비판이 생겨났고, 부처가 되는 길이 어려운 경전 공부와 수행을 통하여 도달되는 것이 아니라 경전을 이해하지 않아도 마음을 직관하는 수행과 염불만 해도 부처의 경지에 도달할 수 있다고 하는 주장에 변방의 호족들이나 절도사들이 적극 호응하였다. 그들은 중앙에 대항하는 세력들을 정당화하기 위해 이런 사상을 받아들였다. 이런 선종의 주장은 이해하기도 쉬운 것이어서 많은 사람들이 이에 동조하는 현상이 생겨났다. 그러는 와중에 무종에 와서 전대미문의 폐불사태까지 발생하자 교학을 중심으로 발전해 온 승려들과 사찰이 거의 소멸되다시피 했고, 불경이나 불교 자료들이 상당히 소실된 마당에 경전을 공부하지 않아도 득도가 가능하다는 선종이 힘을 발휘할 수 있었다고 보인다. 이는 사대부와 유학자들까지 결국에는 불교와 유교가 본질에서는 차이가 거의 없는 것이 아닌가 하는 생각을 가지게 만들었다.

당나라의 상황을 좀더 들여다보면, 선종이 5조 홍인의 제자인 혜능慧能(638-713), 옥천신수玉泉神秀(?-706), 금릉법지金陵法持(635-702) 등에 이르러 각각 남종, 북종, 우두종牛頭宗으로 분화되어 서로 병존하게 되었는데, 혜능의 제자인 강경파 하택신회荷澤神會(684-758)가 등장하여 북종선에 대하여 대대적인 공세를 취하여 이를 무력화시켰다. 그 와중에 우두종도 힘을 상실해가면서 결국 혜능을 선맥의 정점으로 하는 남종이 강력한 영향력을 가지게 되었다.

혜능의 제자에는 하택신회 이외에 남악회양南嶽懷讓(677-744)과 청원행사靑原行思(?-740)도 있었다. 이들은 처음에는 세상에서 별 주목도 받지 못했지만, 남악회양에게서 일세를 풍미하게 되는 마조도일과 석두희천이 나오면서 천하는 남종으로 통일되었다. 마조도일은 도라는 것은 별것이 아니고 '평상심이 도이다平常心是道'라고 일갈하고, '마음이 바로 부처다卽心卽佛'라고 하며 누구나 부처의 경지에 쉽게 도달할 수 있다고 주장하였다. 그러기에 급기야 부처가 되려고 출가할 필요도 없다고 하는 결론에까지 나아갔다. 앉은 자리가 바로 깨달은 자리라는 주장을 거침없이 했다.

이렇다 보니, 어려운 경전 이해에 골몰하는 사람들에게 울타리를 깨부수는 해방감을 주었고, 경전을 읽지도 못하는 일자무식꾼들도–6조 혜능도 일자무식꾼이었다고 하며–환호를 하기에 이르렀다. 경전이고 지식이고 다 필요 없다. 일상생활에서 철저히 살면 그것이 부처되는 길이다. 출가는 무슨 출가냐 앉은 자리에서 깨달으면 되는 것이지. 염화시중의 미소로 깨닫는 것이지 문자를 이해하고 경전을 터득한다고 일생을 보낼 필요가 없다. 이는 선교일치가 아니라 일상생활과 선의 일치를 말하는 것이었다. 홍수로 둑이 터지고 산에서 바위들이 왕창 굴러내려와 뒤엉킨 가시밭을 한꺼번에 다 뭉개버린 것이었다. 속이 시원하고 통쾌할 수밖에 없었다. 그야말로 대기대용大機大用의 선이었다.

그리하여 마조 선사와 석두 선사에게로 사람들이 구름같이 모여들었다. 이 마조도일에게서 백장회해, 서당지장, 장경회휘章敬懷暉(754-815), 염관제안, 불광여만佛光如滿(8-9세기), 마곡보철, 남전보원 등과 같은 기라성 같은 선장禪匠(Zen master)들이 쏟아져 나왔고, 백장회해에게서 황벽희운黃檗希運(?-850)과 위산영우潙山靈祐(771-853)와 같은 선사들이 나왔으며, 남전보원에게서 '무無'자 화두로 유명한 조주종심趙州從諗(778-897)이 나왔다. 앙산혜적은 바로 위산영우의 제자이고, 임제의현臨濟義玄(?-867)은 바로 황벽희운의 제자이다. 과연 선가 역사상 백화제방百花齊放이고 만화방창萬化方暢을 장식한 시대였다.

선종이 이렇다 보니 사회에 대한 선의 영향은 계속 확대되어 갔고 사대부 관료들이나 문인들과도 활발한 교류가 이루어졌다. 문인들과 관료들 가운데 적지 않은 사람들이 선종에 귀의하기도 했고, 강력한 배불론을 펼쳤던 한유韓愈(768-824)와 그의 제자 이고

李翺(774-836)의 글에서도 선의 영향이 나타날 정도였다. 유종원柳宗元(773-819)과 유우석劉禹錫(772-842)은 혜능의 비문을 같이 썼고, 말년에 용문龍門 석굴이 있는 용문의 향산사香山寺에 들어간 백거이白居易(772-846)도 불광여만에게 배웠고, 제상인 배휴裴休(797-870)는 황벽희운에게 귀의했다. '시불詩佛' 왕유王維(701?-761)도 선사들에게 배웠다. 물론 선사들도 문인들과 교류하면서 시를 짓기도 했고 뛰어난 시승詩僧들도 나왔다.

나중의 일이지만, 이렇게 꽃을 피웠던 선종도 당나라가 망하면서 '5대代10국國 시대'에는 쇠퇴의 길을 걸으며 겨우 명맥을 유지하다가 송나라에 와서 다시 살아나게 된다. 당나라시대에 중국불교에서 선사들의 등장과 그들이 만들어낸 '선禪'에 대하여 이를 어떻게 이해할 것인가를 두고 그 이후 오늘날까지 많은 사람들이 연구하고 있다. 중국의 선은 인도의 선과는 다른 것이고, 불교가 한어漢語로 번역되어 발전하던 것이 중국의 오랜 도가道家적 기층문화와 결합하여 나타난 현상이라고 말하기도 한다. 종교일까? 철학일까?

아무튼 이러한 당나라 불교계의 변동으로 신라에 선종이 들어오기 시작하였던 것이다. 우리가 알고 있는 화두話頭를 들고 참선을 하는 '간화선看話禪' 또는 '공안선公案禪'이라고 하는 것은 주돈이周敦頤(1017-1073), 정호程顥(1032-1085), 정이程頤(1033-1107), 주희朱

熹(1130-1200) 등이 활약하던 북송北宋시대를 이어 성리학의 맹장들이 활약한 남송南宋시대 와서 만들어졌다. 『벽암록碧巖錄』으로 잘 알려진 원오극근圜悟克勤(1063-1135) 선사에게서 맹아가 생겨나 그의 제자 대혜종고大慧宗杲(1089-1163) 선사에서 '묵조선默照禪'을 강력히 비판하면서 완성된 수행법이다. 조주 선사에게서 보듯이 공안은 이미 당나라 선사들에게서도 있어 왔지만, 공안을 가지고 수행자로 하여금 강한 의문, 즉 대의단大疑團을 일으키게 하여 깨달음을 얻게 하는 수행법은 이때 비로소 완성되었다. 이때 공안은 의단을 일으키는 장치로만 기능하기 때문에 그 의미나 내용은 그야말로 전혀 의미가 없는 것이다.

학자들에 의하면, 이 당시 남송시대에는 마조선이 깨달음의 체험을 거의 도외시하는 것으로 흘러가 내적 참구가 약해지고 있어 이에 대한 반성과 함께 공안 비평이라는 그 시절의 유행과 결합하여 수행법으로 만들어진 것으로 본다.

그렇다면 신라에 들어온 남종선에서 그 수행법이 어떠했는지가 궁금하다. 수행자들간의 대화나 행동을 통하여 선수행이 있은 것으로 추측하기도 하지만 수행법이 구구했는지 아니면 일정한 형식이 있었는지 더 규명해 볼 문제이다. 그리고 이런 수행법이 결국 개인의 마음수련과 공空의 깨달음에 그치는 것이라면 종교로서의 역할에서는 반만 하고 만 것이 아닐까 하는 생각도 떨칠 수 없다. '모든 사람이 행복하게 사는 세상을 이룬다'는 과제는 어떻게 되는가 하는 물음이 남기 때문이다. 최치원崔致遠(857-?) 선생이 왕명을 받아 지은 〈진감선사비명眞鑑禪師碑銘〉과 〈지증대사적조탑비명智證大師寂照塔碑銘〉을 보면, 이와 관련하여 그는 선종을 심학心學이라고 하고 최상승最上乘의 도로 덕德을 세우는 것이며, 이를 통하여 사람들의 마음을 비우게 하여 궁극에는 신라라는 나라가 이롭게 되는 것이라고 본 것 같다. 불교가 개인 차원에 머무는 것은 아니라는 것이다.

인류의 역사를 보면, 동서양을 막론하고 종교는 권력과 결합하여 흥망성쇠를 거듭했음을 확인할 수 있다. 그리고 종교와 권력이 밀착하였을 때 생겨났던 엄청난 비극과 폐단을 경험한 끝에 오늘날 신정국가神政國家를 제외한 모든 나라에서는 정교분리政敎分離를 헌법원리로 정하고 있다. 오늘날에도 동서양의 많은 종교인들이 자기 종교의 교세敎勢 확장이라는 명분을 내걸고 정치권력과 밀착하고 정치권력은 그들의 이익을 달성하기 위해 종교를 이용하는 것을 쉽게 볼 수 있지만, 그러한 것이 인간의 마음 비움에 기여할 것 같지도 않고, 모든 사람이 행복하게 사는 세상을 만들 것이라는 생각은 더더욱 들지 않는다.

근래 우리나라에서는 성철 스님이 나타나 정치권력이 기승을 부리던 시절에도 현실 권력과는 아예 인연을 끊고 수행자로 일로매진하며 인간에게 보여준 조사선祖師禪의 모습이 종교를 떠나 많은 사람들에게 큰 울림을 준 사실이 우리에게 무엇을 말해 주고 있는지를 생각해 보면, 선불교가 순전히 개인의 평온과 열락悅樂에만 머무는 것이 아닌 것 같기는 하다.

진전사에서 그 달콤하고 맑은 '공空' '기氣'를 마시고서도 폐사지를 거닐 듯 아직도 붓다의 가르침 주위에서 서성대고 있으니 이 또한 개구즉착開口卽錯이라는 생각이 든다. 그래도 이곳을 걸어나오며 진전사를 중창하는 경우에는 이 일대가 선방들로 가득 차 문경 봉암사와 같이 수행승들이 평생 노동과 수행을 하는 결사 선원으로 태어나기를 기원해 본다.

억성사

강원도 양양 낙산사洛山寺에서 횡성 쪽을 향하여 내륙으로 들어가다 보면 미천골米川谷로 접어든다. 이 길을 따라 미천골 자연휴양림 방향으로 들어가면, 오른쪽으로 고요 속에 잠긴 깊은 골짜기에 크고 작은 바위들이 풍경을 만들고, 계곡을 따라 맑은 벽계수碧溪水가 흐른다. 이 깊은 산중 계곡을 따라 천천히 올라가노라면 왼쪽으로 당대 납자들의 최대 수행처였던 선림원지禪林院址를 만난다. 호젓한 겨울에 이 길을 걷노라면 속세와는 완전히 단절된 느낌이 들고 깊은 산중에 홀로 선 자신만을 확인하게 된다. 백설白雪이 분분紛紛하게 내리는 적막강산寂寞江山에 홀로 선 자기를 보면 더 좋으리라. 어쩌면 겨우내 쌓인 눈을 뚫고 나온 한매寒梅를 만날지도 모른다.

양쪽으로 높은 산들이 겹겹이 있고 계곡은 길고 깊다. 아마도 그 옛날 이곳에는 금당金堂과 조사당祖師堂과 석등, 석탑들이 서 있는 큰 수행도량과 함께 계곡을 따라 크고 작은 암자들이 설산에 흩어져 있어 붓다의 길을 걸어간 많은 운수납자雲水衲子들이 이 골짜기에서 깨달음의 '한소식'을 얻었을지도 모른다. 골짜기마다 작은 집에 승려들이 머물며 법을 찾고, 덕 높은 선사들을 찾

—
미천골

아 이곳 산중으로 찾아온 사람들도 많았으리라. '길 없는 길'을 찾아 많은 사람들이 찾아들고 보니 그 많은 밥을 짓기 위해 종일 쌀을 씻기에 바빴을 것이고, 많은 쌀을 씻은 흰 뜨물이 긴 계곡을 따라 멀리까지 흘러내려갔을 것이다. 더운 여름이면 쏟아지는 월광月光을 받으며 송림간松林間의 찬 개울물에 몸을 담그고는 했을 것이다. 얼음 같은 냉천冷泉에 들어앉으면 정신이 번쩍 든다. '나는 왜 이곳으로 왔는가?' 정신이 맑아지면 지혜는 밝아지는 법이다神淸智明.

현재는 '선림원지'라고 쓴 안내판이 길가에 서 있는데, 학계에서는 많은 사람들이 이곳을 억성사億聖寺로 비정한다. 우리 불교사에서 통일신라시대인 784년에 당나라로 가서 40여 년 동안 불법을 공부하고 돌아온 도의道義(도당유학: 784-821) 선사가 설악산의 진전사陳田寺에서 최초로 남종선의 선법禪法을 펼치고, 그 제자인 염거廉居(?-844) 화상이 그 맥을 이어받아 선법을 펼쳤다는 바로

그 억성사이다. 지금까지 나온 유물이나 자료들을 근거로 하여 보면, 설악산 일대에서 이곳 이외에 달리 억성사라고 볼 만한 곳이 없는 형편이니 이곳을 억성사라고 보아도 무리는 아닐 듯 싶다.

도로에서 석축을 쌓아 놓은 사역寺域으로 돌계단을 밟아 오르면 넓은 절터로 들어서게 되는데, 이곳에는 늘씬하게 서 있는 삼층석탑三層石塔과 파손된 부도탑浮屠塔 그리고 석등石燈과 〈홍각선사탑비弘覺禪師塔碑〉가 서 있다. 이 모두가 보물로 지정되어 있다. 이곳을 발굴하여 조성해 놓은 오늘날의 선림원지를 보면, 그 규

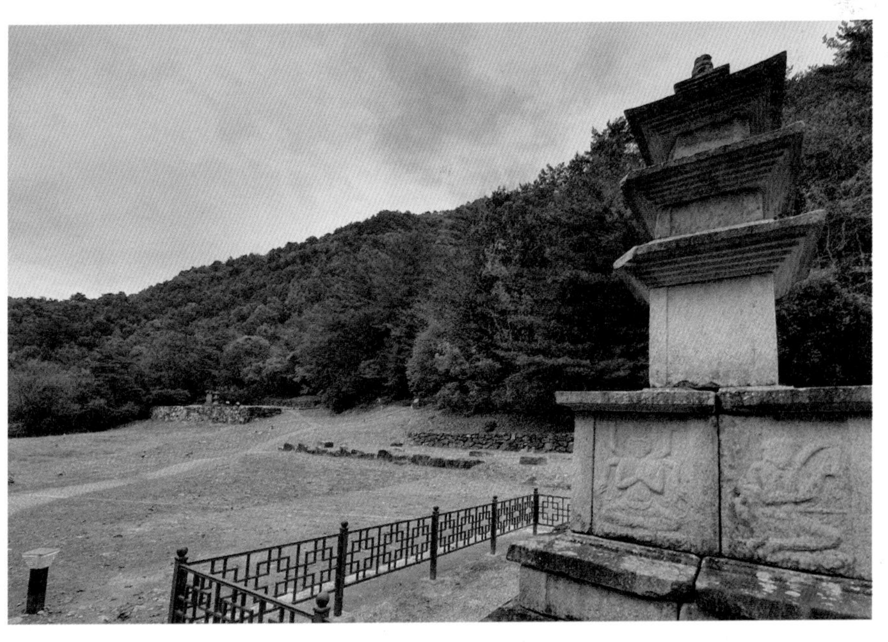

선림원지 전경

모가 작지 않고, 탑이 있는 이곳뿐만 아니라 길게 뻗쳐있는 미천골의 계곡을 따라 좌우에 여러 당우들이 있었을지도 모를 일이므로 왕경에서 멀리 떨어진 설악산 지역에서 진전사가 있는 지역과 이 골짜기 일대가 남종선이 도입되어 활발하게 법을 펼쳐가고 많은 납자들이 수행을 한 공간이 아닌가 하는 추측도 해 본다.

선림원지에 다시 복원해 놓은 승탑도 원래 파손된 채로 산등성이에 흩어져 있던 것을 수습하여 이곳으로 옮겨 놓은 것이고 보면, 억성사의 사역이 컸지 않았나 하는 생각도 든다. 1948년 절터에서 연대가 804년으로 적힌 신라시대의 동종銅鐘이 발견되면서 창건 연대를 짐작할 수 있게 되었고, 후대의 문헌에 등장하는 사림사沙林寺는 원래의 억성사를 개명한 것이고 선림원은 이 사찰에 속한 선원이라고 보기도 한다.

억성사의 사역으로 들어가면, 먼저 삼층석탑三層石塔을 만나는데, 이 석탑은 2단의 기단 위에 3층의 탑신을 올린 전형적인 통일신라시대 석탑이다. 이 탑신의 팔면에는 팔부중상八部衆像이 화려하게 새겨져 있는데, 자유롭고 화려한 양식에서는 진전사의 삼층석탑을 계승하였지만 그 수준에서는 진전사의 석탑이 더 뛰어나기 때문에 이 탑은 진전사의 탑보다는 나중에 조성된 것으로 보인다. 그 양식으로 보아 이 석탑은 염거 대사가 주석할 때는 없었고 사세가 번창했던 시절이기도 했던, 홍각 선사가 주석할 때 조

삼층석탑

성된 것으로 추정된다. 상륜부에는 노반露盤만 남아 있고 나머지는 사라졌다.

이런 양식의 삼층석탑은 왕경인 경주 지역에서 먼저 세워지고 8세기에 양식상의 완성을 본 후 9세기에 들어 더 자유로운 양식으로 나가면서 전국적으로 확산되며 조성된 것이다. 복원하기 전에 기단부에서 소탑 60여 기와 동탁 1개가 발견되었고, 탑 앞에는 안상을 새긴 배례석이 남아 있다.

석탑 뒤로 보이는 주춧돌

이 석탑 뒤에는 금당의 주춧돌이 그대로 남아 있다. 금당과 탑이 매우 가까이 위치한 것은 진전사의 경우와 매우 닮은 점이다. 두 사찰이 모두 계곡을 앞에 둔 땅에 지어져 그러한 것 같다. 이러한 화려한 탑을 조성하려면 상당한 재정이 뒷받침되어야 하는데 석재를 구하고 이를 다듬는 뛰어난 석공을 구하는 일까지 그 불사에 든 경비를 생각해 보면 진전사든 억성사든 이런 탑을 조성할 때는 설악산 지역에서 사세가 강했다고 보이고, 왕실의 지원이 없이는 그런 일이 어려웠을 것이다.

남종선이 들어오던 초기에는 기존 불교에서 이에 대한 거부감이 강했을 수도 있었겠지만, 이런 전각들의 규모와 석탑 등과 이런 건축물들이 동시에 모두 조성된 것이 아님을 미루어 보건대 전각이나 석탑, 동종 등의 조성에 있어서는 선종이 수용되면서 점차 왕실이나 지역 호족들의 지원이 있었으리라 짐작할 수 있다.

삼층석탑을 지나 사역 공간으로 더 들어가면 승방이 있었던 곳으로 추정되는 넓은 터가 있고, 여기서 더 안쪽으로 올라가면 파손되고 남은 승탑이 있다. 우리나라에서 승탑 또는 부도탑은 당나라에서 선종이 들어와 확산되면서 조성되기 시작한다. 탑은 원래 붓다의 유골을 봉안한 무덤에서 유래하여 붓다의 상징으로 조성된 것인데, 선종에서는 선사들을 붓다에 비견하는 지위로 보았기 때문에 선사들의 유골을 봉안하는 탑을 조성한 것이다.

'탑塔'이라는 말은 산스크리트어인 스투파stūpa와 팔리어인 투우파thūpa라는 말이 중국으로 유입되어 중국식 발음에 따라 '솔도파率堵婆' 또는 '탑파塔婆'로 쓰이고, 이것이 줄어서 탑으로 되었다. 승탑을 말하는 부도浮屠라는 한자어는 '붓다'를 소리에 따라 한자어로 부도浮圖, 부두浮頭, 포도蒲圖 등으로도 표기되는데, 이는 소리를 표기한 것이어서 그에 사용된 한자의 뜻은 아무런 의미가 없다. 원래의 탑에 비견하여 승려의 유골을 봉안한 탑을 부도탑이라고 한다. 승탑이라는 용어는 승려僧의 유골을 봉안한 탑塔이라 의미에서 만든 용어에 불과하다.

이 승탑은 일제식민지시기에 완전히 파손되었던 것을 1965년에 각 부분을 모아 현재의 자리에 복원한 것으로 기단부만 남아있다. 기단의 구조로 보아 8각을 기본으로 한 승탑인데, 기단 아래 받침돌의 밑을 크게 강조한 것은 8각형의 일반적인 승탑양식에서 벗어난 것으로 이를 세운 시기는 절터에 남아있는 홍각 선사비와 이 승탑이 홍각 선사의 승탑인 점으로 미루어 정강왕定康王(재위 886-887) 1년인 886년으로 추정하고 있다.

중대석은 거의 둥그스름한데 여기에 높게 돋을새김을 해 놓은 용과 구름무늬의 조각은 지금도 원래의 모습대로 선명하게 남아있고 장중한 느낌을 준다. 상대석과 하대석은 2겹으로 된 8장의 연꽃잎을 새겨 마주보게 하였는데, 모양이 여주 고달사지高達寺址의 부도와 흡사하다. 상대석 위에 놓인 탑신부터 상륜부까지 모두 없어졌다.

훼손된 승탑

여기서 탑비가 서 있는 곳으로 가면 그 앞에 석등이 있다. 이 석등은 신라시대의 전형적인 8각형식을 따르면서도 받침돌의 구성이 독특하여 주목된다. 하대석의 복련석伏蓮石에는 귀꽃조각이 강하게 돌출되어 있고, 그 위에 중대석을 기둥처럼 세웠는데, 간주석竿柱石의 양끝에는 구름무늬의 띠를 둘러 새겨놓았고, 가운데에는 꽃송이를 조각한 마디를 새긴 다음 이 마디 위아래로 대칭되는 연꽃잎의 띠를 둘러 새겼다. 화사석은 8각으로 빛이 새어나오도록 4개의 창을 뚫었고, 각 면의 아래에는 작은 공간에 무늬들이 새겨져 있다. 옥개석屋蓋石은 8각의 모서리선이 뚜렷하게 남아 있고, 추녀에는 하대석의 귀꽃조각과 같이 새겨져 있는데 일부 추녀의 조각들을 의도적으로 파손한 흔적도 뚜렷이 남아 있다. 전체적인 양식과 장식적 조각 등은 통일신라시대 석등의 특징을 잘 보여주고 있다. 석등이 있는 곳에서 산 언덕쪽으로 가면 조사당이 있었던 터가 남아 있다.

석등

선림원 동종 파편

이곳에는 원래 범종梵鐘도 있었다. 1951년 6·25전쟁 당시 중국 공산군대가 대거 우리나라에 쳐들어와 우리의 군대가 많은 희생자를 내며 파죽지세로 후퇴를 할 때 작전 지역 내 모든 사람을 소개시키고 사찰의 민간 시설물들을 중국 인민군대가 이용하지 못하게 소각한 작전이 있었다. 이때 월정사도 팔각9층석탑을 제외하고는 모두 소실되었는데, 1948년 지금의 선림원지에서 우연히 발견된 후에 군부대의 협조를 받아 월정사로 옮겨져 있던 억성사의 동종도 역시 피해를 당하였다. 20여 개 이상으로 쪼개진 종의 파편에는 771년에 조성된 성덕대왕신종聖德大王神鍾에 새겨진 것과 같은 비천상飛天像이 새겨져 있고, 이두문자로 새겨진 명문은 종을 조성한 내력을 전해 준다.

종은 804년(애장왕 5년) 3월 모든 중생이 불도를 이룰 것을 발원하면서 신광부인信廣夫人의 시주로 이루어졌는데, 고시산군古尸山郡에서 인근仁近대나마大乃末와 자초리紫草里의 시주로 만들었던 옛날의 종(무게 280정)과 선림원에 있던 구 종(무게 220정)을 활용하고 단월의 시주를 모아 새로 큰 신종을 만들었다. 영묘사令妙寺의 일조日照 화상과 원은元恩 화상이 주관하고, 종을 만든 백사伯士는 선림원의 각지覺智 화상이 맡았고, 유나는 동열同說 화상이 맡았다. 해인사海印寺를 창건한 순응順應 화상 등 여러 고승들이 상 화상上和上으로 참여하였다. 이 동종의 완전한 모습은 유리건판 사진에만 남아 전하고 그 파편들만 현재 국립춘천박물관에 있다.

석등 뒤쪽으로는 신라하대의 석비石碑 양식을 고스란히 갖추고 있는 홍각 선사 탑비가 서 있다. 이 비는 원래 비신이 파손되어 귀부와 이수만 여기에 있었는데, 2008년에 비신을 새로 복원하여 현재의 모습을 되찾게 되었다.

홍각 선사 탑비의 남아 있는 부분, 탁본

홍각弘覺(814-880) 선사는 경주 출신의 김씨로 830년(흥덕왕 5)에 17살의 나이로 출가하였다. 그는 출가하기 전에 이미 경사經史에 능통할 정도로 공부를 하였고, 해인사로 가서 선지식善知識을 참예하고, 이후 여러 사찰을 찾아다니며 공부하기도 했다.

해인사는 당시 화엄종華嚴宗의 중심 사찰이었던 만큼 홍각 선사도 초기에는 화엄종의 교학敎學을 공부한 것으로 보인다. 의상義湘(625-702) 대사의 법손이자 도당유학승인 순응 화상이 화엄사찰로 해인사를 짓기 시작하여 그 제자 이정利貞 화상이 완공한 때가 애장왕哀莊王(재위 800-809) 2년인 802년이니, 홍각 선사가 출가한 때를 기준으로 보면, 해인사가 창건되고 화엄승들이 모여 법을 전파하던 중심지로 된 지 이제 30년이 되어 가던 시기인 동시에 도의 선사가 신라로 귀국한 지 10년이 좀 지난 때이다.

이 당시 해인사는 의상계의 화엄종 승려들이 모여 수행하던 대사찰이었지만 홍각 선사가 해인사를 찾아간 시기에는 일대를 풍미해온 화엄종에서도 선법을 배척한 것이 아니라 선에 대해서도 융합적인 태도를 취하고 있었다고 보인다. 순응 화상도 억성사의 상 화상上和尙으로 있었으며 동종을 주조할 때 참여를 하였다.

우리나라에서는 선종의 경우에도 보조국사普照國師 지눌知訥(1158-1210)의 돈오점수頓悟漸修를 기본으로 이해하여 왔는데, 성철性徹(1912-1993) 대선사가 나타나 돈오점수頓悟漸修는 제대로 깨달은 상태가 아니어서 선종의 진정한 모습이 아니고 화엄교학이 포함되어 있는 것이라고 하며, 돈오돈수頓悟頓修가 오염되지 않은 순수한 모습이라고 일갈하는 일은 세월이 한참 지난 나중의 일이기는 하다.

이 시절에 당나라로 가서 불교를 공부한 승려들은 평균 20여 년을 중국에 머물면서 전국 각지에 흩어져 있는 여러 사찰로 고승들을 찾아 공부하였는데, 선종을 공부한 승려라고 하더라도 적지 않은 승려들이 선종을 배우기 전에 여러 사찰을 찾아 다니며 교학敎學을 공부하였다. 그럴 수밖에 없었으리라. 아무것도 모르고 눈 감고 앉아 있어 봤자 망상妄想밖에 더 있겠는가.

의상 대사의 스승인 지엄智儼(602-668) 화상이 화엄종을 정립할 때는 4조인 도신道信(580-651) 선사와 5조인 홍인弘忍(601-674) 선사가 동시에 활동하던 시기였다. 그리고 홍인의 제자 옥천신수玉泉神秀(?-706) 화상이 정립한 북종선은 다른 종파와도 교류를 하면서 성당盛唐시대(713-770) 내내 전성기를 구가하였다. 북종선과 남종선을 대립적으로 나누어 신수 선사와 북종선을 적대적인 것으로 폄하하고, 선종의 계보를 만들어 홍인 선사로부터 법을 받은 6조는 신수 화상이 아니라 혜능 화상이라고 하며 대립각을 세운 것은 활달한 수완으로 정치권력과 손잡고 자파 세력을 확장해간 하택신회荷澤神會(684-758) 화상이 등장하면서 만들어낸 일이다. 그러면서 하택 선사는 자기가 선종의 7조라고 주장하였다.

이러한 시대에 신라의 신행神行(704-779) 화상은 지공志空 선사에게서 북종선을 공부하고 돌아와 신라에 북종선을 전파하였고, 다른 한편 마하연摩訶衍(8세기 후반) 선사는 티베트 지역으로 가서 북종선을 펼쳐나갔다.

신라의 도당유학승이 북종선과 남종선의 선법을 가져왔다고 하고 남종선의 경우에는 홍주종洪州宗의 영향을 많이 받은 것으로 되어 있지만, 과연 그들이 선종과 교종을 어떻게 보았는지, 그리고 이들이 각각 특색 있는 산문을 열었는데 그 특색이 구체적으로 어떠하였는지에 대해서는 자료가 충분치 않아 정확히 그 사정을 알기가 어렵다. 그리고 이런 도당유학승들은 과연 그 전의 원효 대사와 의상 대사가 펼친 불교사상과 이론을 부정한 것인지, 아니면 이를 인정하고 깨달음의 문제를 중심에 놓고 불교에 대하여 다시 설파한 것인지? 원효 대사와 의상 대사 이후에 그 많은 유학승들이 나왔는데도 원효 대사가 이룬 저술에 필적할만한 성과를 내놓은 사람은 왜 없는지? 그러면 후대 선사들은 원효 대사의 저작을 다 공부하였는지? 그리고 이를 제대로 이해하고 받아들였는지? 등등 여러 가지가 궁금하기는 하다.

신라 하대에는 교학에서는 화엄학과 유식학唯識學이 우월한 가운데 율학律學도 있었고, 아비담阿毘曇, 阿毘達磨(abhidharma)도 있었다. 많은 저술들이 남아 있으면 이런 의문은 가지지 않아도 좋은데, 공부하는 사람의 입장에서는 자료가 부족하여 이런 의문은 당연히 생겨난다. 비록 달을 가리키는 손가락이라고 하더라도 그것이 손가락이라는 것을 알아야 달을 바로 볼 수 있으니까. 당우들이 사라진 절터를 걷다보니 망념妄念이라고 해도 이런 생각이 문득 들었다.

홍각 선사는 출가하기 전에 타고난 영특함으로 여러 경사經史에 능통하였다고 하는데, 지식의 면에서 보면, 이때에는 지식인 사이에서는 이미 유학에 관한 전적들이 상당히 통용되고 있었다. 신라에서는 이미 원성왕元聖王(재위 785-798 金敬信) 4년 즉 788년에 독서삼품과讀書三品科라는 과거제를 실시하여 3등급으로 관리를 선발하면서, 『춘추좌씨전春秋左氏傳』, 『예기禮記』, 『문선文選』, 『논어論語』, 『효경孝經』, 『곡례曲禮』를 시험과목으로 하였다. 그리고 오경五經 즉 『주역周易』, 『시경詩經』, 『서경書經』, 『예기』, 『춘추』, 삼사三史 즉 『사기史記』, 『한서漢書』, 『후한서後漢書』, 제자백가서諸子百家書의 글에 능통한 사람은 시험 없이 바로 관리로 등용하기도 했다. 그리고 이러한 것들은 이미 신문왕神文王(재위 681-692 金政明) 2년 즉 682년에 설치된 '국학國學'에서 이미 가르쳤던 것이다. 이 당시에 오면 지식인계층에 속하는 사람이라면 문사철文史哲에 관한 이러한 지식은 충분히 가졌던 것으로 보인다.

물론 독서삼품과를 실시하던 당시에도 적지 않은 사람들은 당나라로 유학을 다녀와 외국 유학생으로 대우받으며 관리가 되는 길을 더 선호하였다. 그것은 지식의 본산으로 가서 직접 공부하는 것이 제대로 공부하는 것이기에 예나 지금이나 마찬가지이리

라. 사정이 이러하니 홍각 선사도 출가 전에는 이러한 지식에 접하여 공부했을 것이지만, 이런 지식으로는 세상과 인간에 대하여 자신이 가진 근본적인 의문을 풀 수 없었기에 출가하여 불법에 뛰어든 것이 아닐까 하는 생각이 든다.

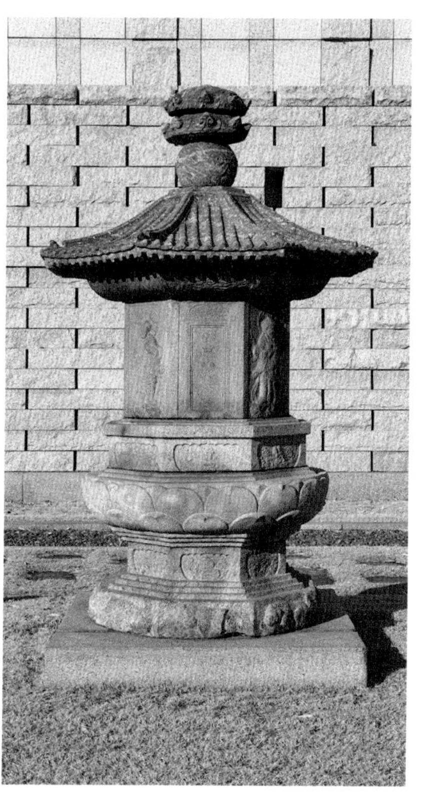

염거 선사 부도탑, 국립중앙박물관 소재

아무튼 홍각 선사는 이후 다시 경남 합천에 있는 영암사靈巖寺에도 갔다가 당시 도의 대사의 법을 이어 억성사에서 법을 펼치고 있는 염거 화상을 찾아가서 공부하며 염거 화상이 입적할 때(문성왕 6)까지 이곳에서 생활하기도 했다.

염거 화상이 입적한 후에는 여주 혜목산惠目山 고달사高達寺에 주석하고 있던 원감圓鑒 대사 현욱玄昱=玄旭(788-869 도당유학: 824-837) 화상을 찾아가 그 문하에서 공부하였다. 그 당시에 현욱 화상은 중국에서 마조도일馬祖道一(709-788)의 제자인 장경회휘章敬懷暉(754-815) 선사에게서 법을 전수받고 837년 희강왕僖康王(재위 836-838) 2년 4월에 왕자 김의종金義琮을 따라 귀국한 후 이듬해 남악南岳 실상사實相寺로 들어가서 주석하다가 840년에 이 고달사로 와서 주석하고 있었다. 그 시절 당나라에서는 마조선사의 문하에는 장경회휘 이외에 백장회해百丈懷海(749-814), 서당지장西堂智藏(735-814), 염관제안鹽官齊安(?-842), 마곡보철麻谷寶徹, 남전보원南泉普願(748-834) 등 기라성 같은 선장들이 쏟아져 나와 선풍을 날리고 있었다.

김의종은 문성왕의 7촌 숙부인데, 그는 당시 원성왕계의 왕자로서 희강왕이 되는 김제륭파金悌隆派와 신무왕神武王(재위 839. 4-7.)이 되는 김우징파金祐徵派의 왕위쟁탈전에서 밀려나 836년 홍덕왕興德王(재위 826-836) 11년 1월에 사은사를 겸한 숙위宿衛로 당나라에 파견되어 강요된 외유생활을 하다가 이때 귀국하는 길이었다. 그는 귀국한 후 시중侍中으로 활동하기도 했다. 현욱 화상은 이러한 정치 상황 속에서 불법을 펼쳐나갔는데, 민애왕閔哀王(재위 838-839), 신무왕, 문성왕文聖王(재위 839-857), 헌안왕憲安王(재위 857-861)으로부터 귀의를 받고 존경과 신망을 받아온 대덕大德이었다.

이 당시 신라는 왕위쟁탈전으로 왕실 내에서 죽고 죽이는 일이 반복되고 임금이 늘 교체되는 혼란을 거듭하며 망국의 길로 가고 있었다. 나라가 망하면 자신들도 없어질 것인데 이런 것을 모르니 왕권을 놓고 사투를 벌인 것이다. 이런 장면은 비단 신라만이 아니라 동서양 역사에서 적지 않게 볼 수 있는데, 문제는 그럼에도 불구하고 예나 지금이나 인간은 별로 나아진 것이 없이 마찬가지라는 점이다.

신라 42대 왕인 흥덕왕이 후사가 없이 죽자 그의 사촌 동생인 김균정金均貞과 다른 사촌 동생 김헌정金憲貞의 아들인 김제륭(김균정의 조카)이 서로 왕위를 놓고 다투게 되었다. 이때 시중侍中인 김명金明과 아찬阿飡인 이홍利弘, 배훤백裵萱伯 등은 김제륭을 옹위하고, 아찬 김우징과 그의 조카 김예징金禮徵, 김주원金周元의 후손인 김양金陽은 김균정을 옹위하면서 서로 세력을 형성하여 대대적으로 싸우게 되었다. 이 시기의 왕위쟁탈전은 '김제륭(희강왕)-김명(민애왕)'의 김제륭파와 '김균정-김우징(신무왕) 부자'의 김우징파 사이의 투쟁이었다. 이를 더 올라가면, 원성왕의 아들 중 인겸계仁謙系와 예영계禮英系의 다툼이 이어져오는 것이고, 좁게는 김인겸의 아들인 김충공金忠恭(민애왕의 아버지), 김헌정, 김균정 가계 사이의 분쟁이었다.

이 권력투쟁에서 김균정은 전사하고 김양이 화살에 맞아 김우징 등과 함께 청해진淸海鎭의 궁복弓福 즉 장보고張保皐(?-846)에게로 도주하여 그에게 의탁하는 것으로 일단의 결말이 났다. 그때까지 인간 취급도 하지 않았던 섬 출신의 사람, 장보고에게 진골 세력들이 달려가 그에게 의탁한 것이 그의 군사력 때문이었으니 이미 왕실의 기반이나 사회의 기반은 균열이 심하게 간 상황이었다. 이 왕위쟁탈전에서 김균정-김우징 세력이 타도된 이후 김제륭이 희강왕으로 즉위하였으나 실질적인 정치의 주도권은 김명과 이홍에게 있었다. 그래서 희강왕에게 불만을 가진 김명은 이홍과 합세하여 다시 난을 일으키고 왕의 측근들을 죽이니 연약한 희강왕은 궁중에서 스스로 목을 매어 죽었다. 김충공의 아들 김명이 21살에 왕좌를 차지하였으니 그가 민애왕이다.

왕위를 둘러싼 싸움은 여기서 끝나지 않는다. 민애왕이 즉위하자마자 바로 김균정계 세력이 힘을 모아 대대적으로 반격을 가하였다. 청해진으로 도주한 김우징 등이 그간 왕실의 상황을 예의 주시하고 있다가 드디어 이때다 하고는 나섰다. 838년에 그들은 장보고의 군사 5,000명을 이끌고 민애왕을 토벌하기 위해 왕경으로 진격해 왔다. 장보고는 흥덕왕 3년 즉 828년에 해적을 토벌하고자 한다는 청원을 하여 왕의 승낙을 받아내어 지금의 완도인 청해에 진鎭을 설치하였고, 해상 활동으로 키운 경제력과 함께 1만 명에 달하는 강력한 군사력도 가지고 있었다. 국가의 군사 단위인 진의 설치는 왕의 승낙을 받은 것이었지만, 그 군사들은 나라의 것이 아니고 장보고 개인의 사병私兵이었다.

장보고는 혜공왕惠恭王(재위 765-780) 이후 중앙 왕실의 통제력이 약해진 신라의 국내 정황과 당나라의 안녹산安祿山(703?-757)의 난 이후 당나라의 통제력이 약화된 틈을 타서 서해를 무대로 하여 신라와 당 사이의 해상무역海上貿易을 장악하면서 개인적으로 그의 해상세력을 키워온 인물이다.

나중에야 어찌되건 우선 왕좌부터 뺏어야 하는 김우징으로서는 장보고의 군사력을 동원하여 민애왕을 내쫓고 왕권을 차지하는 것이 최대의 관심사였다. 이때 청해진에서는 김양, 염장閻長=閻丈=閻文, 장변張弁, 정년鄭年, 낙금駱金, 장건영張建榮, 이순행李順行 등 장수들이 김우징을 옹위하고 있었다. 그들에게는 장보고는 섬 출신으로 미천한 신분이라 왕이 될 수 없다고 생각되었기에 왕위쟁탈전에서 내세울 인물은 김우징뿐이었다. 나중에 장보고가 이 한심한 난장판에 자기도 왕권을 쥘 수 있다고 생각하여 자기 딸을 문성왕의 왕비로 밀어 넣으려고 했는데, 그것이 여의치 않게 되자 그도 자기 병사들을 이끌고 직접 난을 일으켰다. 종당에는 염장에게 잡혀 죽어 황천길로 갔지만 이런 장면은 아직은 나중에 발생하는 일이다.

아무튼 김우징의 세력들이 군사를 동원하여 왕경을 향하여 쳐들어 왔는데, 838년 12월 민애왕은 김민주金敏周 등을 출병시킨 무주武州 철야현鐵冶縣(지금의 나주 부근) 전투에서 패배하고, 다음 해 1월에 달벌達伐(지금의 대구) 전투에서도 대패하였다. 민애왕은 월유댁月遊宅으로 급하게 도망을 갔으나 병사들에 의해 살해되었다. 즉위 3년만에 일어난 일이다. 이 싸움으로 김균정의 아들 김우징이 신무왕으로 즉위하였고, 장보고와 김양 등 신무왕을 도왔던 세력들은 정치권력을 가지게 되었다. 그러나 신무왕은 즉위한 지 6개월도 못되어 사망하였고, 그 아들인 김경응金慶應이 즉위하여 문성왕이 되었다. 정말 어지러운 세상이었다.

김부식金富軾(1075-1151)은 『삼국사기三國史記』에서 애장왕을 죽이고 왕이 된 헌덕왕, 희강왕을 죽이고 왕위를 차지한 민애왕, 민애왕을 죽이고 왕이 된 신무왕이 모두 비운의 황천길을 간 것에 대하여 기술하면서, 북송北宋의 구양수歐陽脩(1007-1072)의 사론史論을 빌어 불의한 왕이 어떻게 되는지를 후세에 전하기 위한 것이라고 설파하였다.

문성왕은 즉위하자 장보고를 진해장군鎭海將軍으로 봉하고, 예징禮徵을 상대등上大等에, 의종을 시중에 각각 임명하고, 김양에게 소판蘇判의 관등을 주면서 병부령兵部令으로 임명하였다. 그렇지만 이미 강한 군사력을 가진 장보고를 공신으로 봉하고, 김식金式과 대흔大昕 등 민애왕의 측근들을 사면한 것은 장차 왕권에 큰 위험이 될 요소였다.

문성왕 때에도 반란이 그치질 않았다. 841년(문성왕 3)에 홍필弘弼의 반란이 있었고, 846년에는 장보고가 반란을 일으켰다. 이어 847년에는 양순良順과 홍종興宗이 반란을 일으켰고, 849년에는 사면을 받은 김식과 대흔이 민애왕측 귀족들의 잔여세력과 규합하여 반란을 일으켰다. 이들은 신무왕-문성왕으로 계승된 균정계의 왕권을 반대하고, 인겸계仁謙系의 왕위계승을 되찾고자 하였다. 장보고의 난이 진압되자 851년에 청해진은 폐지되었고, 그곳 사람들은 벽골군碧骨郡으로 옮겨졌다.

이 당시 당나라에서는 무종武宗(재위 840-846)이 집권하여 도교를 숭상하고 불교를 말살시키는 '회창폐불會昌廢佛'을 일으켰다. 중국 땅 전역에서 수많은 사찰의 전각들이 불타고 승려들은 환속되었다. 불경 등 전적들이 대부분 화마 속으로 사라진 역사상 전무후무한 법난이 자행되었다. 그 옛날 진리를 구하기 위해 인도로 목숨 걸고 가서 가져온 불경을 힘들여 번역한 전적들이 이렇게 사라진다.

미친 놈이 왕좌에 앉아 광기의 권력을 휘두르면 이런 일이 벌어진다. 무종은 문종文宗(재위 827-840)의 이복동생인데, 문종과 환관의 싸움에서 문종이 독살되는 와중에 환관宦官 구사량仇士良(781-843)의 책모에 얹혀 왕이 되어 구사량이 대리청정을 하기도 하다가 겨우 4년 동안 친정을 하면서 도교의 도사들이 주는 불사의 단약丹藥을 받아먹고는 중독으로 5년 만에 33살로 죽었다. '미친 놈'인 것은 분명하다. 이런 말을 하면 귀와 눈 이외에 입도 씻어야겠지만, 이 말은 피해갈 수 없다. 불법佛法 이야기에 이런 장면이 끼어들다니… 나무관세음보살!

그런데 역설적이기는 하지만 선종에 있어서는 사찰의 전각이나 전적들이 크게 중요하지 않았기 때문에 이런 법난의 소용돌이 속에서도 큰 피해를 입을 것이 별로 없었다. 중국 전역의 선승들을 색출하여 잡아 죽이지 않는 한 불법은 사라지지 않는다. 오히려 이런 시대에 '선의 황금시대The golden age of Zen'를 열어간 임제의현臨濟義玄(?-867), 동산양개洞山良价(807-869), 황벽희운黃檗希雲, 위산영우潙山靈祐(771-853), 조주종심趙州從諗(778-897), 덕산선감德山宣鑑(780-865), 앙산혜적仰山慧寂(814-890), 설봉의존雪峰義存(822-908), 운거도응雲居道膺(835?-902) 등 선풍을 드날린 선장禪匠들이 대거 배출되어 '마음에서 마음으로 법을 전하며' 천하에 큰 바람을 일으키는 역사가 펼쳐졌다. 신라의 도의道義(?-? 도당유학: 784-821), 혜철慧徹(785-861 도당유학: 814-839), 현욱, 도윤道允(798-868 도당유학: 825-847), 무염無染(800-888 도당유학: 821?-845) 화상 등이 당나라에서 선법을 배워와 선풍을 펼쳐간 시기가 이때였다.

이렇게 혼란한 상황 속에서도 문성왕은 불교진흥에 관심을 가졌는데, 851년 당나라에 사신으로 갔던 아찬인 원홍元弘이 불경佛經과 부처의 치아사리를 가지고 왔을 때에도 왕은 교외에 친히 나가 이를 맞이하기도 하였다. 857년 문성왕은 숙부이자 신무왕의 이복동생인 의정誼靖= 祐靖에게 왕위를 양위한다는 유조遺詔를 내리고 사망하였다. 김균정의 아들인 의정이 곧 헌안왕憲安王(재위 857-861)이 되면서 균정계의 왕위는 그대로 계승되었다.

헌안왕도 병으로 오래 재위하지 못하고 후손이 없는 상태에서 희강왕의 손자이기도 한 맏사위 김응렴金膺廉에게 왕위를 양위한다는 유조를 내리고 죽었다. 이 김응렴이 경문왕景文王(재위 861-

875)이다. 헌안왕대에 와서 균정계에서 후손이 끊어져 제륭계가 왕이 된 셈이다. 제륭계이든 균정계이든 이들은 모두 원성왕계의 후손들인데, 원성왕계가 왕위를 세습하기 시작한 것은 내물왕계인 선덕왕宣德王(재위 780-785)이 죽고 후사가 없는 상황을 이용하여 내물왕계이자 상대등上大等인 김경신金敬信이 무열왕계인 김주원金周元(오늘날 강릉김씨의 시조)을 배제하고 원성왕에 즉위하면서 이루어진 일이다. 왕위계승의 큰 그림에서 보면, 신라에서는 이로부터 무열왕계의 왕위계승은 종말을 고하였고, 내물왕계의 왕위가 이어졌다.

경문왕은 화랑花郎의 국선國仙 출신으로 낭도郎徒들의 지지가 강했고, 동생인 각간 위홍魏弘의 도움을 받아 불교와 국학에 열성을 가지고 나라를 제대로 통치해 보려고 노력하였지만, 여전히 모반이 끊이지 않았고 진골귀족들 사이의 고질적인 분쟁을 종식시킬 수 없었다. 그가 죽자 큰아들이 헌강왕憲康王(재위 875-886), 둘째아들이 정강왕에 즉위하고 딸이 진성여왕眞聖女王(재위 887-897)으로 혈족들이 돌아가며 왕위를 계승하면서 왕실의 혈통을 계속 지키려고 하였지만, 결국 신라는 쇠퇴의 길을 걸었다.

고운孤雲 최치원崔致遠(857-?) 선생이 경문왕 때 당나라로 유학을 가서 헌강왕 때 귀국하여 신라를 살려보려고 진성여왕에게 국가개혁안을 올리는 등 고군분투하던 때가 이 시절이다. 결국 그는 진성여왕이 효공왕孝恭王(재위 897-912)에게 왕위를 물려주는 사태를 눈으로 보고 중국 황제에게 올리는 〈양위표讓位表〉를 황제의 신하로 칭해야 하는 여왕을 대신하여 짓는 일을 당하고는 무너져 가는 신라의 모습을 보면서 절망과 실의에 빠져 세상에서 종적을 감추었다. 천하에 뛰어난 인재가 있어도 시절을 만나지 못하니 그 뜻을 펼칠 수가 없었다. 그의 종적을 알 수 없어 후세 사람들은 그가 신선神仙이 되었다고 했다.

최치원 선생이 진성여왕을 대신하여 지은 장문의 〈양위표〉의 시작은 이렇게 되어 있다.

"신하인 모는 아룁니다. 신이 듣건대, '원하되 탐하지 않는다'라는 말은 공자의 제자들에게 전한 가르침이고, '덕은 사양하는 것보다 더 나은 것이 없다'라는 말은 진晉나라 사신이 전한 잠언이라 했습니다. 따라서 구차하게 자리를 빼앗아 편안을 누리게 되면 현인의 길을 막은 책임을 면할 수 없습니다. 臣某言 臣聞欲而不貪 駕說於孔門弟子 德莫若讓 騰規於晉國行人 苟竊位自安。則妨賢是責."

그 마지막은 이렇다.

"신은 매번 저의 역량을 헤아려보며 행할 것을 생각하다가 마침내 스스로 물러나기로 하였습니다. 아무 때나 마음대로 피고 지는 광화狂花 같아 부끄럽기도 합니다만, 깎을 수 없고 새길 수도 없는 말라빠진 나무로나마 생을 마치고자 합니다. 오직 바라는 바는 황상의 은혜를 헛되이 받게 하지 말고, 자리가 적임자에게 돌아가게 해 주시는 것입니다. 동방을 살피시는 황상의 걱정을 나누어지는 직을 이미 등졌기에 서쪽 중국으로 돌아가는 시를 속절없이 읊을 뿐입니다. 삼가 본국의 하정사賀正使 모관某官이 입조하는 편에 양위하는 표를 함께 보내 아뢰는 바입니다. 臣每思量力而行 輒遂奉身而退 自開自落 竊媿狂花 匪劉匪雕 聊全朽木 所頣恩無虛受位得實歸 旣睽分東顧之憂 空切咏西歸之什 謹因當國賀正使某官入朝 附表陳讓以聞."

젊어 타국 땅에서 온갖 고생을 다하며 공부하고 모국 신라로 돌아와 나라에 헌신하고자 한 것이 결국 망국의 황혼에 서서 이런 〈양위표〉를 짓는 것으로 끝난다는 말인가! 정녕 하늘은 있는 것인가 없는 것인가! 산 속 깊은 곳일지도 모르고 망망대해茫茫大海가 펼쳐진 바닷가일지도 모르겠지만, 그가 홀로 마지막 걸음을 옮기며 이렇게 되뇌었을지도 모를 일이다. 참으로 '죽음은 한 조각 뜬 구름이 사라지는 것일 뿐死也一片浮雲滅'이라는 말이 맞는 것 같다. 우리 역사에서 '외로운 구름孤雲'이 흩어지던 장면일지도…….

898년 효공왕이 된 헌강왕의 서자인 김요金嶢는 궁예가 나라를 세우고 힘이 날로 강해가는 와중에 비천한 첩 은영殷影에게 빠져 헤매다가 아들이 없이 4년만에 죽었다. 이어 망해가는 신라 정치권의 실세인 예겸乂兼=銳謙의 의붓아들이자 옛날 박씨왕의 마지막 왕인 아달라왕阿達羅王(재위 154-184)의 후손이라고 하는 박경휘朴景暉가 신덕왕神德王(재위 912-917)이 되었다. 박씨가 다시 왕권을 차지했다. 예겸은 이미 딸을 효공왕의 왕비로 들여보냈다. 궁예弓裔(869?-918)와 견훤甄萱(867-936)이 세력 싸움을 하는 와중에 신라는 왕경 주변 지역을 유지하기에도 힘들었는데, 그도 5년만에 죽었다. 신덕왕의 아들인 박승영朴昇英이 경명왕景明王(재위 917-924)이 되었지만 비틀거리는 나라를 어떻게 할 수 없어 왕건과 우호관계를 맺고 명맥만 부지하다가 7년만에 죽었다. 이때는 왕건王建(재위 918-943)이 세력권을 넓혀가고 있었다.

경명왕의 동생인 박위응朴魏膺이 이어 왕이 되니 그가 경애왕景哀王(재위 924-927)인데, 사실상 왕건에게 의존하여 왕좌를 유지하다가 남산 아래 포석정鮑石亭에서 견훤의 공격을 받고 3년만에 저승길로 간 비운의 인물이다. 다시 왕의 모계 쪽 인물인 김부金傅가 왕이 되니, 그가 신라의 마지막 왕 경순왕敬順王(재위 927-935)이다. 그 기간에 왕건이 견훤을 토벌하자 신라의 여러 주군들이 모두 왕건에게 항복하고 결국 경순왕도 임해전臨海殿에서 왕건을 만나 공식적으로 항복을 하였다. 그 후 왕건은 경순왕을 정승공正丞公으로 봉하여 태자보다 상위로 예우하고 봉록도 주었으며, 그의 맏딸 낙랑공주樂浪公主를 경순왕과 결혼시키고 신라의 관원들과 장수들도 등용하고 신라를 '경주慶州'로 고쳐 경순왕의 식읍食邑으로 주었다. 이 꼴을 본 큰아들 마의태자麻衣太子는 피눈물을 흘리며 금강산으로 들어가 종적을 감추었고, 셋째아들은 세상을 버리고 화엄사로 들어가 범공梵空이라는 이름으로 승려가 되었다.

이렇게 내리막을 달리던 신라의 달밤에 눈물 흩뿌리던 최치원 선생의 지팡이는 어디로 향하고 있었나? 그가 해인사로 들어갔다는 것이 문헌상 남아 있는 마지막 흔적이지만, 그 이후 고운사孤雲寺로 갔다든지 쌍계사雙磎寺로 갔다든지 하며 구전으로만 전해온다. 마침내는 고운 선생이 도교의 신선이 되었다는 이야기가 퍼졌다. 후대로 내려오면서 망국의 슬픔을 안고 살아가던 가슴 아픈 사람들이 전하고 전한 이야기이리라.

진경 대사 부도탑, 국립중앙박물관 소재

현욱 대사는 이러한 왕위쟁탈이 벌어지던 신라 하대의 혼란한 시절에 살았는데, 840년(문성왕 2)에 왕의 요청으로 혜목산으로 거처를 옮겨 종풍을 크게 날리다가 경문왕 9년에 입적하였다. 왕은 그에게 원감圓鑑이라는 시호를 내렸다. 그의 법을 이은 전법제자인 진경 대사眞鏡大

師 심희審希(855-923) 화상이 창원에 봉림사鳳林寺를 세우고 선풍을 드높이니 바로 봉림산문이다. 그리하여 현욱 대사는 봉림산문의 개산조가 되고 심희 화상과 그 제자들이 펼친 종풍을 봉림산파鳳林山派라고 한다. 아마도 고달사 현욱 대사 밑에서 홍각 선사와 심희 화상이 모두 공부하였지만 55세인 홍각 선사보다는 15세인 심희 화상에게로 법을 전하여 그 맥을 잇게 한 것으로 보인다.

홍각 선사는 이러한 시기에 활동을 하다가 873년(경문왕 13)에 다시 억성사로 와 법당과 당우들을 건립하고 불법을 전파하였다. 873년은 왕경인 서라벌에 9층의 황룡사탑이 완공된 해이기도 하다. 그가 억성사로 돌아오자 많은 사람들이 이곳으로 몰려들어 그 명성이 높았다. 그리하여 왕도 그의 높은 덕을 경모하여 왕경으로 초빙하였고, 선사는 궁궐로 가 열흘 동안 임금을 상대로 설법도 하고 마음도 나누었다. 왕의 귀한 전송을 받으며 절로 돌아왔다. 7년간 억성사에 주석하다가 880년(헌강왕 6)에 법랍 50세로 입적하였다. 이러한 것으로 보아 억성사의 전성기는 홍각 선사가 주석하던 시기라고 생각된다.

현재 서 있는 홍각 선사 탑비는 비신을 새로 만들어 복원한 것인데, 정강왕 원년인 886년에 세운 것으로 추정된다. 원래의 비신은 조선시대 때 파손되어 파편만 남아 있어 현재 국립춘천박물관과 동국대학교 박물관에 흩어져 있다. 귀부는 거북머리가 아니고 용의 머리로 되어 있고 이수에는 구름과 용이 매우 사실적으로

홍각 선사 탑비 전면

홍각 선사 탑비 후면

왕희지 글씨를 집자한 〈홍각 선사 탑비〉 부분

조각되어 있다. 이 탑비는 귀부의 조각이 손상됨이 없이 잘 보존되어 있는데, 그 조각의 섬세함은 실로 감탄을 금치 못하게 한다. 비문은 장흥 보림사寶林寺의 〈보조선사창성탑비普照禪師彰聖塔碑〉를 쓴 수병부낭중守兵部郎中 김원金薳이 지었다. 두전頭篆에는 '홍각 선사비명'이라고 새겨져 있고, 비문은 운철雲徹 화상이 왕희지王羲之(307-365)의 글씨를 집자集字하고, 보덕사報德寺의 승려인 혜강慧江 화상이 새겼다.

신라시대에는 왕희지의 글씨를 모아 비문의 글에 맞게 배치하여 새긴 것이 적지 않다. 사실 서성書聖이라고 부르는 왕희지이지만 그가 직접 쓴 글씨의 진적眞蹟은 오늘날 하나도 남아 있는 것이 없다. 오늘날 우리가 접하는 왕희지의 글씨는 그의 글씨를 보고 후대의 명필들이 다시 베껴 쓴 것이거나 아니면 왕희지의 글씨를 새긴 비를 탁본한 것이다. '천하제일행서天下第一行書'라고 하는 왕희지의 작품 〈난정서蘭亭序〉도 왕희지의 글씨를 제일 좋아하여 모았다는 당 태종太宗(재위 626-649)이 죽으면서 무덤에 같이 묻었다는 설화가 있을 뿐이고, 지금 전하는 것은 우세남虞世南(558-638), 저수량褚遂良(596-658), 풍승소馮承素, 조맹부趙孟頫(1254-1322) 등 당대의 명필들이 베껴 쓴 모본摹本이나 임본臨本이다. 왕희지 행서의 표준으로 삼는 〈대당삼장성교서大唐三藏聖教序〉는 왕희지 글씨를 집자하여 새긴 것이다. 이는 현장玄奘(602-664) 법사가 인도에서 불경을 가져와 이를 번역하여 당 태종에게 바치자 왕이 이를 치하하여 지은 〈성교서聖教序〉라는 글인데, 처음에는 저수량이 해서楷書로 이를 써서 〈안탑성교서雁塔聖教序〉라고 하였다. 그 다음에 당 고종高宗(재위 649-683) 때에 장안의 홍복사弘福寺 승려인 회인懷仁 화상이 왕희지의 글씨를 모아 비로 만들어 홍복사 경내에 세웠는데, 이를 〈집자성교서集字聖教序〉라고 부른다. 이 비는 현재 중국의 서안에 있는 '서안비림

저수량 글씨, 〈안탑성교서〉 부분

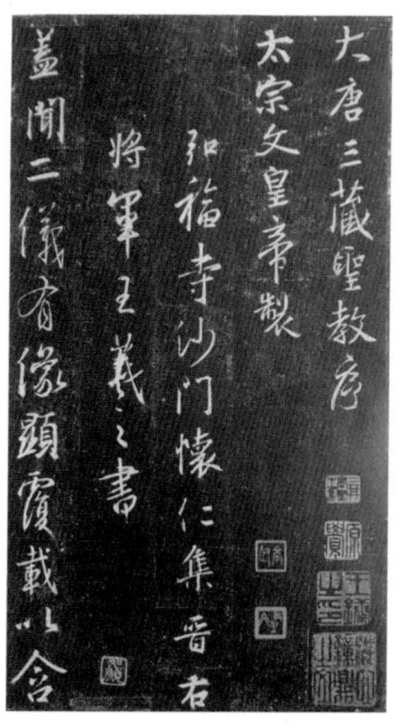

왕희지 글씨, 〈집자성교서〉 부분

西安碑林'에 있다.

우리나라에서도 명필 김생金生(711?-?)의 글씨를 집자하여 비문으로 새긴 경우가 있다. 최치원 선생의 사촌 동생인 최인연崔仁渷=崔彦撝=崔愼之(868-944) 선생이 지은 태자사太子寺의 〈낭공대사백월서운지탑비명郎空大師白月栖雲之塔碑銘〉을 단목端目 화상이 김생의 글씨를 집자하여 세운 〈낭공대사비〉가 그 한 예이다.

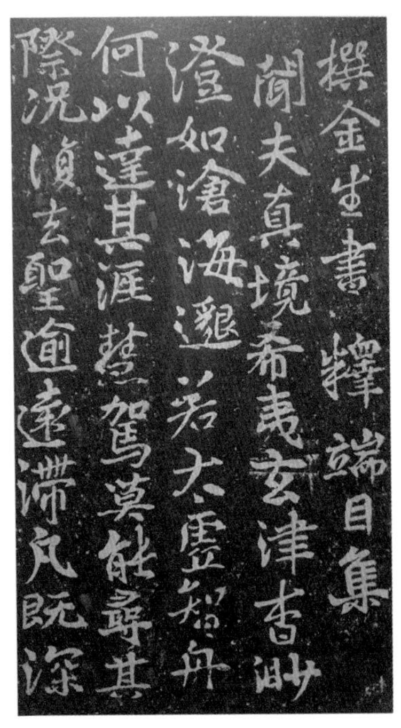

김생 글씨를 집자한 〈낭공대사비〉 부분

홍각 선사의 제자로는 범룡梵龍 화상과 사의使義 화상 등이 있다. 시호는 홍각이고 탑호는 '선감지탑禪鑒之塔'이다. 도의 대사가 선법을 펼칠 때 중앙에서 워낙 반발이 심하여 설악산에서 조용히 제자들에게 전하였다고 되어 있으나, 염거 대사가 억성사에 머물 때 많은 수행자들이 그를 찾아 왔고, 홍각 선사와 체징 선사와 같은 고승들이 그 문하에서 활동한 것과 홍각 선사가 주석할 때 왕의 초청을 받은 일까지 고려해 보면, 어쩌면 그 시절 억성사가 선법을 펼치는 중심지로 활발했는지도 모를 일이다.

이 골짜기까지 찾아오면서 그 사연을 글로 남기는 것은 어느 시대나 '인간의 문제'를 풀기 위해 치열하게 살아간 사람들이 있었기에 그 모습을 보고 싶어서다. 인간이 모든 고통에서 벗어나 자유자재自由自在하고 행복하게 살아 갈 수 있는 길은 어디에 있는가? 골짜기 바람이 실로 소쇄瀟灑하여 시원하다.

전등사

강화도江華島는 섬이다. 그 섬에 절이 있다. 예성강, 임진강, 한강이 서해로 흘러들어 바다를 이루는 지점, 서울에서 서쪽으로 가면 김포반도에 이르는데, 여기서 바다를 사이에 두고 한반도에서 네 번째로 큰 섬인 강화도가 '내가 섬이다' 하고 있다.

요즘은 강화대교와 초지대교로 육지와 연결되어 다니기에 쉽지만 다리가 없었을 때는 육지에서 뗏목이나 작은 선박을 타고 건너가야 강화도에 닿는다. 고려시대에는 길지인 세 도읍지라 하여 평양인 서도西都, 개성인 송도松都와 함께 강화를 강도江都라고 하였다.

이 강화도 남쪽에 강화 최고봉인 마니산摩尼山의 줄기를 타고 생긴 정족산鼎足山 아래에 전등사傳燈寺가 있다. 정족산에는 단군의 세 아들 부여夫餘, 부우夫虞, 부소夫蘇가 만들었다는 삼랑성三郎城이 삼국시대에 토성으로 있다가 다시 석성으로 증축과 개축을 반복하면서 현재 정족산성의 모습을 갖추고 산 아래에서 산꼭대기까지 빙 둘러싸고 있다. 결과적으로 오늘에는 정족산 속의 전등사를 정족산성이 에워싸고 있는 모습이 되었다. 요즈음은 성곽을 조명으로 밝히고 있어 밤에 높은 곳에서 보면 절을 둘러싼

산성의 모습이 장관이다.

전등사는 381년 아도 화상이 창건하여 진종사眞宗寺로 불렸는데, 고려 원종元宗, 王倎(재위 1260-1274)의 원찰로 역할을 하다가 그의 아들 충렬왕忠烈王, 王諶(재위 1274-1308) 때 전등사로 바뀌었다. 1614년 광해군 때 대화재로 선조 때 화재로 타고 남은 건물까지 모두 소실되는 아픔을 겪고 1621년 중창을 하여 지금까지 전해오는 고찰이다. 대웅보전과 약사전 등이 그 당시 중창된 건물이라고 전해온다.

전등사 가는 길은 산 아래에서 걸어서 「종해루宗海樓」라는 현액이 누각에 높이 걸린 삼랑성 남문을 통과하여 들어갈 때 고찰의 운치를 제대로 느낄 수 있다. '종해'라는 말은 『서경書經』의 「하서夏書」 우공禹貢편에 있는 "강한조종우해江漢朝宗于海", 즉 강수와 한수가 제후들이 봄과 여름에 긴 행렬로 천자에게 알현하러 가듯이 바다로 길게 달려 나아간다는 뜻인데, 1793년 영조 때 남문 위에 누각을 지으며 강화유수 권교가 현판을 걸었다.

역사적으로 강화도는 도읍을 옮기는 천도遷都를 하기도 한 곳일 뿐만 아니라, 국가 위기 시에는 왕실이 옮겨올 자리이고, 1660년 현종顯宗(재위 1659-1674) 이래 묘향산妙香山에서 옮겨온 장사각藏史閣과 선원보각璿源寶閣에 왕조실록과 왕실세보까지 보관하고 있었으니 육지의 뭇 강들이 강화바다로 앞 다투어 달려오는 모습과 겹쳐 그 중의적重義的인 의미가 더해 온다. 단순히 바다를 내려다보는 풍광을 의미하는 말을 쓴 것이 아니라, 이곳은 사찰이지만 역대의 왕조실록과 왕실의 족보가 있는 곳이어서 사실 국가의 왕실과 같이 중요한 곳이라는 의미를 현판에 써서 문루에 걸어놓은 것이다.

남문을 지나면 통상 절에 서 있는 일주문一柱門이나 천왕문天王門과 같은 문은 없고 바로 전등사라는 현판이 걸린 대조루對潮樓에 이르게 된다. 하늘로 날아 오를듯한 대조루를 쳐다보며 수많은 발자국에 닳은 오랜 돌계단을 밟아 올라가면 대조루의 낮은 마루 아래를 고개 숙여 지나가게 된다. 머리가 부딪히지 않게 한껏 숙여 조심스레 지나지만 이 순간은 자신의 아상我相을 죽이는 하심下心의 시간이다.

어느덧 발 앞에 작은 돌계단이 보여 바로 고개를 드는 순간에 대웅보전大雄寶殿의 고색창연한 모습이 눈 안에 들어온다. 현액과 주련도 글씨가 퇴락하여 보존이 필요하고 법당의 단청도 다시 올려야 할 정도로 낡았지만, 처마 밑 공포栱包에 쌓인 시간의 무게를 느끼기에는 낡은 모습 그대로 두는 것이 더 고귀하다. 실로 보물이다. 나이테가 드러나 보이는 기둥에 걸린 주련柱聯은 약사전藥師殿의 주련을 함께 쓴 성당惺堂 김돈희金敦熙(1871-1937) 선생이 한예漢隷의 풍을 띤 예서隸書로 썼다. 오랜 풍우 속에 변형이 생기기는 했지만, 나무판에 새길 때 김돈희 선생의 필획을 잘 살려 새

—
대조루

김돈희 글씨, 약사전 주련

졌더라면 더 좋았을 것이란 아쉬움도 남는다.

김돈희 선생은 이준李儁(1859-1907) 열사가 법학 공부를 한, 우리나라 최초 법과대학인 법관양성소法官養成所를 졸업하고 검사 생활을 하면서도 집안의 전통과 풍부한 자료를 바탕으로 하여 근대 한국 서예계에서 중추적인 역할을 하였다. 사자관이었던 부친의 영향 하에서 탄탄한 실력을 쌓은 그는 본격적인 서예연구단체인 '서화협회'와 '상서회尙書會'를 조직하여 후진들을 양성하면서 일제식민지시기에 한국 서예계를 지키며 발전시킨 인물이다. 서예가 손재형孫在馨(1903-1981) 선생과 화가 장우성張遇聖(1912-2005) 선생

김규진 글씨, 안순환 그림, 전등사 현판

이 상서회를 중심으로 출입하면서 그에게서 서예의 원리와 서법에 대해 가르침을 받기도 했다.

전등사에는 성당 선생과 같이 당시 서예계에서 양대 축을 이룬 해강海岡 김규진金圭鎭(1868-1933) 선생이 쓴 「전등사傳燈寺」 현판도 걸려 있다. 이 현판은 보통의 것과는 달리 디자인도 예술적이고 채색도 화려하다. 글씨 외에도 글씨의 바깥 부분에 흰색 바탕에 푸른색의 대나무와 녹색의 난초를 그려놓았다. 사군자四君子 그림인데, 조선의 선비를 상징하는 것이다. 이 그림은 죽농竹儂 안순환安淳煥(1871-1942) 선생이 그렸다. 두 사람은 서로 친하게 지낸 사이였고, 안순환 선생은 사군자를 잘 그렸다. 김규진 선생의 글씨와 안순환 선생의 난죽화가 있는 디자인과 구성으로 된 똑같은 현판은 해인사, 은해사, 백양사, 송광사, 대흥사 등 국내 주요 사찰에서도 볼 수 있다.

안순환 선생은 부모를 일찍 여의고 어려움 속에서 서화상書畵商 등 온갖 일을 하다가 1899년에 대한제국 탁지부度支部 전환국典圜局의 건축 감독으로 취직하여 궁중의 일을 시작한 후 궁중 음식을 담당하는 궁내부宮內府 전선사典膳司의 장선掌膳과 주선과장主膳課長을 지냈는데, 1907년에 통감부에 의해 궁내부가 폐지되자 정3품의 이왕직사무관李王職事務官도 사직하고 궁중의 남자 요리사인 대령숙수待令熟手들과 관기제도官妓制度의 폐지로 갈 데가 없는 궁중기녀들을 모아 1909년 최초로 조선 궁중요리 전문 요정인 '명월관明月館'을 열었다. 우리가 알고 있는 교자상交子床도 독상 방식의 음식문화에서 탈피하여 여러 사람이 같이 앉아 요리를 즐길 수 있도록 하기 위해 이곳에서 처음 개발된 것이다. 명월관이 화재로 소실된 이후에도 '태화관太和館'과 '식도원食道園'을 차례로 열어 대대적인 성공을 거두어 거부가 되었다. 물론 음식점의 경영은 사장을 따로 두어 그에게 맡겼다. 1919년 민족지도자들이 〈3·1 독립선언서〉를 발표하기 위해 태화관에 모일 수 있었던 것도 주인이 안순환이었기에 가능했다.

황영례 박사의 연구에 의하면, 거부가 된 그는 나이 60세에 대대적인 인생의 전기를 맞아 어지럽고 위기에 처한 나라를 구하고자 토착화된 조선의 유교를 종교화하여 국민을 신앙으로 결집시키고 여기서 민족의 미래 활로를 찾는 일에 전심전력으로 매진하게 된다. 중국의 공양학파公羊學派 리더인 캉유웨이康有爲(1858-

1927)의 혁신유교 종교화운동인 '공교孔敎운동'에 영향을 받아, 조선의 유교도 기독교처럼 전국적으로 종교조직을 만들고 전도사를 대대적으로 양성하고 신앙으로 일체가 된 교인들을 체계적으로 교육시켜 신구학문의 지식을 습득하여 민족의 미래를 열어간다는 구상을 하였다.

그리하여 1930년에 경기도 시흥에 '녹동서원鹿洞書院'을 대규모로 세우고, 단군을 모시는 단군교檀君敎도 포용하여 단군전檀君殿도 함께 건립하였다. 전국 유교단체를 통합하는 '조선유교회朝鮮儒敎會'를 창립하고 서울에 총부總部를 두고 지역에 지부를 두었다. '명교학원明敎學院'을 건립하여 체계적인 커리큘럼에 따라 신지식을 연마하는 엘리트를 양성하고, 기관지를 발행하는 '일월시보사日月時報社'와 경전을 강론하는 '광거당廣居堂'도 건립·운영하였다.

윤용구尹用求(1853-1939) 선생이 종도정宗道正으로 참여하고, 박연조朴淵祚(1879-1941), 송기식宋基植(1878-1948), 김영의金永毅(1887-1951), 강매姜邁(1878-1941) 선생 등과 같은 당대 뛰어난 학자들이 적극 참여하여 전국에서 선발된 수재들을 양성하였다. 캉유웨이의 『대동서大同書』와 량치차오梁啓超(1873-1929)의 『음빙실문집飮氷室文集』 등과 같은 책을 읽으며 혁신 유학을 공부하고 신지식도 연마한 이곳 출신 인재들은 이후 독립운동이나 후학 양성에 힘쓰기도 하며 시대를 아파하며 답답한 현실을 타개하기 위하여 온갖 몸부림을 쳤다. 그리고는 우리의 기억 속에서 사라졌다.

참으로 망국의 백성이지만 민족의 정신을 굳건히 세우고 미래를 열어나가고자 한 치열한 몸부림이었다. 그러나 거시적으로 보면 시대를 잘못 읽은 한계로 말미암아 큰 뜻을 실현하지 못한 아쉬움을 남겼다. 중국 지식인들도 밀려오는 세계사의 파도 앞에서 '중체서용中體西用'과 '동도서기東道西器'를 내세워 역사의 거센 파고를 넘고자 했으나 세계를 지배하는 지식의 주류가 무엇인지를 간파하지 못하고 그 한계를 노정하고 말았듯이 오랫동안 중국에 의존해 오던 조선도 그 한계를 넘지 못했다.

안순환 선생이 그 많은 재산으로 유학생을 선발하여 유럽과 미국으로 유학을 보내 새로운 지식으로 무장하여 국권회복의 길을 도모했다면 더 좋았던 것이 아닐까 하는 생각이 들지만, 그 시대에는 이런 혁신 유교운동도 온갖 저항을 무릅쓰고 해야 하는 새로운 몸부림이었다.

이 당시에도 주자성리학에 도취된 조선 유교는 아직도 잠에서 깨어나지 못하고 있었다. 일찍이 이승만李承晩(1875-1965) 선생이 세계사의 흐름을 간파하고 자신의 낡은 생각부터 깨뜨려 유교에서 서구문명국가의 기독교로 과감히 개종하고 미국으로 나가 서구학문을 체득하여 글로벌한 무대에서 조선의 국권회복운동을 전개하고 있던 시절이다.

전등사의 당우 처마 밑에 외로이 걸려 있는 현판에는 이러한 사연이 간직되어 있다. 툇마루에 한참 동안 걸터앉아 거친 시대를 살아간 선인들의 삶에 대해 생각해 보았다. 고통스러운 속세를 던져버리고 산속에 집이나 지어 청풍명월과 함께하는 삶을 살 수도 있었겠지만, 그것이 지식인의 삶에서 답은 아니었을 것이다. 출가해 버리는 것도 답이 아니듯이 말이다.

물론 그 시절에도 일본으로 유학한 사람들 중에는 조선의 아내를 버리고 벚꽃놀이에서 새로 만난 여학생과 연애를 하는 데 정신이 없었던 경우도 많았고, '만주로 개장사를 하러 간다'며 고향의 논밭을 팔아 장춘長春과 봉천奉天이나 상해上海 등지의 홍등가紅燈街에서 가산을 탕진하며 놀아난 인간들도 많았다. 조선의 아내를 구닥다리라고 버리고 동경 우에노上野 공원에서 만난 예쁜 여학생과 새 살림을 차리는 것이 양심상 쉬운 일은 아니어서 결국 현해탄玄海灘에서 남녀가 동반 투신하여 죽은 경우도 적지 않았으리라. 그래서 '현해탄은 말이 없다'라는 말도 생겼을 것이고, 주인집 도련님의 그 '개장사'가 결국 바람피우고 아편질을 말하는 것이라는 것은 동네 사람들은 이미 소문으로 알고 있었던 것이다. '개장사'가 독립운동을 의미한 것이었더라면 좋았을텐데 말이다. 한쪽에서는 연애질을 하고, 한쪽에서는 목숨을 걸고 독립운동을 하고, 또 한쪽에서는 완장을 찬 조선인이 일본 순사에게 '불령선인不逞鮮人'이라고 밀고를 하고…… 인간의 삶이란 원래 이런 것인지도 모른다. 지금도 비슷하지 않을까.

이런 저런 생각을 하며 물끄러미 앞을 보는데, 전등사에 놀러 온 사람들이 분주하게 이곳저곳을 구경하며 사진도 찍는 모습들이 보인다. 표정들이 즐겁고 밝다. 그런데 이 현판을 관심있게 보는 사람은 보이지 않는다. 당연한 것이리라. 우리가 배운 적도 없는 역사이고, 그들의 삶은 잊혀진 지 오래되었기 때문에. 전쟁 한 번 제대로 못해 보고 일본에게 나라를 빼앗겼다가 그 많은 피를 흘린 후에 다시 찾은 번영한 이 나라에 우리 후손들은 이렇게 살고 있다.

일제식민지시기에 서화의 원리를 탐구하며 우리 문화유산의 소중한 가치를 꿰뚫고 산일되는 자료와 문적들을 하나라도 더 찾아 수집하여 우리에게 물려준 인물은 『근역인수槿域印藪』와 『근역서휘槿域書彙』, 『근역화휘槿域畵彙』를 남긴 위창葦滄 오세창吳世昌(1864-1953) 선생이다. 일제가 우리 문화유산의 가치를 알고 마구 챙겨나갈 때 만석의 재산을 가진 거부巨富 간송澗松 전형필全鎣弼(1906-1962) 선생을 설득하여 이를 사들이도록 한 인물이다.

만석의 재산을 가진 부자인 전형필 선생이 재산을 모두 팔아 우리 문화유산을 사들여 지켰기에 오늘날 우리는 이를 향유하고 있지만, 그 후손들은 근검절약하며 지금까지도 힘들게 살아가고 있다. 그 재산을 자식들에게 모두 물려주어 공부시키고 사업을 하게 했다면 재벌이 되었을지도 모른다. 오늘날 간송미술관이 간직하고 있는 귀중한 문화유산의 수집에는 이런 소중한 정신이 깃들어 있다.

김돈희 선생과 김규진 선생이 활약을 하던 때에도 그 정신적 중심에는 우리 서화의 진수를 깊이 아는 지식과 안목을 가지고 동시에 항상 항일정신으로 무장한 오세창 선생이 있었다.

오세창 선생은 3·1독립선언의 민족대표 33인의 한 사람이기도 하며 항일 문화운동의 정신적 지주이기도 하였는데, 근대 조선이 미몽에 빠져 허우적거리고 있을 때 시대를 앞서 내다본 4인의 개화 선각자, 박규수朴珪壽(1807-1877), 오경석吳慶錫(1831-1879), 유홍기劉鴻基(1831-?), 이동인李東仁(?-1881) 가운데 바로 그 오경석 선생의 아들이다. 추사秋史 김정희金正喜(1786-1856) 선생의 서화와 금석학의 맥은 조선과 청나라를 오가며 역관譯官으로 대단한 활약을 했던 이상적李尙迪(1804-1865)과 그가 공부를 가르쳐 역관으로 나아가게 한 오경석을

오세창 전서

거쳐 오세창으로 이어져 내려온다.

흔히 추사 선생을 서예가로 알고 있지만, 이는 추사 선생의 모습에 비추어보면 빙산의 일각에 지나지 않는다. 실제 그는 조선 학문에 있어 처음으로 실증주의라는 학문의 방법론적 전환을 대대적으로 시도한 뛰어난 학자였다. 그의 서법론書法論도 이런 방법론에 근거하고 있는 것이다. 그가 당파싸움에 매몰된 인간들에 의해 유배를 당하지 않고 자신의 능력을 발휘할 수 있었다면, 조선의 학문과 지식도 획기적인 전환을 맞이했을 것이고 조선이 근대로 나아가는 길도 순조롭게 만들어졌을 수도 있다.

대조루에는 오세창 선생이 전서로 단아하게 쓴 주련이 걸려 있다. 전등사에 걸린 오세창, 김돈희, 김규진 세 선생의 글씨를 보면서 그 어려웠던 시대를 거슬러 올라가 생각해 보니 만감이 교차한다.

대조루 옆에는 종각이 있고, 대웅보전을 바라보며 왼쪽으로 향로전香爐殿, 약사전, 명부전冥府殿, 적묵당寂默堂이 일렬로 서 있다. 약사전 옆으로 계단을 올라가면 삼성각三聖閣이 있고, 대웅보전의 오른쪽에는 강설당講說堂이 있다. 이러한 당우들로 이루어진 공간이 옛날부터 전등사를 형성한 공간이다. 일제식민지시기 때 찍은 사진을 보면, 대웅보전의 배흘림기둥에는 종이에 글씨를 써서 주련 대신 붙여 놓은 것이 보이는데, 김돈희 선생의 주련은 그 이후

일제식민지시기 전등사 모습

제작하여 설치한 것으로 보인다.

오늘날 보물로 지정된 대웅보전은 전체 모습이 수려할 뿐만 아니라 그 안에는 불상 이외 조각이 뛰어난 수미단과 닫집, 천정 단청과 그림, 양쪽 대들보에 걸쳐 내려다보는 용 조각 등 하나 하나가 보는 이로 하여금 경탄을 금치 못하게 한다. 과연 이 전체가 보물일 수밖에 없다. 성당 선생의 호쾌한 주련 글씨에 자주 눈길이 가는 것은 억누를 수 없다.

佛身普遍十方中 부처님 법신은 이 세상에 두루 펼쳐 있으니
불신보편시방중
月印千江一切同 천 개의 강에 달이 비추어진 것과 같도다
월인천강일체동
四智圓明諸聖本 모든 지혜 밝히신 위대하신 성인들은
사지원명제성본
賁臨法會利群生 법회마다 나투어 중생을 이롭게 하시도다.
분임법회이군생

전등사에는 옛 공간과 달리 근래에 확장하면서 이루어진 공간이 있다. 죽림다원은 혼자 오든 여럿이 오든 그 공간이 주는 분위기에 한번 와본 방문객들이 퍼뜨린 소문으로 인기 높은 다원으로 소문이 나 있지만, 수십 년 동안 퇴락한 전등사의 나무 한 그루 꽃 한 포기까지 세심하게 새로 다듬고 가꾸어 고성古城의 원림園林같이 아름답게 연출해 놓은 것은 예문藝文에 조예가 높은 장윤章允 화상의 발원과 정성으로 이루어졌다.

그 대표적인 공간이 무설전無說殿과 선불장選佛場이다. 무설전은 예술법당으로 조성된 것인데, 건물부터 한옥을 탈피하고 암굴양식으로 하되, 그 안에 모신 불상과 보살상은 홍익대학교 미술대학 학장을 지낸 김영원 선생이 예술조각으로 조성한 것이고, 석가모니불상 뒤의 상단탱화上壇幀畵는 동국대학교 미술대학 오원배 선생이 벽화양식으로 둥근 벽에 그린 것이다. 실크로드의 돈황敦煌벽화와 같은 장엄한 분위기를 느끼게 한다.

이렇게 시대에 맞게 그 시대의 예술가들이 예술적으로 그린 그

무설전 불상과 벽화

림이나 조각들이 사찰을 장엄하고 있는 경우는 그 예가 적지 않지만, 특히 일본의 나라奈良시 약사사藥師寺에 있는, 현장 법사玄奘法師(600-664)의 구법과정을 그린 그림을 봉안한 현장삼장원玄奘三藏院의 〈대당서역벽화전大唐西域壁畵殿〉과 같은 건물이 주목된다.

유네스코 세계유산이기도 한 약사사는 아스카飛鳥시대인 680

나라 약사사 현장삼장원

년에 천무천황天武天皇(재위 673-686)의 발원으로 세워지고 718년에 현재지로 이건된 사찰인데, 창건 당시의 건물로는 동탑東塔이 있고, 나머지는 가람배치의 법식대로 근래 다시 지은 것이다.

약사사는 흥복사興福寺와 함께 법상종法相宗의 대본산답게 유식교학唯識教學을 근본 경전으로 삼아 수행하고 종조宗祖를 현창하는 현장삼장원의 가람을 신축하는 대 프로젝트를 이룩하였다. 「현장삼장원玄奘三藏院」이라는 현판은 자은전慈恩殿의 현판과 함께

중국불교협회 회장을 지낸 조박초趙樸初(1907-2002) 선생이 썼다. 조박초 선생은 서예에도 뛰어나다. 1991년에 이 현장삼장원에 현장 법사의 좌상을 조성하고 그 아래에 법사의 정골頂骨의 조각난 분골사리分骨舍利를 모신 8각2층 지붕을 한 현장탑玄奘塔을 건립하였다.

664년 2월 64세의 일기로 입적한 현장 법사는 장안에서 동쪽으로 50리 떨어진 백록원白鹿原에 매장되었다. 그러나 황소黃巢

(820-884)의 난(875-884) 때 이 묘가 파헤쳐져 정골 일부가 남경南京으로 옮겨져 알 수 없는 곳에 매장되었다. 이 황소의 난 때 이를 토벌하던 회남절도사淮南節度使 고병高駢의 휘하에서 신라의 최치원崔致遠(857-?) 선생이 활약을 하였다. 그런데 1942년 12월 남경에 주둔하던 일본군이 공사를 하던 중에 현장 법사의 정골을 담은 석관石棺이 발견되어 이 중 일부가 1944년 일본불교회에 기증되었는데, 이 정골 파편이 사이타마현埼玉縣 자은사慈恩寺에 봉안되어 오다가 약사사에 현장탑을 조성하면서 여기로 옮겨 왔다.

현장삼장원의 공간에 현장탑을 조성하는 동시에 현대 일본의 최고 화가인 히라야마 이쿠오平山郁夫(1930-2009) 화백이 현장삼장의 구법과정을 13장면으로 그린 대형 벽화를 설치한 대당서역벽화전 건물을 지었다. 눈부시는 황금빛 만월의 장안대안탑長安大雁塔에서 시작하여 별빛이 쏟아지는 달밤의 날란다那爛陀(Nalanda) 사원으로 끝나는 이 장대한 벽화는 앞으로 인류의 문화유산으로 남을 것이다. 히로시마 원폭 피해자이기도 한 히라야마 화백은 불교 초전의 장면을 그린 후 병이 나은 신비로운 체험을 한 후 장장 30년 동안 혼신의 정성을 기울여 이 그림을 완성하고 이를 붓다의 공간에 바쳤다. 모네Claude Monet(1840-1926)의 수련睡蓮(water-lily) 연작 그림을 위하여 파리의 오랑쥬리미술관Musée de Orangerie이 전시공간을 새로 설계해 주어 그 벽을 그의 그림으로 채웠듯이, 히라야마 화백의 벽화를 설치하기 위하여 이런 건물을

약사사 현장탑과 대당서역벽화전

따로 지은 것이 놀랄만한 발상이다. 전 세계에서 사람들은 이 그림을 보러 약사사를 찾을 것이다. 나는 전등사 무설전에 조성된 불상과 벽화를 보면서 약사사의 이런 프로젝드를 떠올려보았다.

무설전의 공간은 갤러리로도 활용되어 예술가들의 초대전이 일상적으로 열린다. 부처님의 공간이 범부의 일상적인 삶의 공간과 따로 있지 않고 매우 친근한 공간으로 되어 있다. 사실 사찰건축이라는 점에서 볼 때, 기와지붕과 나무기둥으로 지은 한옥은 고려시대나 조선시대의 건축양식이기 때문에 오늘날과 같이 건축재료들이 다양하고 건축기술과 양식이 열려 있는 상황을 고려하면

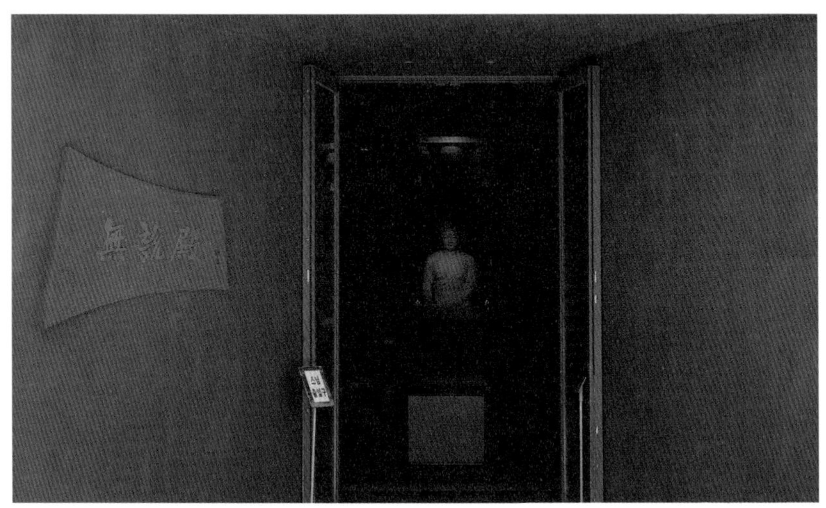

—

무설전

이 시대 사찰건축은 다양하게 모색될 수 있다고 본다. 오히려 그 시대에 맞는 다양한 양식의 건축이 나중에 더 의미가 있는 것이 아닐까 한다.

그런 점에서 무설전은 국내에서 처음으로 시도한 새로운 법당 양식이라고 해도 좋을 것이다. 무설전의 글씨를 쓰라는 장윤 화상의 말씀에 하는 수 없이 나의 둔필鈍筆이 그에 추가되었다.

선불장은 고려시대 건축의 원리에 따라 한국예술종합학교 총장을 지낸 김봉렬 선생이 설계한 것인데, 동문으로 나가는 길로 걷다가 위를 쳐다보면 잘 생긴 늘푸른 소나무들 사이로 독수리

무설전 갤러리

가 날개를 활짝 편 모습을 한 누각이 공중에 매달려 있는 것처럼 보인다. 선불장의 화려하고 웅대한 모습이다. 선불장의 주련은 송나라 예장종경豫章宗鏡 선사의 게송인데, 대웅보전의 주련과 대응하여 진리를 깨달은 그 경지를 잘 보여준다. 진리가 우주 전체에 가득하여 하나일 뿐이니 눈앞에 보이는 것에 끌려다니지 말고 눈 들어 멀리 진리의 하늘을 한번 볼 일이라는 가르침이다. 하늘 높이 걸린 주련이 그 내용만큼이나 장쾌하다. 천 개의 강이 흘러 바다로 달려오고 그 바다를 바라보고 우뚝 서 있는 전등사 선불장의 웅혼한 자태에 잘 어울린다는 생각이 들었다.

—
선불장

報化非眞了妄緣 보신과 화신은 참이 아니고 헛된 인연임을 알지니
보 화 비 진 요 망 연
法身清淨廣無邊 법신은 청정하고 넓고 넓어 끝이 없도다.
법 신 청 정 광 무 변
千江有水千江月 천 개의 강물에 천 개의 달 비치고
천 강 유 수 천 강 월
萬里無雲萬里天 만 리 하늘에 구름 없고 하늘이 만 리로 펼쳐 있도다.
만 리 무 운 만 리 천

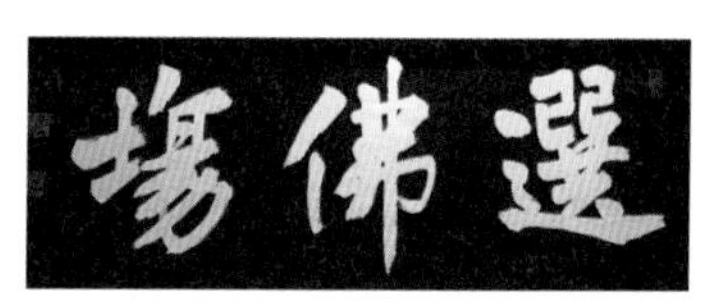

정종섭 글씨, 선불장 현판

선불장에서 화강암 돌계단을 올라가면 기둥 하나에 엮혀 있는 아름다운 소문小門이 나오고 이를 열고 들어가면 멀리 서해바다를 바라보는 관해암觀海庵이 있다. 선불장과 관해암은 대목장 홍완표 명인이 도편수로 지은 걸작이다.

전등사에는 현액과 주련에 이르기까지 당대 최고 인사들만의 글씨가 걸려 있는데, 예문의 높은 경지를 이어온 옛 공간은 품격 높게 그대로 보존하면서도 새로 공간을 마련하여 당우를 지을 때에는 당대 유명 예술가들만을 선정하여 그들의 손끝에서 명작이 나오게 만든 것은 깊은 사유의 결과라고 할 것이다.

월송료月松寮는 많은 사람들이 줄을 서서 기다리는 전등사 템플스테이의 공간으로 사용하는 집이다. 기역자(ㄱ) 모양의 집으로 예술법당 위에 지은 것인데, 그 높이로 인하여 난간마루에 앉아

—
정종섭 글씨, 월송료 현판

보면 넓게 트인 산천이 눈에 들어온다. 월송은 '월송상조月松相照'에서 온 말이다. 달은 부처님의 법을 형상화 하고 곧게 올라간 소나무는 다르마Dharma를 찾아가는 수행자를 뜻한다. 고요한 밤에 진리를 깨닫기 위해 백척간두진일보百尺竿頭進一步로 치열하게 수행하는 수행자 어깨 위로 부처님의 가피加被가 달빛처럼 교교히 내려앉는 열락의 순간을 의미한다. 돈오頓悟의 순간이 이러한 것인지는 그 경지에 이른 사람만이 알 수 있을 것이다. 월송료의 이름은 선불장의 주련으로 종경 선사의 게송을 선정한 장윤 화상이 짓고, 주련은 승석 화상이 김지장金地藏 화상의 시를 쓰는 것으로 정했다. 둔필로 월송료의 현판과 주련을 썼다.

석지장으로도 불리는 김교각金喬覺(697-794) 대화상은 신라 성덕왕聖德王(재위 702-737)의 장자로 태어나 24세에 속세의 인연을 끊고 바로 당나라로 건너가 구도생활을 하다가 마지막에 양쯔강揚子江 남쪽에 있는 구화산九華山에 화성사化城寺를 창건하고 개산조사開山祖師가 되어 주석하면서 불법을 설하였다. 당시 그는 지장보살의 화신으로 명성이 널리 알려져 당나라뿐만 아니라 신라에서도 그의 불법을 듣기 위해 많은 이들이 찾아갔다. 794년 99세 나이로 마지막 설법을 한 후 좌선한 채로 입적하였는데, 몸이 썩지 않은 채 육신공양으로 등신불等身佛이 되어 지금까지 지장보전地藏寶殿에 그대로 봉안되어 있다. 그리하여 구화산은 당나라 이래 지장보살의 성지가 되어 지금도 많은 이들의 발걸음이 모여들고 있다. 당나라시대에는 이런 구법열기로 인하여 300개가 넘는 사찰이 구화산에 세워졌다.

소설가 김동리金東里(1913-1995) 선생은 젊은 시절 사천의 다솔사多率寺에서 그의 맏형인 범보凡父 김정설金鼎卨(1897-1966) 선생이 대중들에게 이 이야기를 하는 강연을 듣고 나중에 소설 『등신불』을 쓰게 된다. 주련으로 걸린 김지장 보살의 〈송동자하산送童子下山〉시를 음미해 본다.

空門寂寞汝思家 공 문 적 막 여 사 가	절간이 적막하니 네가 집 생각이 나서
禮別雲房下九華 예 별 운 방 하 구 화	승방에 작별 인사하고 구화산을 내려가네.
愛向竹欄騎竹馬 애 향 죽 란 기 죽 마	대난간 죽마 삼아 타고 놀기 좋아하더니
懶於金地聚金沙 나 어 금 지 취 금 사	부처의 황금 땅에 와서는 금싸라기 줍기를 게을리 했구나.
添甁澗底休招月 첨 병 간 저 휴 초 월	항아리에 물 담으며 냇물에 잠긴 달은 건지지 않더니만
烹茗甌中罷弄花 팽 명 구 중 파 롱 화	차 끓인 사발 속에 띄워볼 꽃이 없구나.
好去不須頻下淚 호 거 불 수 빈 하 루	그래 잘 가거라. 흐르는 눈물 자꾸 훔치지 말고
老僧相伴有煙霞 노 승 상 반 유 연 하	이 노승에게는 벗 삼을 산안개 노을이 있지 않느냐.

진리를 깨우치는 길이 이렇게도 외롭고 고독하며, 정작 앞에 두고도 보지 못하는 무명無明으로 인하여 인간이 헛고생을 하는 것 같다는 생각을 다시 해 본다. 항아리 들고 물 채우러 시냇가에 갔으면서도 왜 물만 담고 시냇물 밑에 환하게 비치는 달을 건지지 못했는가 말이다. 월송료에서 밤을 보내는 사람은 어쩌면 달빛이 고요히 깔리는 마당에 나와 달 그림자 밟으며 김지장 보살의 이 시를 한번쯤은 새겨볼 일이다. 그는 신라의 왕이 될 수 있는 자리도 과감히 던져 버렸지 않았는가 말이다. 진리를 위하여! 그런데 참 부끄럽기도 한 일이지만, 천 년도 지난 뒤에 태어난 어리석은 중생은 월송상조의 달밤을 찍어 보자고 하며 그저 구름 사이의 달과 소나무 숲이 들어있는 전등사 밤 풍경 사진만 찍었다.

아침 일찍 일어나 정족산성의 동문에서 성곽길을 따라 가파른 길을 오른다. 산성 위로 올라가면 강화도의 동서남북이 모두 보인다. 어느 방향으로나 일망무제로 탁 트인 시야와 깨끗하고 상쾌한 공기에 정신은 더욱 맑아온다.

그런데 전등사라는 이름이 고려 충렬왕의 왕비였던 정화궁주貞和宮主(?-1319)가 가지고 있던 송나라 대장경과 옥등잔을 절에 전달하면서 '등잔이 전해진 절'이라고 하여 전등사가 되었다고 한다. 62년간의 최씨무신집권 기간인 1231년부터 9차례 39년간 강화도로 천도까지 하며 싸웠지만 1270년 결국 고려는 몽골에 항복하

고 강화도에서 송도로 나왔다. 패전국의 왕, 24대 원종의 통혼요청으로 39세인 자기 아들은 몽골 쿠빌라이의 16살짜리 딸 쿠툴룩켈미시忽都魯揭里迷失(1259-1297)와 결혼하게 되었는데, 이 아들이 충렬왕이고 이 몽골 여인이 제국대장공주齊國大長公主라고 추봉된 사람이다. 이 어린 몽골 여인에게 뺨까지 맞는 수모를 당하고 자식까지 둔 자신의 본래 아내가 궁주宮主로 강등을 당하고 별궁別宮에서도 내쫓기는 것을 속수무책으로 보고 있었던 주인공이기는 하지만, 잘나가던 고려가 무신들의 사유물로 전락하면서 국정농단의 말로는 이미 예정되어 있었던 것인지도 모른다.

역사를 돌이켜 보면, 이는 몽골족이 중앙아시아 지역의 몽골초원으로 이동할 때부터 그 변동의 조짐이 시작되었다. 몽골초원에는 840년 위구르제국이 키르키즈족에 의해 무너지면서 그동안 흩어져 살던 종족들의 대 이동이 있었다. 이때 동북방에서 구족달단九族達靼종족이 몽골초원으로 이동하였는데, 이 대열에 몽골이라고 불리는 집단도 섞여 내려와 터를 잡았다. 그 후 몽골초원에서는 여러 부족들 간에 전쟁이 끊이지 않았는데, 1206년 몽골고원의 이런 여러 부족들을 통일한 칭기즈칸 이래 몽골은 세대를 이어가면서 천하통일을 위한 대외원정의 계획을 수립하고 그 강하던 서하국, 금, 호라즘, 러시아, 킵차크국, 남송 등을 차례로 정복하고 고려 정복은 이제 시간 문제였다.

그런데 고려는 그간 1170년 이의방李義方(?-1174)과 정중부鄭仲夫

(1106-1179)가 무력으로 나라를 뒤집어엎고 국정을 농단한 이래 경대승慶大升(1154-1183), 이의민李義旼(?-1196)으로 이어지는 무신세력들간의 권력투쟁으로 파행을 거듭하였다. 권력투쟁에서 최충헌이 이겨 최씨정권을 만들었다. 그가 죽자 내부 반발 속에 최우崔瑀=崔怡(?-1249)가 권력을 세습하고, 최우와 기생 사이에 난 최항崔沆(?-1257), 최항이 승려로 지낼 때 송서宋壻 장군의 여종과 사통하여 낳은 최의崔竩(?-1258)로 이어가며 국정을 농단하다가 김인준金仁俊, 金俊 등이 일으킨 내부 반란으로 최의가 살해되면서 그동안 허수아비 왕이었던 강종康宗, 王貞(재위 1211-1213), 고종高宗, 王瞋(재위 1213-1259)과 원종을 마지막으로 대몽항쟁을 끝내고 몽골 쿠빌라이에게 두 손을 들고 강화도에서 나왔다.

그 긴 세월 동안 아까운 장수와 인재들 그리고 수많은 백성들이 죽고 잡혀가고, 북쪽 압록강에서부터 나주, 경주, 진주 등에 이르기까지 전 국토가 약탈, 살륙, 방화로 유린되었다. 역사에서 언제나 이런 비극의 책임은 국가권력을 쥔 자들에게 있다. 이는 지금도 마찬가지다. 그리하여 몽골에 항복한 이후 고려는 1368년 원元(1271-1368)이 망할 때까지 원나라에 복속된 것이나 마찬가지인 신세가 되어 버렸다. 나라가 난장판이 되고 백성들만 또 죽어나가

정종섭 그림, 전등사

게 되자 '이게 나라냐' 하고 이제현李齊賢(1287-1367), 이색李穡(1328-1396), 정몽주鄭夢周(1337-1392), 정도전鄭道傳(1342-1398) 등 성리학으로 무장한 신진유학파들이 정상국가正常國家를 꿈꾸게 된다.

이야기의 처음으로 다시 돌아가면, 아무튼 나는 이런 전등사 개명改名의 등잔전래설은 일반인이 알기 쉽게 만든 속설이라고 본다. 전등사는 불교가 처음 전해진 것을 계기로 지어졌기에 억울한 정화궁주의 옥등잔과 대장경을 전해 받은 것을 계기로 하여 등불을 전한다는 '전등'이라는 말이 한자로는 동일하면서도 동시에 '불법의 등불이 처음 전래되었다'는 본래의 의미를 이제 되찾아 전등사로 개명한 것이라고 보는 것이 사리에 맞을 것이다.

전등사에 오면, 말 그대로 진리의 등불을 하나씩 얻어 간다. 나도 이 등불을 하나 얻은 것인지도 모른다. 갑자기 『전등록傳燈錄』이 읽고 싶어졌다.

보경사

보경사寶鏡寺는 현재 경상북도 포항시 북구에 위치하고 있다. 이곳은 조선시대에는 청하현淸河縣에 속했는데, 내연산內延山(711.3m)의 남동쪽 주능선에 있는 문수봉文殊峯을 주봉으로 하고 있고 앞으로는 광천廣川을 끼고 있다.

내연산은 원래 종남산終南山으로 불렀는데, 신라가 말기로 접어들면서 나라가 어지러워지던 시기에 진성여왕眞聖女王(재위 887-897)이 견훤甄萱(867-936)의 난을 피하여 이 산으로 들어온 적이 있다고 하여 내연산으로 바꾸어 부르게 되었다고 한다. 왕을 산 안으로 인도하여 난을 피하게 한 것이라는 의미인가? 조선시대 『신증동국여지승람新增東國輿地勝覽』에는 내영산內迎山으로 되어 있다. 그러면 산이 왕을 영접하여 받아들였다는 뜻인지.

아무튼 이 내연산은 태백산맥의 줄기인 중앙산맥에 있는데, 청하현은 강원도 영동지방에서 동해안을 따라 내려오면 영덕을 지나 포항과 경주로 이어지는 길목에 있기 때문에 국토방위의 면에서 보면 동남해안의 방어에 있어서 중요한 축선상에 있는 지역이었다.

내연산은 토산土山이어서 하늘로 높이 솟은 바위와 같은 암봉

—
내연산 보경사

岩峰을 볼 수 없지만, 청하곡의 맑은 계곡물과 기암절벽 사이로 쏟아지는 용추폭포龍湫瀑布, 상생폭相生瀑, 보연폭寶淵瀑, 관음폭觀音瀑 등 12개의 폭포를 즐기러 사시사철 사람들의 발걸음이 이어지는 곳이다. 조선시대 숙종肅宗(재위 1674-1720)도 이곳 청하곡의 폭포를 유람하고 시를 남겼다. 그 뿐만이 아니라 조선시대에 많은 선비들이 내연산을 찾아 유람하고 글을 남겼다.

당대 뛰어난 문명을 떨쳤던 평해의 해월헌海月軒 황여일黃汝一(1556-1622) 선생도 숙부인 대해大海 황응청黃應淸(1524-1605) 선생을 모시고 함께 내연산을 유람하였는데, 학자가 유산을 하는 것은

단순히 산천을 구경하고 오는 것이 아니라 그곳을 다녀오는 중에 각 지역의 선비들과 아는 이들을 만나 학문과 국가 상황 등에 관하여 의견을 나누는 자리를 함께 하는 데 의미가 있었다. 그때는 아직 임진왜란이 발발하기 전이었다. 해월헌 선생은 문장력도 뛰어난데 그의 아들인 동명東溟 황중윤黃中允(1577-1648) 선생도 문장에 뛰어나 한문소설을 여러 편 남겼다. 권경權璟(1604-1666), 이조판서와 대사헌 등을 지낸 박장원朴長遠(1612-1671), 성대중成大中(1732-1809), 이정제李鼎濟(1755-1817), 최옥崔沃/玉(1762-1840) 등 여러 선생들도 내연산을 유람하고 유산록을 남겼다.

봄에는 푸른 녹색의 향연이 펼쳐지고, 여름에는 폭포수의 시원한 물소리에 땀 흘리며 걷는 발걸음이 오히려 싱싱하다. 가을 단풍은 사람들의 얼굴에 웃음을 가져오고, 겨울 눈길은 산사로 가는 길을 걷는 고즈넉함이 잠겨있다.

내연산 입구로 들어가 한참이나 차로 달려가면 보경사의 입구에 다다른다. 최근에 건립된 일주문一柱門과 불이문不二門을 지나 걸어가던 길에서 오른쪽으로 방향을 바꾸면 보호수들이 있고, 여기서부터 사천왕문四天王門과 고려 현종 14년 1023년에 세운 통

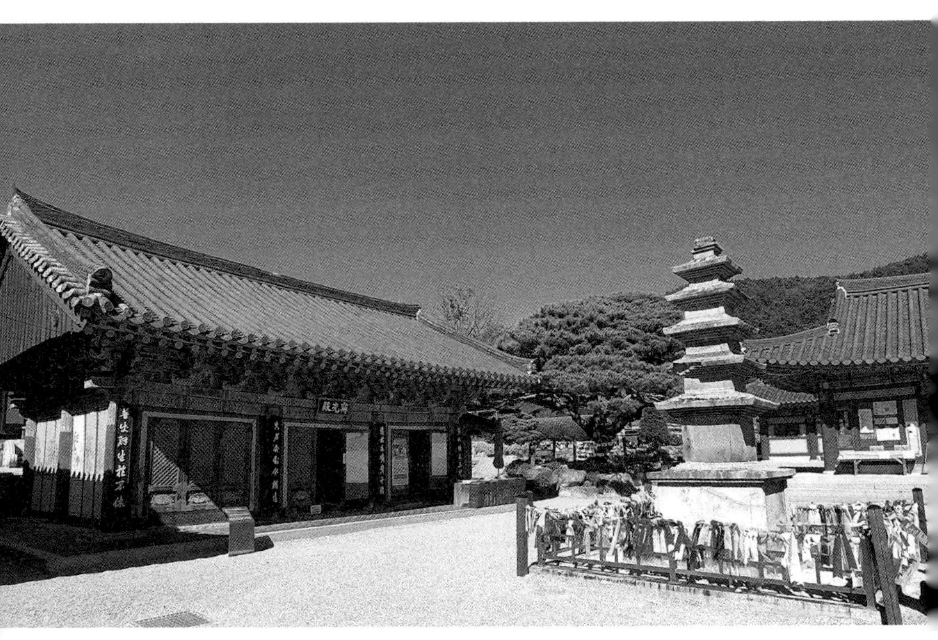

적광전과 금당탑

일신라의 양식을 한 5층석탑 즉 금당탑金堂塔, 화엄세계의 교주인 비로자나불을 주불로 모시고 문수보살과 보현보살을 모시고 있는 적광전寂光殿, 석가모니불을 모신 조선시대 후기의 대웅전大雄殿, 그리고 석가모니의 팔상시현八相示顯을 나타낸 팔상전八相殿에 이르기까지 일직선으로 난 하나의 축으로 가람이 배치되어 있다. 지금 있는 대웅전이 세워지기 전에는 적광전이 금당이었고, 그 뒤에 지장전地藏殿이 있었고 지장전 뒤에 높고 큰 관음각觀音閣이 있었다. 황여일 선생이 기록해 놓은 사항이다.

팔상전과 나란히 오른쪽으로 산령각山靈閣, 원진각圓眞閣, 석가모

팔상전과 원진각

—
대웅전

니불을 중심으로 좌우에 사자를 탄 문수와 코끼리를 탄 보현보살과 16나한 등을 배열한 영산전靈山殿 그리고 명부전冥府殿이 펼쳐져 있다. 이 공간이 절의 중심을 이루는 영역이다.

보경사는 602년 신라 진평왕眞平王(재위 579-632) 24년에 중국 남조 최후의 나라인 진陳(557-589)나라에서 유학하고 돌아온 지명智明 화상에 의하여 창건되었다. 신라에서 처음으로 지어진 흥륜사興輪寺가 완공되자 양梁(502-557)나라에서 자기 나라의 사신과 함께 도양유학渡梁留學을 하던 신라 최초의 유학승 각덕覺德 화상을 함께 신라로 보내면서 부처의 사리를 보내오기도 했다. 그 흥륜사에 사람들이 출가하여 승려가 된 때가 진흥왕眞興王(재위 540-576) 5년인 544년이었으니, 그때로부터 약 50여 년이 지난 때이다.

약 80년 전에 달마達磨 대사가 중국에 처음 들어와 만난 사람이라고 이야기로 전해온 이가 바로 이 양나라의 왕인 무제武帝이다. 달마 대사와 황제보살로 불린 양무제가 주고받은 대화는 『벽암록碧巖錄』 등 선종禪宗계열의 문헌에서 자주 등장하지만, 이 내용은 후대에 창작된 것이라는 견해도 있다. 그리고 달마 대사가 활동한 곳은 선비족이 세운 북위北魏(386-534)였다. 아무튼 양 무제는 통치 기간 50년 동안 율령과 제도를 정비하고 나라를 잘 다스리기도 했지만, 불교에 너무 빠져 나라를 망하는 길로 들게 하고 자신도 반란으로 결국 죽음을 피하지 못했다.

역사를 보면, 중국의 남북조시대에 남조의 양나라 다음에 들어선 나라가 진나라이다. 진흥왕 26년 565년에 북조의 나라 북제北齊(550-577)의 무성황제武成皇帝(재위 561-565)가 조서를 내려 진흥왕을 '사지절使持節 동이교위東夷校尉 낙랑군공樂浪郡公 신라왕新羅王'으로 삼았고, 그해 진나라에서는 사신 유사劉思와 승려 명관明觀을 보내오고 불교경론 1,700여 권도 보내주었다. 다음 해인 566년에는 신라에서 기원사祇園寺와 실제사實際寺가 완공되었고, 신라 최대 불사이자 최대의 호국사찰인 황룡사皇龍寺도 준공되었다. 신라도 북조의 북제와 남조의 진나라에 사신을 자주 보냈다.

진흥왕이 세상을 떠난 해인 576년에는 안홍安弘 법사가 중국으로 건너가 수隋(581-619)나라 불법을 공부한 후 인도의 승려 비마라毗摩羅 등 두 승려와 귀국하면서 『능가경楞伽經』과 『승만경勝鬘經』 및 부처의 사리를 가져왔다. 이 당시 양나라와 수나라에서 부처의 사리가 신라에 전해지면서 사리에 신앙이 생겨나기 시작하였다. 『능가경』과 『승만경』은 나중에 원효 대사가 여래장如來藏사상을 연구하는 데 있어서 중요한 근거가 되는 경전이 되었다. 뒷날 당나라에서 신수종神秀宗을 배우고 들어온 단속사斷俗寺의 신행神行(704-779) 선사가 이 안홍 법사의 증손이다.

아무튼 이 지명 화상이 진나라에서 유학하고 있을 때, 어떤 도인으로부터 팔면보경八面寶鏡을 받아 이를 신라의 동해안에 있는 명당에 묻고 그 위에 절을 세우면 왜구의 침략을 막고 삼국을 통일할 수 있을 것이라는 말을 들었다고 한다. 그래서 그는 귀국한 후 이를 진평왕에게 아뢰니 왕이 기뻐하며 그와 함께 동해안 북쪽 해안을 거슬러 올라가다가 해아현海阿縣에 이르렀는데, 멀리 오색구름이 덮여 있는 곳이 있어 찾아가보니 그곳이 바로 내연산이었다. 그 산 아래 평평한 곳에 큰 못이 있었는데, 그 자리가 천하 명당이어서 마침내 못을 메우고 팔면경을 묻은 다음 그 위에 금당金堂을 세워 이를 보경사라고 하였다고 한다. 이는 사명당四溟堂 유정惟政(1544-1610) 대사가 지은 「내연사 보경사 금당탑기」에 전하는 내용이다.

금당인 지금의 적광전은 조선시대 중창된 것이지만 현재의 보경사에서 가장 오래된 건물이고, 기단은 신라시대의 것이라고 한다. 통상 금당은 축대 위에 기단을 쌓아 그 위에 건축하지만 이곳 적광전은 평지에 기단을 놓고 그 위에 건물을 지었기 때문에 계단이 있는 경우에 벽사辟邪와 외호外護의 의미를 가지는 사자를 새겨놓는 것을 여기서는 목조로 조각하여 건물의 중앙문 옆 아래에 이어 붙여 놓고 있다.

『삼국사기三國史記』에 의하면, 진평왕 11년인 589년에 원광圓光(555-638) 법사가 불법을 공부하러 진나라로 떠났고, 596년에는 고승인 담육曇育 화상이 불법을 공부하러 수나라로 떠났다. 528년 법흥왕法興王(재위 514-540) 15년에 왕의 측신 이차돈異次頓(506-527)

적광전 사자상

이 육부六部 중심의 부족공동체 수준에 머물고 있던 신라를 율령과 관제를 제정하고 불교로 통일된 이념으로 삼는 나라의 틀을 갖춘 국가로 만들기 위해 불교를 공인해야 한다고 하며 이를 증명하기 위해 스스로 순교한 때로부터 약 80년이 되는 때의 일이다.

600년에 중국에서 명성을 떨친 원광 법사는 수나라로 들어간 조빙사朝聘使 제문諸文과 횡천橫川을 따라 신라로 귀국하여 여래장사상 등을 설파하며 나라의 중심적인 승려로 활약하였다. 602년에 백제가 신라의 아막성阿莫城을 쳐들어온 전쟁에서는 원광 법사에게서 「세속오계世俗五戒」를 받은 귀산貴山 화랑과 추항箒項 화랑이 장렬히 전사하였다. 아막성은 오늘날 남원시 동쪽에 있는 '할미성'으로 추정되는 곳이다. 바로 이해에 지명 화상이 진나라로 들어간 입조사入朝使 상군上軍을 따라 신라로 귀국하였는데 진평왕은 지명 화상의 계행戒行을 존경하여 대덕大德으로 삼았다.

608년에는 급기야 원광 법사가 「걸사표乞師表」를 지어 611년에 사신이 이를 가지고 수나라로 들어가 양제煬帝에게 올려 그로 하여금 군사를 움직이게 하였다. 진평왕 당시에는 원광 법사가 나라의 중심으로 큰 역할을 하고 있었고, 605년에 입조사 혜문惠文을 따라 귀국한 담육 화상은 지명 화상과 비견할 정도의 뛰어난 재능으로 이름을 떨치고 있었다. 이때는 아직 원효元曉(617-686) 대사와 의상義湘(625-702) 대사가 태어나기 전이다.

당시 신라는 진흥왕 때 이사부異斯夫와 거칠부居柒夫(?-579), 사다함斯多含 등의 활약으로 지금의 함경도 마운령과 황초령, 북한산, 창녕 지역까지 영토를 최대로 넓히고 성을 굳건히 쌓기도 하였지만, 이후에도 백제와 고구려로부터 바람잘 날 없이 군사적 공격을 받고 있었고, 수나라와 당나라에 사신과 조공을 보내 도움을 청하는 형편이었다. 신라는 진평왕 53년인 631년에 미녀 두 사람을 사신과 함께 당나라 조정에 바치기도 하였는데, 당 태종 시기 천하의 명재상 위징魏徵(580-643)이 인륜에 비추어 볼 때 이 여인들을 고향으로 돌려보냄이 마땅하다고 직간直諫하여 당 태종이 가족들과 이별한 채 당나라에 온 가련한 신라 여인들을 자기 집으로 돌려보내라고 한 일까지 있었다.

보경사는 그 후 고려시대인 1214년 고종高宗(재위 1213-1259) 1년에 보경사의 주지였던 원진국사圓眞國師 승형承逈(1171-1221) 화상이 승방 4동과 정문 등을 중수하고 종鍾, 경磬, 법고法鼓 등을 갖추어 대대적으로 중창하였다.

황여일 선생이 남긴 내연산 유산록을 보면, 그 일행이 보경사를 찾았을 당시에는 원진국사의 비와 부도와 함께 원진국사가 창건한 암자도 있었다. 절에서는 닥나무를 키워 종이를 만들어 수입으로 삼았고, 절의 승려들은 부역에도 나가 일을 하였다. 내연산으로 올라가는 그들과 함께 갈 사람으로는 이야기를 나눌 승려, 시문을 챙기는 사람, 벼루를 들고 갈 사람, 술 시중을 할 사람, 옷과 양식을 가지고 갈 사람 등이 정해졌다. 그들이 신고 갈 짚신도 절에 사는 노승이 들고 나왔다. 산으로 오르면 문수암文殊庵, 보현암普賢庵, 견상암見祥庵이 있었는데, 불교의 쇠퇴로 암자에는 승려가 없어진 지 오래되었다. 일행들은 맑은 못에서 세탁을 하기도 하고 반석 위에 앉아 글씨도 쓰고 술도 한잔 하면서 자연을 즐기고 부석봉負石峯 아래에 있는 적멸암寂滅庵에서 저녁을 먹었다. 저녁은 보경사에서 온 승려가 그곳에 머무는 승려들에게 지시하여 마련하였다. 용추폭포 등 중폭과 하폭의 폭포를 구경하면서 관음굴觀音窟과 높은 곳에 있는 계조암繼祖庵, 대비암大悲庵, 선열암禪悅庵에도 올랐다. 시를 읊기도 하고 바위에 일행의 이름도 새겼다.

사실 황여일 선생의 일행과 전 구간을 동행한 학연學衍 화상이 한 말에 의하면, 옛날에는 이 산이 유명하지 않았는데 그 당시에 옹邕 태수太守라는 사람이 와서 보고 오늘의 경주시장에 해당하는 동경부윤東京府尹 이정李楨(1512-1571) 선생에게 알려 그 후 이 부윤이 내연산의 아름다움을 찾아 자주 유람하게 되었고, 이후 영남의 선비들이 앞다투어 찾는 바람에 명승지로 유명해져서 이곳을 지나는 관리마다 보경사와 내연산으로 발걸음을 옮겼다고 한다.

그 결과 유생들에게는 산수 풍광을 즐기고 호연지기를 기르는 좋은 공간이 되었지만, 승려들은 관리나 유생들을 뒷바라지 하느라 죽을 맛이었다. 이들이 올 때마다 가마 등 산행을 위한 모든 준비를 하여야 하고, 밥도 짓고 잠자리도 준비하는 등 고생이 말이 아니었다. 고생의 정도는 재앙의 수준이었다. 산길을 오가는 가마는 승려들이 메었다. 황여일 선생은 유산을 마치고 보경사로 내려와 묵을 때 학연 화상이 일행에게 토로한 이런 이야기를 그의 「유산록」에 기록하여 두었다.

조선시대에 와서는 1677년 숙종 3년에 도인道仁 화상, 천순天淳 화상, 도의道儀 화상 등이 보경사의 중창불사를 시작하여 1695년 가을에 준공하였으며, 삼존불상과 영산전靈山殿의 후불탱화도 조성하였다. 그때 초한草閑 화상이 시주를 얻어 금당을 중건하였고, 관음전은 도의 화상이, 명부전은 석일釋一 화상이, 응향전凝香殿은 국헌國軒 화상이, 향적전香積殿과 국사전國師殿은 학열學悅 화상이, 열반당은 신특信特 화상이, 국사전의 정문과 사천왕각 및 식당은 비구니 총지摠持 화상과 신원信遠 화상이, 팔상전은 지총志聰 화상이, 종각은 영원靈遠 화상이 각기 분담하여 중건하고 중수하였다. 그와 동시에 도인 화상은 청련암靑蓮庵을 창건하고, 탁근卓根 화상은 서운암瑞雲庵을 창건하였다. 1725년 영조英祖(재위 1724-1776) 1년에는 성희性熙 화상과 관신寬信 화상이 명부전을 이건하고 단청하였으며, 성희 화상은 괘불을 중수하였다. 모두 유정 대사의 위 글에 전하는 내용이다. 이 시절에는 보경사는 53개의 암자를 거느

원진국사비

리는 등 사세가 가장 컸다고 한다. 숭유억불崇儒抑佛이 지배하던 조선시대였음에도 사정이 이러하였다.

영산전 앞마당에는 그 유명한 〈원진국사비圓眞國師碑〉가 비각의 보호를 받으며 서 있다. 이 비는 귀부龜趺에 비신碑身만 있고 이수螭首는 없다. 거북의 등에 있는 육각형의 모든 무늬에는 '왕王'자가 새겨져 있다. 비신의 상부는 양쪽 끝이 45도 각도로 접혀진 형태라서 이런 비의 형식을 '귀접이 형식' 즉 규수형圭首形이라고 한다. 이 비는 일제식민지시기 이후로 계속 방치되어 있었는데, 1979년에 와서야 비각을 세워 보호하기에 이르렀다.

팔상전 뒤 절의 담장 사이로 난 쪽문을 지나 산쪽으로 200미터 정도 서서히 오르막길을 따라 올라가면 자연석으로 된 5개의 석축과 계단을 지나게 되는데 맨 위에 보경사 승탑인 〈원진국사부도圓眞國師浮屠〉가 당당한 모습으로 서 있다. 원진국사부도는 전형적인 팔각원당형八角圓堂形 승탑인데, 탑신석, 옥개석, 기단부 평면 모두 팔각형을 하고 있다.

통일신라시대부터 고려시대까지 세워진 승탑의 대부분이 이러한 팔각원당형 승탑이다. 화려하고 장중하며 위엄이 있는 구조이다. 송광사松廣寺의 16국사 승탑도 마찬가지인데, 원진국사도 송광사에서 수행한 적이 있음을 고려해 보면 동일한 형태의 부도로 이해할 수 있다. 송광사의 16국사의 부도에 비하여 탑신이 길어 키가 훨씬 큰 점이 다를 뿐이다. 원진국사비와 원진국사부도는 모두 보물로 지정되어 있다.

보경사의 중심이 되는 사역에 있는 당우들이 원래의 보경사의 당우들이고 그 외에 동암, 무문관, 설법전, 전시관 등 많은 당우들은 근래에 와서 추가로 지어진 것들이다.

조선시대 암자로 지어진 서운암은 사인思印 화상이 만든 동종銅鐘과 조선시대 조성된 후불탱화와 신중탱화神衆幀畵가 있어 유명하지만, 15세기에서 19세기 초반까지 보경사와 서운암에 주석한 고승인 동봉東峯, 청심당淸心堂, 심진당心眞堂 등의 10기가 넘는 부도들이 담장으로 둘러진 영역에 잘 가꾸어져 적막 가운데 경건

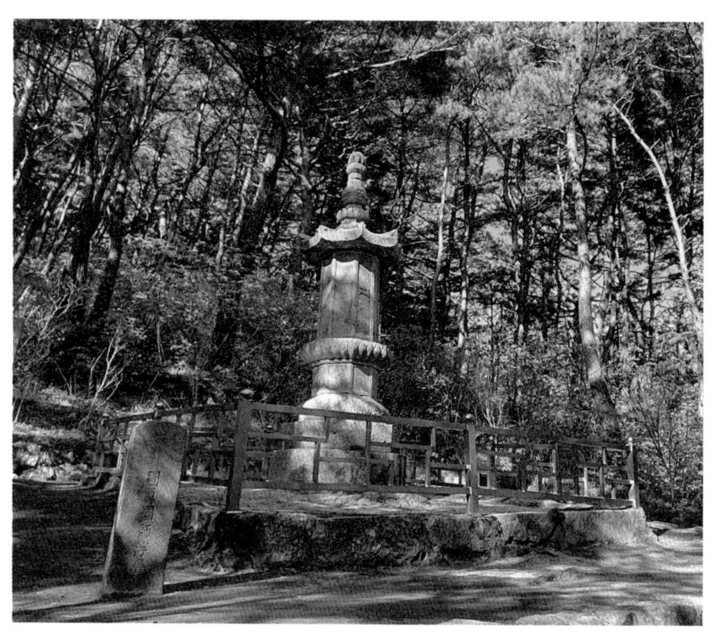

—

원진국사부도탑

한 분위기를 느낄 수 있다. 보경사의 힘은 바로 여기에 있는 것이 아닐까 생각해 본다.

원진국사에 대한 기록은 현재로서는 당시 대사성大司成이었던 이공로李公老(?-1224) 선생이 비문을 지은 이 원진국사비가 유일하다. 원진국사 승형 화상은 상주에서 태어나 일찍 고아가 되어 7세에 운문사雲門寺로 가 불문에 들어가고 13세에 문경 봉암사에서

서운암 부도원

동순洞純 화상을 은사로 하여 득도하고, 김제 금산사金山寺에서 구족계를 받았다. 1197년명종 27에 스승이 입적하자 승과僧科를 포기하고 수행에 전념하였는데, 명종이 일찍부터 신동으로 소문난 그의 뛰어난 도행을 듣고 초선初選을 치르게 하여 승과에 발탁되었다.

그러나 그는 천하를 주유하며 오늘날 송광사인 조계산 수선사修禪社로 가 보조국사 지눌知訥(1158-1210) 화상을 참방하고, 청평

산에서 진락공眞樂公 이자현李資玄(1061-1125)의 유적을 찾다가 김부철金富轍(1079-1136)이 지은 「문수원기文殊院記」에서 『수능엄경首楞嚴經』이 불교의 핵심이라는 내용을 읽고 크게 느끼는 바 있어 『능엄경』을 으뜸으로 삼아 능엄선楞嚴禪을 주창하였다. 문수원은 과거에 급제한 이자현이 후에 관직을 버리고 청평산으로 들어가 아버지가 세웠던 보현원普賢院의 이름을 바꾸고 속세를 떠나 선수행을 한 곳이다.

부처의 길을 추구하는 사람들이 서로 자기들의 종지宗旨만 옳다고 대립하는 때에 일심一心을 기본으로 하여 선과 교 어느 쪽에도 치우지지 않고 그 깨달음을 얻어 천하에 불법을 떨쳤다. 일심은 원효 대사의 사상이기도 하다. 1210년희종 6에 연법사演法寺 법회의 법주가 되어 선풍을 떨쳤고, 이후 삼중대사三重大師와 선사禪師를 거쳐 1215년고종 2에 대선사大禪師가 되어 왕명에 따라 보경사에 주석하였다.

이때 가람도 중창하고 승방 4동과 정문 1칸을 중건하였으며 범종梵鐘, 경磬, 법고法鼓 등도 새로 갖추었다. 1220년 희종熙宗(재위 1204-1211)의 넷째아들인 경지鏡智 선사의 은사가 되었고, 1221년 『능엄경』을 설한 뒤 팔공산 염불사念佛寺로 옮겨 그곳에서 입적하였다. 열반할 때에는 삭발하고 목욕을 한 후 승상繩床에 앉아 범패梵唄를 읊게 했는데, 이때 시자가 임종게臨終偈를 청하니 "이 어리석은 놈아, 내가 평생 하나의 게송도 지은 적이 없는데, 이제 와서 무슨 게송을 지어달라는 말이냐!"라고 하고 승상繩床을 세 번 내리치고는 조용히 입적하였다. 국사로 추증되었고, 시호가 원진이다.

비문의 글씨는 보문각寶文閣 교감校勘인 김효인金孝印(?-1253) 선생이 썼다. 신라 경순왕의 후예로 병부상서를 지낸 그는 삼별초三別抄의 난을 토벌한 김방경金方慶(1212-1300) 선생의 아버지이다. 비는 원진국사가 입적한 지 3년 후에 세워졌다.

이 시절에는 왕자들까지 삭발하고 출가를 하여 진리를 찾아나섰다. 대각국사 의천義天(1055-1101) 화상도 그러하다. 도대체 무엇을 찾아 왕자의 자리를 버리고 출세간의 길로 나선 것인가? 『능엄경』은 마음이 어디에 있는가에 대한 싯다르타와 아난阿難의 문답으로 시작하여 깨달음의 본질과 깨달음으로 나아가는 과정과 여래장如來藏사상에 대하여 상세히 설해 놓은 경이다. 깨달음으로 들어가는 가장 쉬운 길이 관음신앙이라면서 능엄다라니楞嚴陀羅尼를 설한 다음, 보살의 수행 단계와 중생이 수행하는 과정에서 생기는 여러 번뇌에 대하여 그 원인과 종류를 밝혀 놓은 것인데, 지금도 우리나라 선종에서 소의所依경전으로 중요시하고 있다.

그러나 『능엄경』에 대하여는 인도에서 유출을 엄격히 금지했던 것이라는 말도 있지만 중국에서 후대에 만들어진 위경僞經이라고 보는 견해가 지배적이다. 여래장사상은 이미 신라시대 원광 법사와 원효 대사에 의하여 상당히 연구되고 전파되었는데, 고려시대

—
보경사 장독대

에도 그러한 사상이 계속 이어져 온 것인지 아니면 신라시대와 다른 양상으로 전개되었는지는 더 연구해 볼 필요가 있다.

보경사에 주지로 주석하고 계신 철산鐵山 화상은 좌선과 노동으로 일상의 생활을 일관하고 있다. 늘 좌선을 하고, 그 외 시간에는 차를 만들거나 장을 담그는 등 노동을 한다. 참선과 노동은 결사의 기본이고, '백장청규百丈清規'의 핵심이다. 철산 화상과 수행자들이 직접 만든 차와 된장, 식초 등은 이미 많이 알려져 있다. 그는 오로지 좌선수행을 중시하여 스님들이 무문관無門關 수

행을 할 수 있는 공간도 새로 조성하고 신도들에게도 참선 수행과 노동을 강조하신다.

존재의 무無와 만물과 인간의 삶도 궁극에는 공空한 것이라는 것, 여래장과 대승기신론에서 밝혀져 있듯이, 인식의 층위를 정확히 알고 모든 것이 마음으로 귀결되는 일체유심조一切唯心造와 일심사상을 받아들이면 인간의 모든 문제가 해결되고 행복하게 살다가게 된다는 것이 불교에서 말하는 진리라는 것인가. 이를 깨달아 의심 없이 받아들이고 그에 의해 행동하기 위해 좌선 수행을 하는 것인가? 그러나 참선의 경지는 오로지 이를 수행하여 깨달음을 얻은 사람만이 스스로 느낄 수 있고, 깨달은 사람은 말로써 표현할 수 없는 상태라서 아무 말도 하지 않고 있으니 그 경지를 어떻게 알 수 있겠는가.

불교에서 참선 수행이 명상이나 어지러운 마음을 평온하게 하는 것이거나 호흡을 통하여 생명을 연장하고 평온을 가질 수 있게 하는 것이 아닌 것이라면, 우리는 원래의 문제로 돌아간다. 이 세상 인간이 어떻게 하면 태어나서 죽을 때까지 행복하게 살 수 있으며, 공동체가 지속가능하게 유지될 수 있을까 하는 인간의 원래 문제로 돌아가 생각해 본다. 이에 관해서는 수많은 이야기들이 있어 왔지만, 현실에서 살아가는 인간은 오랜 역사 속에서 실제 온갖 현실적인 삶을 살아오면서 도달된 일응의 결론에 도달하였는데, 그것이 오늘날에는 헌법이라는 이름으로 정리되어 모든 나라가 채택하고 있다. 아직도 종교전쟁을 치르고 독재자들이 권력을 휘두르는 나라에서는 인간이 죽음과 고통의 질곡 속에서 하지 않아야 할 고생을 하고 있지만 말이다.

그 결론적 내용의 요체는 이렇다. 모든 인간은 존엄하고 자유롭고 평등한 존재이다. 인간은 어떤 경우에도 타인을 지배할 수 없다. 인간의 공동체는 국가로 만들어져 외부의 위험으로부터 안전하게 보호되어야 한다. 국가는 공동체의 주인인 인간이 행복하게 살 수 있게 모든 자유와 평등을 보호하고 이것이 실현될 수 있게 만들어주어야 한다. 국가의 제도와 권능은 이를 실현하기 위한 도구에 지나지 않고, 그 일을 하기 위해 권한을 부여받은 자는 사익을 개입시키지 말고 오로지 객관적이고 기능적으로 헌법이 정한 역할만 충실히 해야 한다.

권력은 어떤 경우에도 개인의 욕망이나 이익을 실현하기 위해 사용되면 안 된다. 국민을 위한 권력은 그 권능을 부여받은 자가 남용할 수 없게 이를 철저히 통제하여야 하고, 그 통제제도를 법으로 엄격하게 정하여 운용하여야 한다. 공동체 내에서 약한 사람이 있는 경우에는 공동체 구성원들이 공동의 부담으로 그 약한 사람이 정상적으로 삶을 살 수 있게 해 주어야 한다. 내세의 존재나 내세의 삶에 대해서는 헌법은 말하지 않는다. 이는 개인이 각자 알아서 판단할 성질의 것이다.

이러한 결론은 현재 존재하는 것은 존재하는 것이고, 무가 아니며 유이고, 인간은 감성, 오성, 이성이 작용하는 생물학적 유기체이며, 유기체가 욕망하는 바는 다른 유기체에게 해악을 끼치지 않고 다른 존재의 행복을 침해하지 않는 한도 내에서 최대한으로 달성할 수 있게 한다. 그러면 이 지구상에 사는 인간은 스스로의 삶을 자유로이 영위하면서 현세에서 행복하게 살다가 세포활동이 끝나면 자연의 법리에 따라 사라지게 된다. 이것을 실현하는 것에 힘써라.

나는 이 문제를 가지고 지금까지 연구하고 이를 실현시킬 수 있는 방법을 궁구하는 것에 많은 시간을 보냈다. 이제 60대 중반

보경사 스님들의 발우

에서 이 문제를 계속 연구하고 그 실현을 위해 조금이라도 노력하는 것이 의미가 있는 것인지, 아직 머뭇거리고 있는 미답未踏의 참선參禪 수행으로 들어가는 것이 의미가 있는 것인지 여전히 자문해 본다.

청하곡의 계곡 길을 한참 걸은 후에 들른 승방에서 스님이 내어주시는 차를 마셨다. 특별히 할 이야기는 없었다. 차만 편하게 마시고 승방을 나서는 길에 철산 화상은 빙그레 웃으시며 '언젠가는 선방에 한번 들어가시면 좋은데…'라고 하시는 말씀이 나를 향하고 있었다.

백련암

합천 땅에 들어서면 웅장하고 품격 있는 가야산伽倻山의 기세에 영향을 받아 가만히 있는 사람의 마음도 움직인다. 인근에는 바위산을 보기 어려운데, 이 가야산은 기상이 높은 바위들이 지상에서 솟아올라 하늘에 걸려 있는 듯이 열을 지어 서 있는 모습을 하고 있다. 이 가야산은 상왕봉象王峯(1,432.6m)을 주 봉우리로 하여 칠불봉七佛峯(1,433m), 두리봉(1,133m), 남산南山(1,113m), 단지봉(1,028m) 등 1,000m 내외의 높은 봉우리들이 줄을 이어 서 있고, 아래로는 높은 봉우리에 짝을 이루듯이 깊은 홍류동천紅流洞天의 계곡이 내리 달리고 있다.

그리하여 『택리지擇里志』에서도 경상도에는 석화성石火星이 없는데, 오로지 합천 가야산만이 우뚝하게 솟은 바위들이 줄지은 모습으로 있어 마치 불꽃처럼 보이기도 하고 공중에 따로 솟아 있어 매우 높고도 빼어나다고 하면서, 동시에 골짜기 입구에는 홍류동과 무릉교武陵橋가 있어 계곡에 누워 있는 반석과 그 위로 흐르는 맑은 물이 수십 리에 뻗쳐 있다고 했다. 상왕봉에서 보면, 서쪽으로는 덕유산德裕山이 멀리 보이고, 남쪽으로는 남악南嶽인 지리산智異山이 아스라이 보인다.

홍류동의 농산정

홍류동으로 들어오면 무엇보다 신라시대 고운孤雲 최치원崔致遠(857-?) 선생의 발자취들이 남아 있다. 고운 선생이 세상을 버리고 이곳으로 들어와 은둔한 곳임을 새겨 놓은 비석도 있고, 시를 남긴 가야산 계곡에 시의 내용에서 이름을 따와 농산정籠山亭이라는 정자도 세워 놓았다. 농산정 앞 계곡의 바위에는 이곳을 다녀간 많은 사람들의 이름을 새겨 놓았다. 세월이 세세년년世世年年 흘러도 이곳에 온 사실은 잊히지 않고 전해지기를 바랐던 모양이다. 최치원 선생이 이곳에서 읊은 〈가야산 독서당에 제하다題伽倻山讀書堂〉라는 시를 한번 본다.

狂奔疊石吼重巒 미친듯이 흘러 바위를 때리며 산을 향해 소리치니
광 분 첩 석 후 중 만
人語難分咫尺間 지척에 있는 사람 소리도 알아듣기 어렵구나
인 어 난 분 지 척 간
常恐是非聲到耳 속세의 시시비비 소리 귀에 닿을까 걱정되어
상 공 시 비 성 도 이
故教流水盡籠山 일부러 흐르는 물로 온 산을 감싸 버렸구나
고 교 유 수 진 롱 산

최치원 선생은 868년 경문왕景文王(재위 861-875) 8년에 12살 나이로 당나라로 유학을 가서 18세에 외국인 특별전형인 빈공과賓貢科에 합격하여 중국 천하에 학문과 문장으로 이름을 날리다가 신라가 기울어져 가던 885년 헌강왕憲康王(재위 875-886) 11년에 귀국하였다. 삼국을 통일하여 통일왕국의 꽃을 피운 때가 언제던가 하는 것처럼 사회의 내부 모순으로 쓰러져 가는 통일신라의 고국

땅에 돌아온 최치원 선생은 오늘날 태인泰仁 지역인 대산군大山郡의 태수와 서산瑞山 지역인 부성군富城郡의 태수 등 지방관으로 전전하며 백성들을 돌보다가 무너지는 나라를 바로잡고자 국가 개혁론인 시무책을 지어 894년에 진성여왕眞聖女王(재위 887-897)에게 올렸다.

왕은 고운 선생의 방략을 받아들이고 그를 육두품으로는 최고 지위인 아찬阿湌의 자리에 임명하여 국가의 일을 시키려고 하였으나, 서울 세력들의 질시와 견제로 인하여 898년에 면직되었다. 그런 일을 겪은 고운 선생이 얼마나 마음의 고통이 심했을지는 짐작할 수 있는 일이다. 중국에서 힘든 세월을 보내며 공부하고 귀국한 것은 무너져가는 신라를 바로 세워 옛 영화를 다시 일으켜 보려는 것이었으리라. 그러면 백성들도 행복하게 살 수 있다. 그러나 그의 노력이 이렇게 허망하게 수포로 돌아가자 고운 선생은 결국 나라를 바로 세워보려 했던 뜻을 접고 속세를 떠나 전국으로 주유하면서 글도 짓고 지식을 전파하기도 했다.

이 당시 최치원 선생은 화엄종의 고승으로 명성을 떨친 친형인 현준賢俊 화상이 머무르고 있는 해인사에 들어와 화엄학의 승려들과 교유하면서 불교와 관련한 글을 짓기도 했다. 해인사의 장경판전藏經板殿에서 조금 내려오다 보면 최치원 선생이 해인사에 들어와 은거하며 시도 짓고 독서도 한 자리라는 학사대學士臺가 있다. 이곳에는 고운 선생이 짚고 다니던 전나무 지팡이를 꽂아 놓

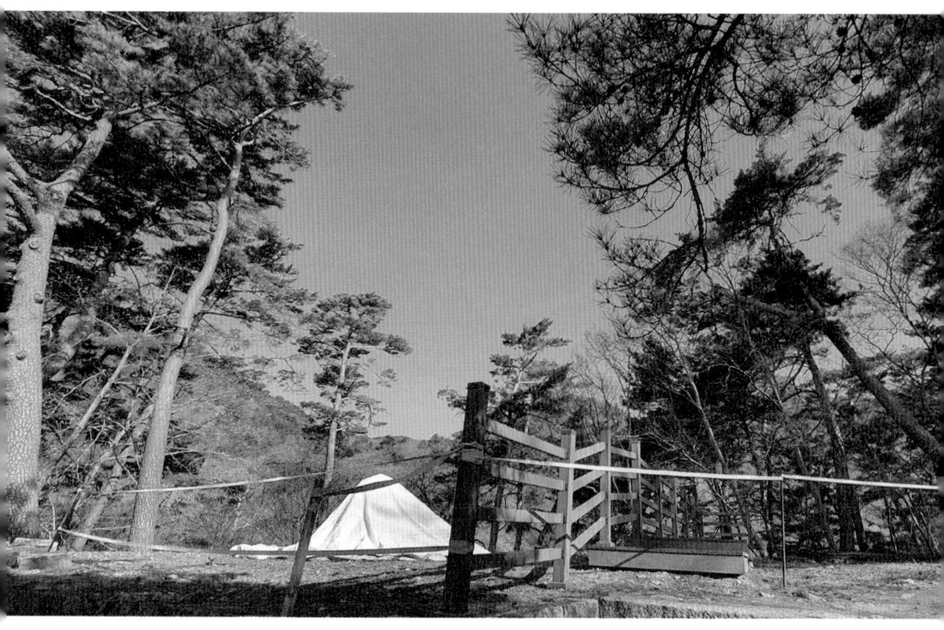

학사대

은 것이 자란 나무가 서 있었는데 근래 태풍에 그 나무가 부러져 버렸다. 하기야 원래의 나무가 천 년을 지나오는 동안 그대로 그 자리에 계속 자란 것이 아니고 벼락이나 비바람에 부러지면 살아남은 가지를 다시 심기를 반복하며 지금까지 내려온 것이다. 이번에도 천으로 덮어 놓은 부러진 나무에서 살아있는 부분을 다시 심어 살릴 것이다.

지팡이를 꽂아 놓은 것이 자라 난 나무는 부석사에도 있다. 의상 대사가 꽂아 놓은 지팡이가 자라났다고 하는 선비화禪扉花, 仙飛花 나무가 그것이다. 죽은 나무 지팡이가 살아날 리는 없지만 산 나무를 바로 꺾어 짚고 다니던 지팡이를 심어두면 물을 빨아 먹고 자라날 수도 있음이리라. 여기에 후세인들이 의미를 부여하여 만든 이야기가 계속 전해 내려오는 것이리라.

유불도儒佛道 삼교三敎에 통달한 그이기에 그의 많은 문장에는 유불도의 개념들이 종횡무진으로 구사되고 있다. 그의 거처가 있었던 곳이라고 전하는 자리에 현재 고운암孤雲庵이 있다. 이 시절 독서를 하며 지내는 중에 「해인사선안주원벽기海印寺善安住院壁記」를 쓴 것으로 전한다. 이 무렵 민란으로 세상은 매우 어수선하였고, 자칭 미륵이라고 내세우는 궁예弓裔(869?-918)와 견훤甄萱(867-936)은 이미 무리들을 모아 따로 나라를 세우려고 할거하고 있었다. 맑은 물소리가 들리는 홍류동 계곡의 길을 걸으며 뛰어난 지식인이 자기 역할을 할 수 없게 만든 사연들을 생각해 보니 예나 지금이나 인간들이 보여주는 모습은 다르지 않다는 생각에 이른다.

최치원 선생 둔세지 표지석

백련암白蓮庵은 해인사에 속해 있는 암자이다. 해인사의 본찰이 있는 곳에서 한참이나 걸어 올라가야 하는 높은 곳에 자리하고 있다. 요즘은 자동차로 달려 백련암 바로 아래까지 갈 수 있지만, 백련암으로 가는 길은 역시 산길을 한 걸음씩 걸어가야 제맛이다. 봄에는 보랏빛과 연초록이 감도는 꽃피는 춘산春山이 포근하게 둘러싸고 있는 자리이고, 여름에는 소나무와 잣나무가 만들어 주는 그늘에 범상치 않은 바위들이 경판經板을 줄지어 세워둔 것처럼 둘러싸고 진리를 쏟아내는 자리다. 가을에는 붉게 타들어가는 단풍이 온통 당우를 에워싸 의단疑團을 다 태워버리고 싶은 발심發心이 생기는 자리다. 그 가운데에서도 겨울 눈 내린 계절에 소쇄瀟灑한 산중 흙길을 밟으며 걸어 올라가는 맛은 적막寂寞 그 자체를 느껴볼 수 있어서 일품이다.

'진정 나는 누구인가?', '나는 과연 삶을 온전히 살아가고 있는가?', '한번 살고 가는 삶에서 나로 인해 이 세상이, 아니 한 사람이라도 행복해질 수 있는 일을 하였는가?', '눈앞에 보이는 것이 공空한 것이라는데 그 뜻은 도대체 무엇인가?', '나도 공하고 만물도 공하면 물아일체物我一體가 공하고, 그리하여 분별지分別智가 없어지고 모든 것이 있는 그대로 화엄세계華嚴世界이면 이 세상이 이상적인 세계가 되고, 사람은 고苦와 집集을 멸한 상태에서 더이상 바랄 것이 없는 완전한 인간으로 살게 되는 것인가?', '일찍이 붓다는 이를 터득하고 세상에 그 이치를 설하여 이렇게 살아가기를 가르

쳤는데, 왜 나는 여전히 의문이 많은 것인가?', '여전히 나는 욕망에 이끌려 다니기 때문인가?', '붓다가 가르침을 펼친 인도에서는 불교가 사라지고 오히려 중국에서 경학經學이 발전하고 단번에 진리를 깨치는 선禪이 요원의 불길처럼 번져간 것은 무엇 때문인가?', '신라와 고려시대를 관통하며 이 땅에서도 불교가 성하였는데, 그 시대 사람들은 과연 삶을 온전히 살았으며, 지금보다 더 나은 사회가 되었는가?', '진리는 예나 지금이나 여여如如한데 인간들이 눈을 뜨지 못하여 지금까지 이렇게 온갖 악행과 오류를 반복하면서 살아가고 있는가?', '불교는 너무 방대하여 공부하고 이해하기 어려운데, 어떻게 시작하여야 하는 것인가?', '스님들의 말씀만 들으면 된다는데 경전과 이론을 공부하지 않고 어떻게 스님 말씀인들 알아들을 수 있는가?', '복잡한 공부를 하지 않아도 참선만 하면 진리를 터득할 수 있다고 하는데, 그러면 학문이 왜 필요하고 대학에는 왜 가는가?', '사람은 언제나 죽는 것이지만 죽음 앞에서 당당할 수 있는가?' 하는 등등. 이러한 기초적인 질문은 누구나 적막강산寂寞江山으로 접어들면 한번쯤은 해 보았을 생각들이다.

백련암을 찾아 나서는 발걸음은 예나 지금이나 성철性徹(1912-1993)이라는 큰 존재에 연유한다. 어느 한 시기에 이 땅에 성철이라는 도학자道學者가 나타나 1940년 대구 동화사桐華寺 금당선원金堂禪院에서 깨침을 얻고 진리의 세계에 돈오돈수頓悟頓修라는 큰

—
불면석이 있는 백련암 마당

가르마를 하늘에서 땅까지 죽 타버렸다. 이는 보조국사普照國師 지눌知訥(1158-1210) 이래 그간 불교계에서 유지해 오던 돈오점수頓悟漸修를 인정하지 않고, 돈오한 다음에는 계속 여여할 뿐이고, 경전을 보든 다른 지식을 접하든 돈오 상태에 어떠한 변화도 없다고 했다. 깨닫고 나면 수정할 것도 없고 노력하여 이를 유지할 것도 없다. 더 엄격하게 말하면 돈오돈수가 아니라 돈오무수頓悟無修라고 해야 옳다. 수행자의 세계에서 만일 깨달음을 얻은 상태를 유지하는 노력이 필요하다면 그것은 깨달은 것이 아니라고 단호하게 선을 그었다.

세상에 미친 그 충격은 땅이 갈라지고 화산이 폭발한 것과 같은 것이었다. 그리고 성철 스님은 그 깨달음에 바탕하여 거침없이 실천하였다. 수행할 때는 세상과 단절하고 한 번 눕지도 않고 앉아서 삼매경에 드는 장좌불와長坐不臥를 수년 간 지속하며 정진하였다. 이치를 말할 때도 폭포수와 같이 거침없이 설법을 펼쳤다. 말로 하면 마치 본인이 본 다르마dharma를 즉석에서 바로 옮겨 전해 주는 것과 같았고, 글로 쓰면 있는 다르마를 그대로 받아쓰는 것과 같았다. 진리를 자동기술自動記述(automatic description)하는 것이었다. 불교계에서도 엄청난 충격이었음은 말할 필요도 없다.

성철 스님의 설법은 어렵고도 쉬웠다. 해인사에서 대중 설법을 하며 펼친 『백일법문百日法門』은 여전히 어렵고 이를 이해하려면 불교경전과 선불교를 처음부터 공부해야 한다. 『선문정로禪門正路』는 더 하다. 이 책을 처음 사들고 읽다가 아득하여 읽기를 그만둔 것은 기억에 생생하다. 그나마 근래 강경구 선생이 오랜 시간 이를 연구하여 텍스트를 새로 번역하고 상세한 해설을 붙인 『정독精讀 선문정로』를 읽으며 그간 이해하지 못했던 내용에 대해 눈을 뜬 것이 천만다행이다. 선생의 실제 강의를 전달해 주는 유튜브도 있어 전 세계 누구나 들을 수도 있다.

요즘도 뛰어난 사람들이 쓴 책이라고 하여 알려지면 알든 모르든 책부터 사는 것은 그래야 그 세계를 조금이라도 안다는 마음의 위안을 얻고 싶어서일 것이다. 그런데 정작 그런 책들을 실제 이해하고 터득하는 일은 여간 어려운 것이 아니다. 그래도 쉽다고 하는 단테Durante degli Alighieri(1265-1321)의 『신곡新曲(Divina commedia)』을 보고 이름부터 멋있는 것 같아 덤벼들었다가 죽을 때까지 손에 잡았다가 놓기를 수없이 반복했다는 어떤 지식인의 일화도 있다. 나는 아직도 몇 차례 손에 잡았다가 중단하고 혹시 단테가 살았던 곳에라도 가보면 무엇인가 쉽게 얻을 수 있지 않을까 하여 피렌체Florence, 베로나Verona, 라벤나Ravenna 등 그 연고지를 찾아보기도 했지만, 동네 구경하고 맛있는 음식과 아이스크림만 먹고 돌아왔다.

토마스 아퀴나스Thomas Aquinas(1225-1274)의 『신학대전神學大典(Summa Theologiae)』은 어떠한가. 야심만만하게 이에 도전했다

김호석 그림, 성철 스님

토마스 아퀴나스의 수도원 방

가 중도에 포기한 사람들이 이 지구상에 많으리라 생각된다. 신학과 아리스토텔레스를 동시에 연구한 그가 궁금하여 젊은 시절에는 툴루즈Toulouse로 가 자코뱅성당Church of the Jacobins의 제단에 있는 그의 관을 한참이나 서서 보았다. 나이 들어 『신학대전』을 읽다가 궁금증이 또 발동하여 나폴리Naples로 가서 산 도메니코 마기오레San Domenico Maggiore 수도원을 찾아 그가 수도하며 지냈던 방에도 들어가 봤지만, 무엇을 손쉽게 얻으려고 한 내 생각이 잘못된 것임만 확인했다. 방은 방일뿐 방안에 무슨 진리가 있느냐! 나는 늘 이런 헛수고를 한다.

아무튼 성철 대화상의 『본지풍광本地風光』은 더 어려웠다. 그래서 장안의 지가를 올린 『자기를 바로 봅시다』도 제목을 보니 쉽다고 느껴져 읽어 보았지만 역시 아득하기는 마찬가지였다. 나는 진리를 터득하는 것에는 머리로 먼저 이해하고 체득하는 것이 필요하다고 본다. 수행자로 나서서 목숨 걸고 깨달음의 길로 매진

해도 한소식 했다는 말을 듣기 어려운데, 속세에 사는 중생의 경우에는 우선 머리로 이해가 되어야 그 다음 단계로 나아갈 수 있다고 본다.

그러면 그 많은 불경을 다 읽고 공부할 것인가 하는 질문이 생긴다. 그래도 가장 중요한 경전들을 공부하고 이를 터득한 이후에 그 다음 단계로 나아가는 것이 필요하다. 세상 어디에서든 불교 공부에서 경전과 원리를 공부하고 터득하는 과정을 거치지 않고 그냥 '진리를 발견하자'고 하는 곳은 없다.

성철 스님도 경전에 의거하여 수행을 말했다. 이런 과정이 필요 없는 경우는 공자가 말한 생이지지生而知之를 한 경우뿐이다. 보통은 학이지지學而知之하여 나중에는 그 자리를 초월하는 단계에 이르게 된다. 그야말로 '지식을 통하여 지식 위로!'라는 차원으로 나아가게 된다. 머리로만 터득한 지식에는 실천이 따르기 어렵다. 끊임없는 의문과 회의가 일어나기 때문에 완전히 그 전체를 단박에 터득하고 그 상태에 나아가야 모든 경계가 없어지고 앎과 행이 일치하고, 행함에 머뭇거림이 없어지고 가만히 있어도 행함이 있고 정靜과 동動이 일체가 되며, 세상의 혼란스런 모든 것이 하나로 분명하게 정돈된다. 이 상태에서는 그 전과 비교하면 인간이 달라지고 우주가 다르게 인식되고, 이상적인 세상이 어떠한 것인지 알게 되고, 인간이 어떻게 살아야 하는지도 밝혀지며, 태어나서 죽을 때까지 언제나 환희 속에서 자유자재自由自在하는 삶을

—
옛 해인사 전경

일주문 뒤로 보이는 해인사

—
성철 스님 법문 모습

살게 된다.

그러나 중생은 묻는다. 도대체 어떻게 이 단계에 도달할 수 있다는 말인가? 성철 스님은 이에 대해 이렇게 말했다.

"화두 참구를 하면서 이론을 들으면 정말로 생명이 있는 것이어서 신주神主 없는 제사가 되지 않습니다. 그러나 화두 참구하지 않고 이론에만 빠졌다가는 신주 없는 헛제사가 되고 맙니다."

이 지점에서 지식을 추구하는 나로서는 다시 해인사 장경판전藏經板殿에 있는 대장경판大藏經板에 생각이 가지 않을 수 없었다.

해인사는 신라시대 의상義湘(625-702) 대사의 법손인 도당유학승 순응順應 화상과 이정利貞 선백이 대를 이어 노력한 결과 애장왕 3년인 802년에 왕과 왕후의 후원으로 창건되었다. 의상 대사가 적멸에 들어간 지 100년이 지났고, 최치원 선생이 태어나기 50년 전 일이다. 해인사는 산지 가람의 전형을 띠고 있는 고찰인데, 경내에 들어서면 해강海岡 김규진金圭鎭(1868-1933)의 현액이 걸려 있는 일주문一柱門에서부터 봉황문鳳凰門, 해탈문解脫門, 구광루九光樓, 그리고 그 뒤로 계단을 올라 석등과 정중탑庭中塔을 지나 비로자나불을 모시고 있는 대적광전大寂光殿에 이르기까지 일직선의 성도聖道로 연결되어 있다. 다시 대적광전 뒤로 가파른 계단을 오르면 바로 대장경판을 보관하고 있는 장경판전이 장엄한 모습으로 동서로 줄지어 서 있고, 그 뒤쪽 높은 곳에 수미정상탑須彌頂上塔이 서 있다. 해인사 가람 배치는 비로자나불이 불법을 머리에 이고 있는 구도이다.

장경판전으로 들어가는 문에는 회산晦山 박기돈朴基敦(1873-1947) 선생이 「팔만대장경八萬大藏經」이라고 대담하게 쓴 현액이 걸려 있고, 경내에는 남측 건물인

박기돈 글씨, 장경판전 현판

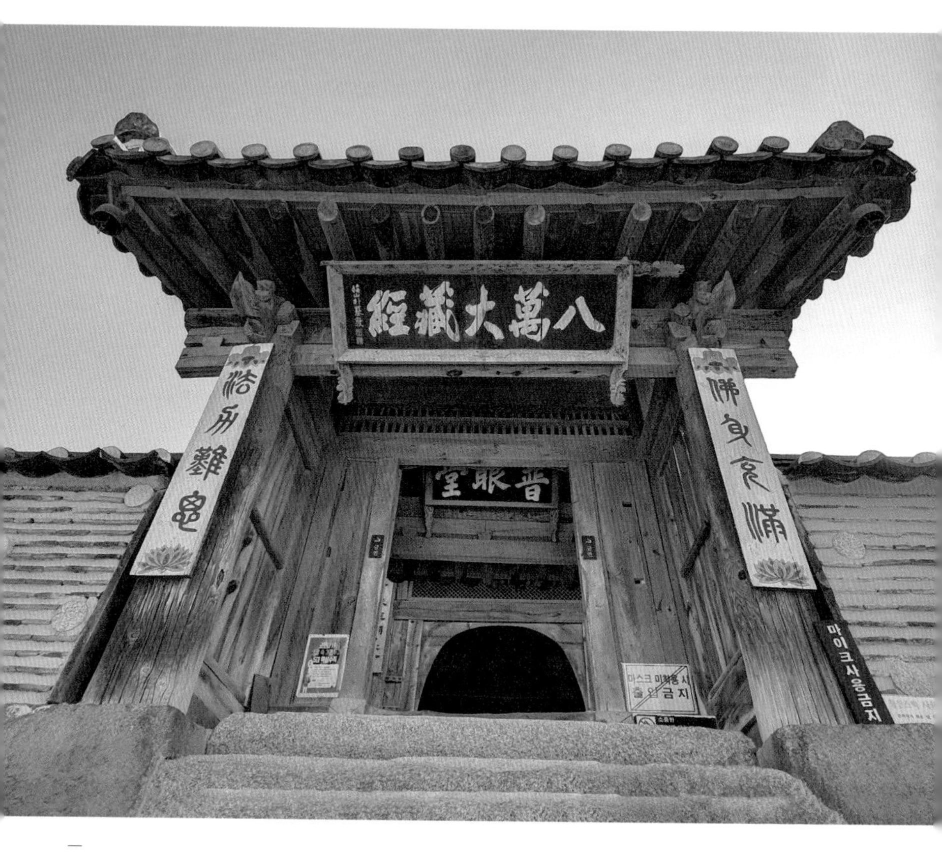

장경판전

수다라장修多羅藏과 북측 건물인 법보전法寶殿에 불경을 새긴 경판들이 보관되어 있다.

박기돈 선생은 서울에서 상공학교商工學校 교관 등을 지내다가 을사조약의 체결에 분개하여 상해로 망명을 시도하였으나 실패하고 대구에 정착하여 가산을 기반으로 하여 상공업을 일으키고 사회활동을 하였다. 일본인들로부터 대구의 상권을 지키고자 대구상공회의소 초대 소장을 맡기도 하고, 국채보상운동, 대한협회, 대구노동공제회 등 애국 운동과 금융, 교육, 체육 분야에서도 적극 활동하였다. 인생 후반에 서예에 몰두하여 교남서화연구회嶠南書畫研究會 부회장도 맡으며 석재石齋 서병오徐丙五(1862-1935) 선생 이후 영남 지역의 대표적인 서예가로 활동하였다. 회산 선생은 영남 지역의 많은 사찰에 당우의 편액과 주련들을 많이 남겼다.

대장경은 인도의 산스크리트어로 된 불경을 당나라에서 한자어로 번역한 경전經典과 율장律藏, 논서論書의 삼장三藏을 모두 모아 목판에 새긴 것이다. 역사를 보면, 고려 현종顯宗(재위 1009-1031) 때인 1011년 고려가 거란의 침공을 맞아 수도가 함락되는 위기에 빠지자 위기 극복의 한 방편으로 불경 목판을 새기기 시작하여 1029년에 완성하여 대구 팔공산 부인사符仁寺에서 보관하던 초조대장경初雕大藏經이 있었다. 그런데 1232년 몽골군이 고려를 침공하여 전 국토를 유린했을 때 이것이 불에 타 세상에서 사

修多羅藏

라졌다. 충격에 빠진 고려는 1233년부터 준비하여 1237년 고종高宗(재위 1213-1259) 24년부터 불경 판각 사업을 거국적으로 다시 시작하였다. 전란에서 안전한 경남 남해南海 대장도감大藏都監에 전국의 각수들을 모두 징발하여 당시 최고 권력자 최우崔瑀=崔怡(?-1249)의 처남이기도 한 하동의 토호 정안鄭晏(?-1251)이 책임을 맡아 1248년까지 일단 판각 작업을 마무리를 한 것이 현재 있는 팔만대장경의 목판이다.

현재의 팔만대장경은 모두 1,496종 6,568권으로 경판經板의 수는 81,137개로 양면에 새겨졌는데, 동아시아에서 목판 전체가 남아 있는 가장 오래된 경판일뿐 아니라 내용도 가장 충실하고 정확한 것으로 평가되고 있다. 역사적으로는 초조대장경이 없어진 후 다시 조성한 것이라 하여 재조대장경再雕大藏經이라고도 한다. 왕을 허수아비로 만든 최씨 정권이 강화도로의 천도를 반대하는 신하들을 죽이면서까지 섬으로 들어가 고대광실을 짓고 호화로운 생활을 즐길 때 백성들은 도탄에 빠져 죽어나갔다. 적이 쳐들어오면 나라의 책임을 진 자들은 제도와 군사를 정비하고 목숨을 내놓고 싸워야 함에도 대장경을 새기며 붓다에게 살려달라고 한 것은 사실 딴 곳에 책임을 전가하고 백성들을 속인 행위라고 볼 수밖에 없다. 역사의 간계인지 몰라도 아무튼 이렇게 하여 대장경의 판각이 이루어졌다.

法寶殿

이 대장경을 조성하여 봉안한 이후 부처님이 나라를 보우保佑할 것이라는 마음의 위안을 삼게 되었는지는 모르지만, 진리를 찾아가는 입장에서는 이를 끌어안고만 있을 것이 아니라 인출하여 연구하고 전파하고 모든 백성들이 터득하고 실행해야 할 일이다. 그렇지만 고려는 망해버렸고, 유교를 국교로 들고나온 조선에서는 불교는 왕실불교와 민간불교로 겨우 연명하게 되었다. 사찰은 권력을 쥔 자들이 빼앗아 별장이나 서원을 지어버렸고, 승려들은 천민으로 취급되어 도성에 출입도 할 수 없게 만들었다. 그나마 뛰어난 인재들의 피를 낭자하게 뿌리고 왕권을 찬탈한 세조가 천벌이 무서웠는지 불교를 지원하면서 대장경도 50질을 인출·간행하여 전국 주요 사찰에 배포하였다.

그런데 이를 다른 면에서 보면, 그렇다면 그때까지 그 중요한 경전을 모두 읽거나 충분히 공부하지도 않은 채 불교철학을 한 것인가 하는 의문이 든다. 물론 신라가 전승기를 구가할 때 자장慈藏(590-658), 원측圓測(613-696), 의상義湘(625-702), 원효元曉(617-686) 등 천재적인 불교철학자들이 나와 『화엄경』, 『금강경』, 『유식철학』 등을 터득하고 논문과 주석서를 쓰면서 그 가르침이 왕실이나 백성들에게 전파되기는 했고, 고려에 와서는 불립문자不立文字와 돈오점수를 기본으로 하는 선종이 힘을 얻어 발전하였지만, 많은 불경이 판각까지 되어 있었음에도 이를 인출하여 밤새워가며 공부한 열기는 별로 느껴지지 않는다. 이미 조선시대에는 불교가 억압되어 불가에서 암암리에 전해 내려온 선종이 오히려 전법에 수월했기에 그랬는지는 모르지만, '지식을 통하여 지식 위로!', '문자반야를 통하여 반야prajna로!'를 추구하는 관점에서 보면, 그렇게밖에 보이지 않는다.

이런 시선으로 보면, 팔만대장경이 유네스코 세계유산으로 등재되고 인류 역사에서 남은 소중한 자산이라는 이유로 많은 사람들이 구경을 가고 값지게 여긴다면 그야말로 붓다가 알면 기가 찰 일이다. 더하여 이것을 경매에 내놓으면 값이 얼마나 되는 앤틱antique이나 문화재일까 하는 시선들을 보게 되면, 붓다가 나타나 '너희들이 껴안고 있는 그 물건은 내가 한 말이 아니다'라고 할 것 같은 생각이 든다.

아무튼 그간 적지 않은 사람들이 불교를 연구하려고 일본으로 떠났다. 연구자들이나 승려들이나 일본으로 불교공부를 하러 유학한 이유는 불교학에 대한 세계적인 연구자들이 대부분 일본 학자들이기 때문이다. 지금도 불교나 경전에 대해 깊이 있는 공부를 하려면 결국 일본 학자들의 저술들을 읽게 되고, 그들이 번역한 자료들을 보게 된다. 신라와 고려의 불교가 높은 수준을 유지했다고 하면 그 이후로도 불교에 대한 연구자들이나 승려들이 기라성같이 쏟아져 나와야 했던 것이 아닐까 하는 생각을 해 본다. 장경판전의 경판은 워낙 많이 찍어 닳아서 없어지거나 다시 새기는 일이 있었어야 하는 것이 아닌가 하는 생각이 든다. 아무튼

팔만대장경판

일본은 불교 국가도 아니고 국민들 사이에 불교가 성하지도 않은 나라임에도 불교 연구가 세계 정상인 이유를 깊이 새겨볼 일이다. 팔만대장경을 인출한 책을 애걸복걸하며 우리에게서 얻어간 일본에서 말이다!

먼저 불교를 철저히 공부한 다음에 깨달음의 단계로 나아가자고 하면, 원택圓澤 스님으로부터 몽둥이질을 당할 일이다. 가야산 호랑이 성철 스님은 이제는 안 계시니까 나에게 몽둥이를 드실 수도 없다! 옛날에는 염화실拈花室 앞뜰에도 계셨는데… 지금 가 봐라 거기에 계시는가!

그런데 성철 스님은 이렇게 말씀하셨다.

"팔만대장경은 다 '지월지지指月之指', 즉 달을 가리키는 손가락일 뿐이다. 누구든지 달을 봐야지 손가락을 쳐다보지 말라. 불법은

염화실 앞에서 내빈들과 함께 한 성철 스님(왼쪽 두 번째)

실제 근본 마음을 전하는 데 생명이 있는 것이다. 말은 마음을 전하는 방편에 불과한 것이다. 부처님이 늘 그렇게 말씀하셨다."

이미 1970년대 상당법문으로 『임제록臨濟錄』에 대해 평석을 하실 때 한 말씀이다. 그래도 초급 중생은 달을 가리키는 손가락이 손가락인지 가래떡인지부터 알고 싶은 것을 멈출 수 없다. 아래로 축 처지는 가래떡이 달을 가리킬 수는 없으니까 말이다. 많은 불교학자들이 양성되고, 그 많은 사찰의 불교대학에서 공부부터 열심히 하는 모습을 더 간절히 기대해 본다. 비록 나는 성철 스님이 번역하신 『돈황본敦煌本 육조단경六祖壇經』을 멋으로 들고 다니다가 다 읽지도 못한 채 잃어버린 사람이기는 하지만.

백련암에서 외우畏友 김호석金鎬祏 화백이 그린 성철 대종사의 진영眞影과 3만 명이 넘는 추모객들이 골짜기를 가득 채운 다비식 전모를 그린 대형 그림을 시간 가는 줄 모르고 보았다. 사람을 그리는 일은 형상을 그리는 사형寫形이 아니라 그 인물의 정신을 포함한 전체를 그리는 사신寫神이라는 뜻을 여기서 알 수 있었다. 참으로 다시 그리기 어려운 절품絶品이다.

원택 대종사는 성철 스님을 평생 시봉하셨다. 속가의 인연으로 말하면, 나의 고등학교 선배님이 되신다. 이론과 지식을 좋아하는 나를 만나실 때마다 늘 미소만 지으시고 말씀을 많이 하지 않으신다. 오히려 번잡한 내 말을 듣기를 좋아하신다. 속은 어떠신

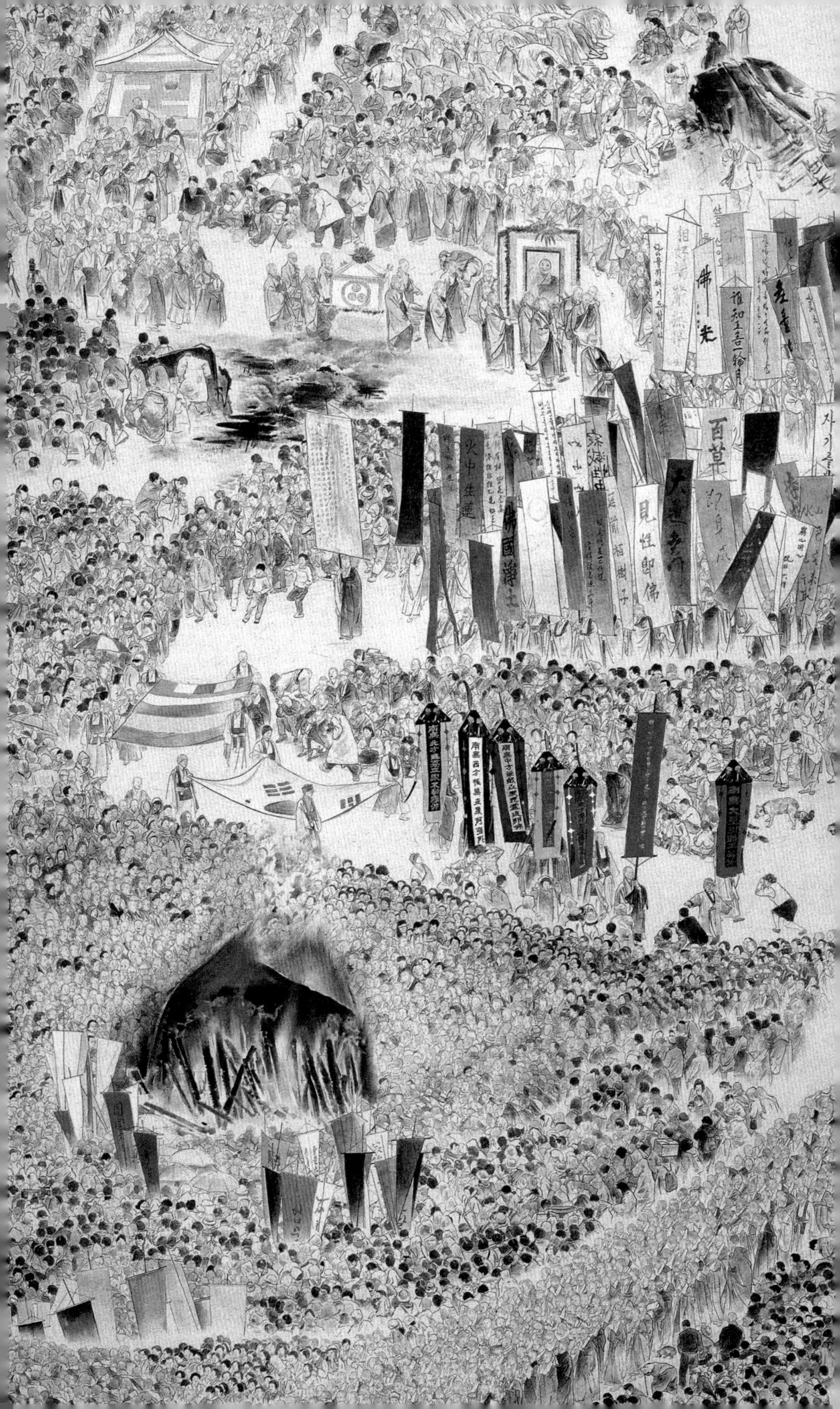
火中生蓮
佛國淨土
見性即佛
百草
佛光

지 몰라도 겉으로는 그렇게 보인다.

어느 해 추운 겨울 백련암으로 찾아봤을 때도 쾌히 방 하나를 내어 주시며 자고 가라고 하셨다. 60년대 말 연세대 정외과를 졸업하고 큰 포부를 가지고 장래를 준비하던 청년이 친구 따라 백련암에 놀러 갔다가 성철 스님을 만나 결국 '머리 깎고 중 되거라'는 말씀에 바로 세상과 인연을 접고 수행자의 길로 나선 어른이다. 만일 속세에 계셨으면 학계나 정치계로 나가 큰 역할을 하셨을 것이다. 그날 나도 얼씨구나 하며 하룻밤 공짜로 자기는 했지만 혹시 붙잡혀 머리 깎아라 하시면 어쩌나 하고 내심 겁이 나기도 했다. 후배라고 봐 주셨던 것 같다. 아무튼 그런 세월이 훌쩍 지났다.

원택 스님은 평생 성철 스님을 시봉하며 가르침을 받고 수행하면서 성철 스님이야말로 우리 옆에 오신 붓다라는 것을 터득하셨다. 달을 가리키는 손가락을 볼 것이 아니라 바로 옆에 계신 붓다를 모시고 그 가르침을 행하면 그것이 부처의 길을 가는 것이라고 하시며, 지금까지 오로지 한마음으로 수행자의 길을 걸어가신다. 조사선祖師禪을 우리에게 보여 주신 성철 스님의 생전이나 사후나 한결같이 붓다를 정대頂戴하듯 이마에 성철을 이고 사신다. 겉은 부드러우시면서 참으로 엄격하시다. 다비식을 치르고, 사리탑을 조성하고, 겁외사劫外寺를 창건하고, 성철기념관을 건립하여 국민들이 성철 대종사의 가르침을 터득할 수 있게 한 일도 그 맥

—
김호석 그림, 성철 대종사 다비식(부분)

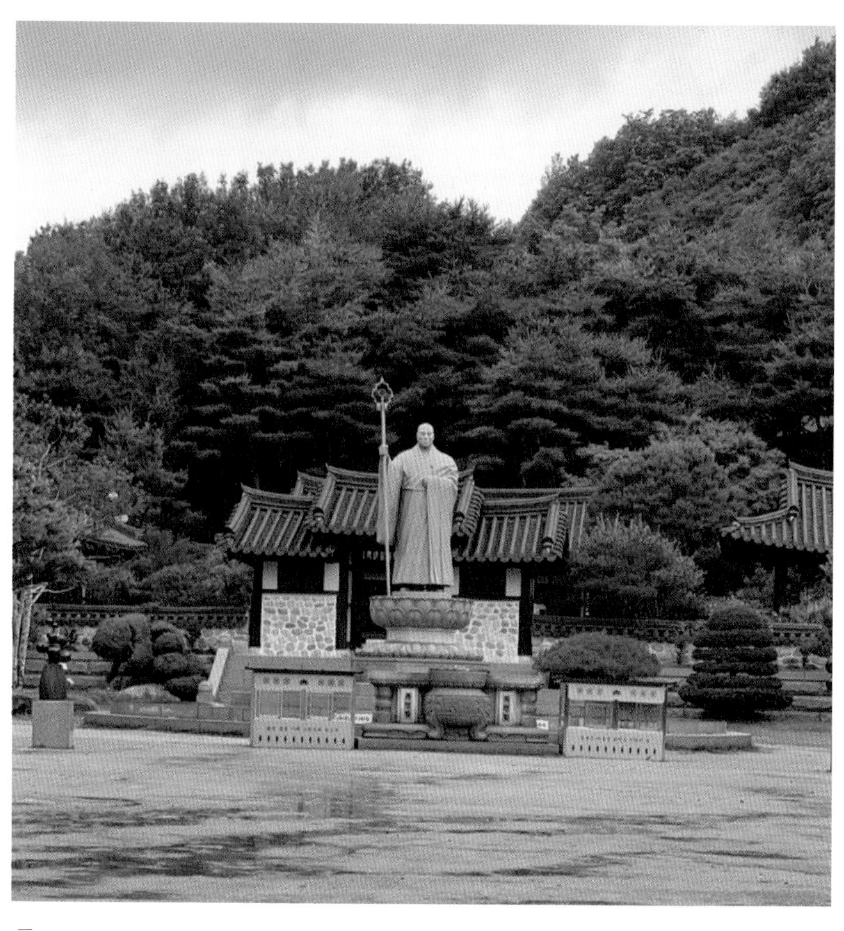

—
겁외사

락이다. 성철 스님이 생전에 마치지 못한 역경 사업을 이어서 마무리하고, 성철 스님의 법문을 책으로 출간하고 영상으로 알리는 일도 그러하다.

티베트불교 관련 저작까지 번역해내는 일로 바쁜 조병활 박사는 성철 스님의 말씀은 실로 알아듣기 쉬운데 도대체 왜 다들 이해하기 어렵다고 하는지가 그야말로 '이해하기 어렵다'고 하며 본격적으로 성철 대종사의 가르침과 말씀을 더 쉽게 풀어내는 일을 시작했다. 참으로 답답한 마음이 들 것이다. 이 아까운 시간에 산스크리트어나 티베트어로 된 불교문헌이나 뛰어난 철학자들의 글을 번역하여 불교학 연구의 깊이를 더하는 일이 급한데 전문가가 이런 일까지 해야 할 형편이니. 그렇지만 이 땅에 나 같은 사람이 어디 한두 사람이겠는가. 이것도 중생구제라고 하는 수밖에 없지 않을까. 그래서 변명 같지만, 내가 불교학자들을 많이 양성하고 배출해야 한다고 말하지 않는가. 지금이라도 한국불교계는 각종 언어를 자유자재로 구사할 수 있는 불교학자들을 양성하는 데 총력을 기울여야 한다고 본다.

말이 많아졌다. 이 상황에서 원택 스님에게 한 대 얻어맞지 않으려고 한여름의 뜨거운 염천을 잊으시게 합죽선에 성철 스님의 오도송을 쓰고 불면석佛面石을 그려 보내드렸다. 숙제하듯이 공을 들여 감역監譯하신 원택 대종사의 『명추회요冥樞會要』도 책상 위에 펴 놓고 열심히 읽고 있다. 첫 장부터 이렇다.

정종섭 그림·글씨, 합죽선 부채

"만약 불승佛乘을 연구하고자 한다면 보장寶藏을 펼쳐서 낱낱의 글자를 소화해 자기에게 귀결시키고, 모든 말씀이 진심眞心에 계합하도록 해야 한다. 그저 의미를 담은 문자에 집착해 말을 따라 견해를 내서는 안 되니, 반드시 글 속에 담긴 뜻을 찾아내어 근본 종지에 계합해야 한다(契會本宗). 그러면 무사지지無師之智가 눈앞에 나타나고, 천진지도天眞之道에 어둡지 않을 것이다!"

다솔사

봄날에 남해안으로 발걸음을 옮겨보는 일은 일품이다. 그래서 남도에는 매화가 추운 겨울을 지나 얼굴을 내밀 때부터 매화를 찾는 사람들의 발걸음이 여기저기 분주하다. 섬진강을 끼고 활짝 핀 매화꽃을 보러 사람들이 몰리는 것은 아마도 이런 연유이리라. 심춘간화尋春看花, 즉 봄을 찾아 꽃구경을 나선 것이다.

넉넉한 지리산을 지나 남해안쪽으로 오면 한반도의 땅은 낮아지고 평화롭다. 진주에서 광양으로 가든 광양에서 진주로 가든 봄날에 새싹의 푸른 기운이 황토색 대지를 물들이며 펼쳐지는 한가로운 풍경은 유년의 느린 시간을 떠올리게 하면서 왠지 익숙하다. 봄날의 나른함에 따뜻한 햇볕을 받으며 아무데나 누워 있고 싶어진다. 양지바른 언덕배기에 잠시라도 등을 붙여보면 그야말로 하늘을 이불로 삼고 천하를 집으로 삼아 누워 있는 것 같다.

조선시대 무애자재無碍自在의 전설로 남아 있는 진묵震默(1562-1633) 대사는 깨달음의 순간을 이렇게 노래했다.

天衾地席山爲枕 하늘로 이불 덮고 땅을 자리삼아 산을 베고 누웠으니
천 금 지 석 산 위 침

月燭雲屛海作樽(월촉운병해작준) 달은 불 밝히고 구름이 병풍 되니 바다가 술단지로다.

大醉居然仍起舞(대취거연잉기무) 크게 취하여 벌떡 일어나 환희의 춤을 추노니

却嫌長袖掛崑崙(각혐장수괘곤륜) 아서라 긴 소매가 곤륜산에 걸릴 것 같구나.

다솔사는 경상남도 사천시 곤명면 용산리에 있는 봉명산鳳鳴山에 자리를 잡고 있다. 산에 있어도 들판을 지나 조금만 들어가면 다다를 수 있으니 내왕하기에는 어렵지 않다. 동네에서 사찰 어귀로 들어서면 소나무, 측백나무, 삼나무들이 빽빽이 들어서 있어 흙길을 걸으면 울창한 숲속에 들어온 것 같다. 옛날에는 사찰이 방치되다시피 하여 그랬는지 몰라도 그해 겨울에 왔을 때에는 인적이 드문 당우와 함께 이 숲마저 을씨년스러웠다. 요즘에는 잘 단장하여 솔바람 소리 들으며 산보를 즐길 수 있는 산책로도 만들어 놓았다.

창건 연대를 보면, 다솔사는 503년 신라 지증왕智證王(재위 500-514) 4년에 연기 조사緣起祖師가 창건하여 영악사靈嶽寺라고 이름을 지었다고 한다. 신라에 불교가 전해진 때가 언제였는지는 기록이 없어 견해가 분분한데, 263년 미추왕味鄒王(재위 262-284) 2년에 고구려 승려 아도阿道 화상이 전했다는 견해와, 소지왕炤知王(재위 479-500) 때 전했다고 하는 견해 사이에는 약 200년이 넘는 시간

의 차이가 있다. 소지마립간麻立干 다음이 지증마립간이다. 창건주 연기 조사가 누구인지도 명확하지 않다.

인도 승려라는 연기 조사도 있고, 진흥왕眞興王(재위 540-576) 때의 고승이라는 연기 조사도 있다. 구례 화엄사華嚴寺의 창건주로 전하는 연기 화상이라면, 1978년 발견된 『신라백지묵서대방광불화엄경新羅白紙墨書大方廣佛華嚴經』의 사경발문에 나와 있듯이, 연기 화상은 황룡사皇龍寺의 승려이고, 경덕왕景德王(재위 742-765) 때의 사람이다. 아무튼 연구자들의 연구결과를 기다려본다.

선덕여왕善德女王(재위 632-647) 5년 636년에는 자장慈藏(590-658) 율사에 의하여 당우 두 동을 세우고 다솔사陀率寺라고 하였다. 그 후 676년 문무왕文武王(재위 661-681) 16년에 의상義湘(625-702) 대사가 영봉사靈鳳寺로 다시 바꾸었다가 경문왕景文王(재위 861-875) 때 도선국사道詵國師(827-898)가 중건하고 다시 다솔사로 이름을 되돌려 놓았다고 한다.

그 이후 다솔사는 1326년 고려 충숙왕忠肅王(재위 1313-1330, 복위 1332-1339) 13년에 나옹懶翁(1320-1376) 선사가 중수하였고, 조선 초기에 중수되었다가 임진왜란을 맞아 전화戰火에 당우들이 모두 불타 없어졌다. 1686년 숙종肅宗(재위 1674-1720) 12년에 이르러 복원하였으나, 1748년 영조英祖(재위 1724-1776) 24년에 건물이 대부분 소실되었고, 1758년에 이르러 명부전冥府殿, 사왕문四王門, 대양루大陽樓 등을 중건하였다. 일제식민지시기인 1914년에 화재로 인하여 대양루를 제외한 나머지 건물들이 불타버렸는데, 1915년에 재건하여 오늘에 이르고 있다. 그러니 대양루를 제외한 건물은 1915년 이후에 지어진 것이다. 그래도 100여 년의 시간이 흘렀다.

다솔사라는 절의 이름이 독특하다. 소나무가 많다고 하여 우리말 '솔'과 한자어 '다多'가 합쳐진 것을 이두식 한자로 다솔이라고 표시한 것이라는 이야기도 있고, 방장산의 모습이 대장군과 같이 많은 군사들을 거느리고 있는 것多率처럼 보여 그런 의미에서 다솔이라 했다는 속설도 있으나 모두 이해하기 어려운 얘기다. 불교 개념으로 보면, 석가모니불을 이어 성불하는 것으로 되어 있는 미륵불彌勒佛이 살고 있는 욕계欲界 6천天 중 제4천의 정토가 도솔천兜率天인데, 산스크리트어로 원만구족의 경지를 '뚜쉬타Tusita'라고 하고 이를 한자말로 두솔타兜率陀라고 번역한다. 이를 말뜻으로 의역할 때는 지족知足이나 묘족妙足 또는 희족喜足, 희락喜樂 등의 단어로 사용하고, 소리에 따라 음역音譯할 때는 도솔, 두솔, 다솔, 타솔 등으로 부른다.

여기서 도솔이나 두솔을 다시 한자로 표기할 때는 도솔兜率로, 다솔이나 타솔은 다솔多率이나 타솔陀率로 쓰기 때문에, 다솔사는 곧 지족암知足庵이나 도솔사兜率寺로 불러도 되는, 미륵보살이 있는 정토를 뜻하는 말이다. 다솔사는 이렇게 미륵신앙의 본처로 이름지어졌다고 보는 것이 옳다고 생각된다. 지금은 부처의 진신사리를 봉안하고 있는 절로 바뀌어 있지만 말이다.

다솔사의 경내로 들어서면 여느 절과는 달리 일주문一柱門과 천왕문天王門은 없고, 고색창연한 대양루를 바로 맞이하게 된다. 대양루를 지나면 대웅전이 있는 부처의 공간으로 들어서게 된다. 사찰의 공간 구조로 볼 때, 이 대양루는 부처가 있는 영토로 들어가는 마지막 관문인 불이문不二門과 같은 의미를 지니는 문루門樓이다. 영주 부석사의 공간 구조로 보면, 극락정토로 들어가는 마지막 관문인 안양루가 가지는 의미와 같다. 대양루는 정면 5칸 측면 4칸으로 되어 있고, 전체 건물 길이가 13m에 이르는 맞배지붕으로 지어진 2층 누각이다. 장중한 모습이 다솔사 전체의 분위기를 잘 잡아주고 있다.

대양루는 아래 1층을 막아 창고 등으로 사용하는 공간으로 만들었는데, 절집 살림이 넉넉지 못하여 공간을 아껴 써야 할 사정이 있었으리라 짐작된다. 원래는 1층 기둥 사이를 지나 대웅전(지금은 적멸보궁으로 바뀌어 있음)으로 나아가는 출입문루의 역할을 하였을 것으로 보이는데, 지금이라도 막아놓은 1층 공간을 틔워 열린 공간으로 만들면 훤칠한 대양루의 모습이 살아날 것 같다. 그렇지만 경상남도 유형문화재로 지정되어 있으니 손을 대기가 어려울 것 같기도 하다.

옛 사진에서 볼 수 있었던 대양루 2층의 6개 기둥에 걸려있던

영련楹聯은 그 사이에 없어졌는지 현재는 걸려 있지 않다. 요즘에는 정자, 누각, 서원, 사찰 등에 걸려 있던 현판이나 주련, 심지어는 석등이나 석탑도 떼어내 돈으로 바꾸겠다고 거래하는 천박한 일이 흔한데, 대양루 주련은 그런 경우가 아니기를 기대해 본다. 뿐만 아니라 이렇게 거래되는 현판, 주련, 석등, 석탑, 동자상 등을 모두 원래의 자리에 되돌려 놓는 문화재 제자리 찾기 운동이 있으면 좋겠다. 시민들이 이러한 것을 발견하는 대로 사진을 찍어 올리고 그것의 원래 자리를 확인해 주는 사이트를 만들어 활동하면 쉽게 할 수 있다.

대양루로 올라가는 계단 옆 넓은 터의 한쪽에 숙종 30년(1704년)에 세운 다솔사 중건비가 서 있다. 이 비에 〈조선국 경상우도 곤양군 북지리산 영악사 중건비朝鮮國 慶尙右道 昆陽郡 北智異山 靈嶽寺 重建碑〉라고 새겨져 있는 것으로 보아 봉명산의 원래 이름이 영악산이었고, 창건 당시에 절 이름을 이 산 이름에서 따와 영악사라고 명명한 것이 아닌가 하는 추론도 해 본다. 비문은 그 당시에 시와 문장으로 명성을 떨친 채팽윤蔡彭胤(1669-1731) 선생이 지었고, 명필로 이름을 떨친 함경도관찰사 함흥부윤 이진휴李震休(1657-1710) 선생이 이를 썼다. 전액篆額은 영의정 권대운權大運(1612-1699)의 아들인 대사헌 권규權珪(1648-1722) 선생이 소전小篆으로 썼다.

권규 선생은 당시에 전서를 잘 쓰기로 이름이 높았다. 이진휴

다솔사 중건비

선생은 종조부인 명필 이지정李志定(1588-1650) 선생의 후손인데, 이하진李夏鎭(1628-1682), 이서李漵(1662-1723), 이익李瀷(1681-1763) 등 이 가문의 학자들은 대대로 학문뿐만 아니라 명필로도 역사에 이름을 남겼다. 이익 선생의 문집을 보면, 그는 그의 선조들의 글씨를 높이 평가하고 명필집안으로서 큰 자부심을 가졌음을 알 수 있다. 통도사의 〈사바교주석가여래영골사리부도비娑婆敎主釋迦如來靈骨舍利浮屠碑〉도 이 세 사람이 똑같이 짓고, 비명과 전액을 썼다.

대양루를 옆으로 돌아 돌계단을 밟아 올라가면 한 단 높은 지대에 경봉鏡峯(1892-1982) 대선사가 쓴 현판이 걸린 적멸보궁寂滅寶宮이 있다. 이곳은 원래 대웅전이었는데, 1979년 응진전應眞殿에 모셔져 있던 아미타여래불상 속에서 불사리佛舍利 108과가 나오자 불사리탑을 조성하고 대웅전을 적멸보궁으로 이름을 바꾸어 개축하였다. 적멸보궁 오른쪽 뒤에 응진전이 있다.

적멸보궁 옆에 있는 요사채에는 「죽로지실竹露之室」이라는 현판이 걸려 있고, 기둥에는 세로로 된 「방장산方丈山」이라는 현판과 「다솔사多率寺」라는 현판이 걸려 있는데, 오래전에 왔을 때 보았던 모습 그대로 걸려 있어 반가운 마음이 들었다.

1934년 다솔사에 광명학원을 설립하고 농촌계몽운동과 독립운동을 활발히 하던 당시에는 이곳이 경남 지역 항일운동의 본거지가 되다시피하여 사상적으로도 다양한 사람들이 많이 출입하기

—
방장산, 다솔사 현판

도 했다. 공산주의자인 하필원河弼源(1900-?), 박락종朴洛鍾, 정희영鄭禧泳(1902-?) 등이 고려공산당선언을 한 장소도 이곳 죽로지실이라고 전한다.

이 건물은 1930년대에 지어진 것으로 안심료安心寮와 붙어 있는데, 이 안심료에서는 역사적인 일들이 많이 있었다. 항일독립운동을 한 시승詩僧 만해卍海 한용운韓龍雲(1879-1944) 화상은 다솔사에 근거지를 두고 서울의 망월사望月寺 등을 오가며 불교혁신운동과 독립운동 등을 할 때에도 안심료에 자주 머물렀다. 만해 화상과 다솔사의 인연은 깊다. 이런 역사에는 다솔사 주지를 맡은 효당曉堂 최범술崔凡述, 崔英煥(1904-1979) 화상이 그 중심에 있었다. 그

안심료

는 평생 만해 화상으로부터 감화를 받고 활동했다.

만해 화상은 그 삶 전체가 역사라서 많은 부분을 우리가 알고 있다. 1909년 만해 화상은 일본 불교계와 새로운 문명을 둘러보기도 했는데, 일본이 조선을 병합하자 그때부터 본격적으로 항일 운동에 나서 1914년에는 불교 포교의 보편화와 대중화를 선언하고 조선불교청년동맹朝鮮佛敎青年同盟을 결성하여 친일불교세력과 대항하면서 실천적 활동에 나섰다. 1919년 그는 「독립선언서」의 초안을 다솔사에서 집필하고 최남선崔南善(1890-1957) 선생 등과 논의 끝에 최남선 선생이 지은 「독립선언서」와 본인이 쓴 「공약삼장公約三章」을 채택했다.

독립선언 사건으로 3년 징역형을 살고 나온 후에도 다방면으로 독립운동을 전개하고 승려의 결혼자유도 조선불교혁신의 하나로 맹렬히 전개하고, 스스로 결혼도 하였다. 이런 승려의 결혼자유운동은 불교계에 파장을 주어 적지 않은 승려들이 결혼을 하기도 했다. 조선시대에도 우리나라에서는 혼인을 하지 않는 비구승만 승려로 인정하였지만, 당시 일본에서는 승려의 결혼이 일반적인 양상이었다. 지금 조계종은 불교정화운동을 거치면서 승려는 혼인을 할 수 없다는 계율을 확고히 하였지만, 일제식민지시기에는 그렇지 않은 분위기였다.

기독교의 역사를 보면, 루터Martin Luther(1483-1546)의 종교개혁 당시에 종교개혁의 주요 내용 중 하나가 교회의 부패 청산 이외에 성직자의 혼인 자유 인정이었다. 결국 기독교는 혼인을 인정하지 않는 가톨릭과 혼인을 인정하는 개신교로 분리되어 지금까지 내려오고 있다.

아무튼 만해 화상에게서 많은 영향을 받은 효당 화상은 12세 나이에 다솔사에 입문하고 1919년 15세의 나이로 친일승려인 이회광李晦光(1862-1933)이 주지로 있는 해인사에서 피끓는 동지들과 함께 기미독립운동에 주도적 역할을 하였다. 이후 1922년 일본으로 건너가 무정부주의자인 박열朴烈(1902-1974)과 함께 '불령선인사不逞鮮人社'를 결성하고 흑도회黑濤會에 가입하여 동지들과 함께 암살, 폭탄 투척 등 행동주의적 항일운동을 전개하면서 동시에 불교공부에도 박차를 가하였다. 입정立正중학교를 마치고 대정대학大正大學에 다니던 시절인 1928년에 다솔사 주지로 피선되었고, 동경에서 조선불교청년총동맹 동경동맹을 결성하고 범산梵山 김법린金法麟(1899-1964), 강유문姜裕文, 허영호許永鎬 등과 비밀결사인 만당卍黨을 결성하였다.

그는 이런 활동을 하면서도 불교학, 역사, 철학, 불교예술 등을 광범하게 공부하고 1933년에 귀국하였다. 불교청년총동맹 중앙집행위원장을 맡아 친일불교 세력에 대항하며 불교혁신운동을 전개하고, 서울에 명성여학교(현 명성여중고의 전신)를 설립하여 교장으로 일하면서 다솔사에는 '다솔강원多率講院'을 설립하여 조선의 천재로 불린 범보凡父 김정설金鼎卨(1897-1966) 선생, 당대 최고의 지식

김정설, 최범술 화상의 다솔사 강연

동춘차

인 김법린 선생 등과 함께 강사로 나서 동서양 철학, 불교학, 기독교, 역사 등 새로운 학문과 지식 등에 관하여 강의를 하였다.

그 당시는 자주적인 교육기관이 변변치 않던 시대라 이 강의를 듣고자 전국에서 많은 사람들이 몰려들었다. 대양루 앞마당을 서성이면서 절망이 짓누르던 시대에 그래도 우리나라의 독립과 미래에 대한 희망을 가지고 힘을 길러가던 지식운동의 모습을 상상해 보기도 했다.

다솔강원은 이후 해인사 강원에 통합되고, 1936년에는 다솔사에 다시 불교전수강원이 설립되어 김정설 선생과 김법린 선생 등이 가족들과 함께 이주하여 다솔사 근처에 있는 가옥에서 생활하면서 지식운동과 함께 만당의 비밀항일운동도 같이 전개하였다. 동춘차東春茶를 만들어 우리 차의 전승에 힘쓰고 있는 박동춘朴東春(1953-) 선생에게 초의 선사의 제다법이라고 전해 준 응송應松 박영희朴暎熙(1893-1990) 화상도 이 시절 만당의 당원으로 활동하였다.

김정설 선생은 김종직金宗直(1431-1492) 선생의 후손으로 19세에 최준崔浚(1884-1970) 선생과 안희재安熙濟(1885-1943) 선생이 설립·운영한 백산상회白山商會의 장학생으로 일본으로 건너가 동양東洋대학, 도쿄東京대학, 교토京都대학 등에서 공부를 하면서 접한 동서양학문 뿐 아니라 우리의 전통사상인 풍류사상, 화랑정신, 불교, 주역 등 문사철文史哲 모든 부문에 박학다식하였다. 귀국 후에는 동국대학교 전신인 불교중앙학림에서 동양철학을 강의하는 등 종횡무진으로 지식과 사상을 펼쳐나갔다.

특히 해방 후 근대 국가를 건국할 경우 국가철학이 중요하다고 보고 이에 관하여 여러 방면에서 건국방략을 설파하며 건국철학을 전개하였다. 해방 전후의 지식사회에서 김정설 선생은 건국 논의의 중심 인물로 활동하였고, 1950년에는 국회의원으로도 활동하였다. 1958년에는 건국대학교에 동방사상연구소를 설립하여 역학 등 동양사상을 강의하였는데, 황산덕黃山德(1917-1989) 선생, 이항녕李恒寧(1915-2008) 선생, 이종익李鍾益(1912-1991) 선생 등 기라성 같은 당대의 지식인들이 선생에게 영향을 받았다. 나중의 일이지만, 1961년 6월 박정희朴正熙(1917-1979) 장군이 거사를 한 다음 곧바로 김정설 선생을 찾아가 국가철학과 새 국가의 방략 등에 대하여 가르침을 청한 일에는 이런 배경이 있었다.

김법린 선생은 14세에 은해사로 출가하여 기미독립운동 때에는 범어사梵魚寺를 기반으로 하여 경남 지역 만세운동에 주요한 역할을 하였다. 이후 중국 상하이로 망명하여 의용승군義勇僧軍을 조직하여 항일운동을 하려고 한 계획이 좌절되자 1921년 프랑스 파리대학으로 유학하여 데카르트René Descartes(1596-1650), 뒤르껭Emile Durkheim(1858-1917) 등 서양철학, 사회학, 교육학과 불교학 등을 공부함과 동시에 1927년 세계피압박민족반제국주의대회에 참여하는 등 해외 독립운동을 모색하다가 1928년 귀국하여 경성불교전문학교 교수로 활동하였다.

귀국 후에도 독립운동은 멈추지 않았고 1930년 5월 만해 화상의 지도하에 다솔사를 근거지로 하여 만당의 비밀항일운동을 전개하였다. 일본으로 건너가서 고마자와駒澤대학에서 불교를 연구함과 동시에 최범술 화상과 만당 도쿄지부를 결성하고 항일운동을 전개하였다. 1938년 말 만당 조직이 일본 경찰에 발각되어 김정설 선생, 최범술 화상과 같이 투옥되는 고초를 겪기도 했고, 출옥 후 1942년 10월 조선어학회 사건으로 경찰에 체포되기도 했다.

해방 후에는 조선불교전국승려대회와 신탁통치반대운동의 중심에 섰고, 1948년 5·10 총선거를 관리할 중앙선거위원회 위원으로 활동하였으며, 1952년에는 문교부장관으로 임명되어 한국 교육제도를 정립하는 일을 하였다. 1954년 민의원民議院으로 활약하는 등 정치에도 참여하였다. 1963년에는 동국대학교 총장을 맡아 활동하다가 1년 후에 갑자기 세상을 떠났다. 삶 전체가 한편의 드라마와 같다.

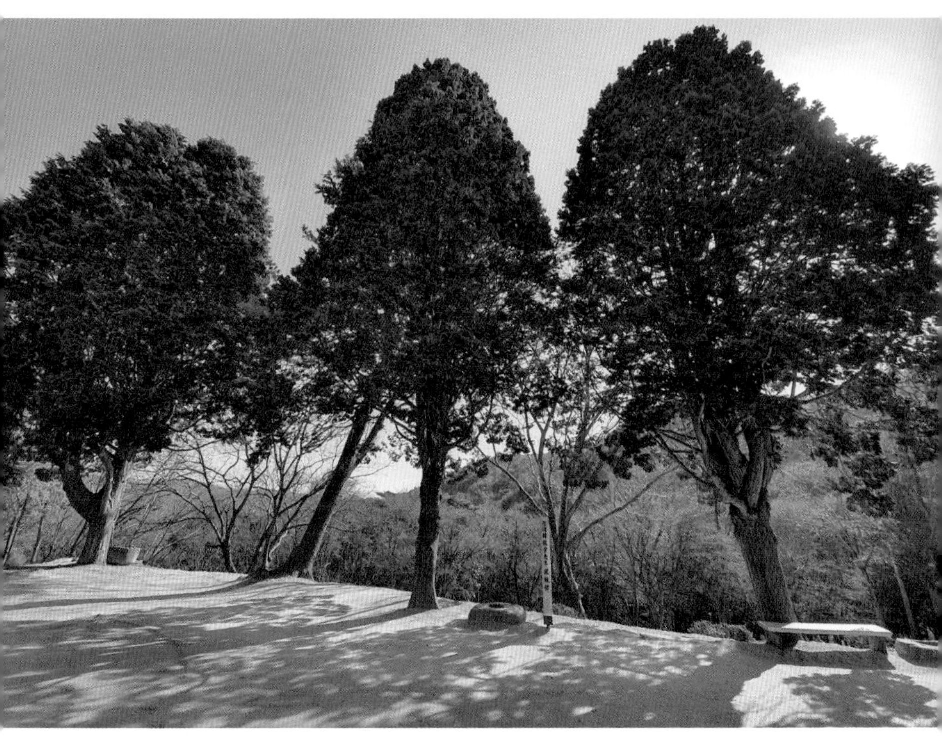

만해 화상 화갑기념 향나무

이런 와중에 1939년 8월 29일 만해 화상은 다솔사에서 화갑을 맞이하여 여기를 거점으로 하여 출입하던 인사들과 자리를 함께 하며 나라의 앞날에 관하여 논의를 하고 그때 향나무를 직접 심었는데, 지금도 푸르른 모습으로 당당하게 서 있다.

최범술 화상은 일제식민지시기에도 이러한 활동을 했을 뿐 아니라, 해방 이후에는 1948년 제헌국회로 나가 제헌의원으로 대한민국헌법을 제정하고 대한민국을 건국·출범시키는 활동을 하였다. 그는 해공海公 신익희申翼熙(1894-1956) 선생과 최초 사립대학인 건국대학을 건립하는가 하면 해인대학, 계림대학 등을 운영하는 등 교육제도의 기초를 구축하는 일에도 열성을 다했다. 학문과 서예, 예술, 다도 등 다방면에 해박한 지식과 경륜을 가지고 활동하였기에 1978년 다솔사를 떠날 때까지 문인, 묵객, 학계, 예술계, 종교계 등의 많은 저명인사들의 출입이 끊이지 않았다.

1919년 해인사 홍제암에 주석하고 있던 임환경林幻鏡(1887-1983) 화상의 상좌로 들어가 함께 수학한 청남菁南 오제봉吳濟峰(1908-1991) 화상과는 평생 형제같이 지냈는데, 그 인연의 흔적은 청남 화상이 쓴 응진전의 주련으로 남아 있다. 서예에도 해박한 식견을 가진 효당 화상은 청남 화상이 진주 의곡사義谷寺의 주지로 있으면서 서예가로 왕성한 활동을 할 때에도 늘 함께하는 도반이었다.

특히 효당 화상은 평생 원효 대사에 관하여 자료를 모으고 연구하며 원효불교를 설파하는 일에 열심이었다. 근래 와서 원효의 불교를 본격적으로 조명하는 일은 최범술 화상에 의해 시작되었다고 해도 과언이 아니다.

이와같이 다솔사의 역사는 독립운동뿐만 아니라 우리 지성사에서도 중요한 한 페이지를 장식하고 있다. 나는 그 당시 활동하던 김범부 선생이나 김법린 선생, 최범술 화상이 해방 이후 대학에 들어가 교수로 활동하며 그 지식을 전파하고 제자들을 양성하는 활동을 하였으면 우리나라 대학이나 지식사회나 교육이 발전하는 데 큰 역할을 했을 것이라고 생각한다. 망국의 나라에서 혼란과 격동 속에 지식인에게는 너무나 많은 시대적 과제들이 밀려들었겠지만, 한국 지성사의 면에서 보면 아쉽고 안타까운 생각이 든다. 동국대학교가 본래의 정체성을 분명히 하고 불교, 철학 등을 중심으로 하는 대학으로 키워나갔다면, 불교 연구와 철학에서 가장 왕성한 세계적인 대학으로 될 수도 있었을 것이라는 점이 가장 아쉽다. 지금이라도 그랬으면 하는 바람이다.

다솔사에서 김정설 선생, 김법린 선생, 최범술 화상이 중심으로 활발한 지식공동체가 형성되어 활동하고 있을 때, 김정설 선생의 동생인 김동리金東里(1913-1995) 선생도 가족과 함께 1934년 다솔사에서 설립한 광명학원光明學院으로 와 교사로서 농촌계몽운동에 투신하였다. 광명학원이라고 해봤자 김동리 선생 한 사람이 교사였고, 학생들은 아동에서부터 어른까지 다양했다. 한글과 기초지식을 가르쳤다.

김동리 선생은 1940년까지 다솔사의 안심료에 머물면서 농촌계몽운동을 펼쳐가는 동시에 이 선생들로부터 서구의 새로운 지식뿐만 아니라 우리 불교의 역사와 전통사상 등을 들었다. 신라

광명학원 1회 졸업기념 사진

의 지장地藏 김교각金喬覺(697-794) 화상의 등신불等身佛에 관한 이야기를 들었고, 역사, 철학, 불교 등에 관한 다양한 지식을 습득해 가면서 그의 소설을 써갔다. 1935년 발표한 『화랑花郎의 후예後裔』로 시작하여 『산화山火』(1936), 『무녀도巫女圖』(1936), 『바위』(1936) 등을 세상에 내놓으면서 조선 문단의 새 지평을 여는 주인공으로 떠오른 것도 이 시기였다. 1960년대 발표한 소설 『등신불』도 이곳 다솔사에서 배태된 것이었다.

최범술 화상은 다솔사의 앞 동네에서 태어나 서울로 상경하기까지 60여 년을 이곳에 머물면서 활동하였다. 그는 특히 일제식민지시기에 일본차가 성행하고 우리 차의 맥이 끊어지는 것을 걱정하여 다솔사 인근에 자생하던 차나무에서 씨를 받아 절 뒤쪽 비탈에 차밭을 가꾸어 우리 차를 다시 살리고 다도茶道를 새로 정립하는 활동도 하였다. 그는 어릴 때부터 차를 마시는 집안 분위기에서 자랐고 다솔사 인근에서 자라는 자생 차나무의 잎을 따서 차로 만들어 끓여 마시는 것을 보았다.

그러다가 일본에서 유학하던 시절 일본에 차가 생활화되어 있는 것을 보고 우리의 전통차와 차의 역사, 다도에 대하여 생각하기 시작하였다. 그리하여 초의草衣(1786-1866) 선사 이후로 명맥이 끊어지다시피한 한국 다도를 다시 살려내고자 다솔사에 차밭을 일구고 차를 법제法製하고 차를 마시는 법을 정립하였다. 초의 선사가 저술한 『동다송東茶頌』을 처음 소개하고 스스로 번역하여 대중에게 알리면서 중국에 당나라 육우陸羽(?-804)의 『다경茶經』이 있다면 이 『동다송』은 한국의 다경이라고 그 위상을 정립하였다.

그는 효당본가曉堂本家에서 증차법蒸茶法으로 만든 이 차를 '반야로般若露'라고 명명하였다. 그리고 그간에 다솔사를 방문하던 차 동호인들로 다석茶席을 가지던 일을 체계화하여 1977년 국내 처음으로 다도를 추구하는 전국적인 모임인 '한국다도회韓國茶道會'를 발족시켰다. 서울지회장은 청사晴斯 안광석安光碩(1917-2004)

효당본가의 반야로차

선생이, 부산지회장은 오제봉 화상이, 광주지회장은 의제毅齋 허백련許百鍊(1981-1976) 선생이 맡는 등 당대 많은 명망가들이 참여하였다.

우리나라가 일본에 차를 전해 준 이후 일본에서는 다도가 활발하게 발전하였는 데 반하여 우리나라에서는 그간 다도가 소멸되다시피 하였는데, 최범술 화상에 의하여 비로소 다도를 다시 정립하고 발전시킬 기틀이 만들어진 셈이다. 효당 화상 사후에는 채원화蔡元和 원장이 반야로다도문화원般若露茶道文化院을 설립하여 효당 화상의 증차법에 따라 차를 법제하고, 효당다도를 지금까지 이어오면서 차회와 다도교육활동을 국내외적으로 활발히 전개하고 있다. 오늘날에는 차인들의 활동이 전국적으로 활발하지만, 이런 불씨를 지핀 주인공들은 다솔사를 떠나 생각하기 어렵다.

어느 해인가 나는 강진康津 백련사白蓮寺에 들렀을 때, 유서 깊은 자생차를 가지고 차를 만들고 다도를 이끌어 가시는 여연如然 화상의 방에 들어간 적이 있다. 방에 들어서자 눈에 익은 글씨가 벽에 걸려 있었는데 안광석 선생의 글씨다. '효서여연曉誓如然'. 그래서 "이 글씨가 왜 여기 있는가요?"라고 물었더니, 당신께서 다도

안광석 글씨, 효서여연

를 공부하면서 다솔사를 출입하던 때인 1977년 겨울에 효당 화상이 다솔사 죽로지실에서 다호茶號로 원효라는 법명의 '효曉'자와 아명인 서당誓幢의 '서誓'자를 따서 '효서'라고 짓고 옆에 계시던 청사 선생이 붓을 들고 법명과 함께 써주신 것이라고 하였다.

나는 그 얘기를 듣고 청사 선생이 즐겨 쓰시던 호인 대연大然과 여연 화상의 여연, 그리고 청사 선생이 나에게 지어주신 당호 거연居然이 그간에 서로 보이지 않은 인연으로 맺어진 것이 아닌가 하는 생각이 들었다. 이런 인연을 생각하시고 나에게 당호를 '거연'으로 지어주신 것인지 이제는 확인할 길이 없다. 여연 화상은 효당 화상으로부터 이름을 받은 '반야차般若茶'를 백련사에서 만들고 초의 선사의 다도의 맥을 발전시켜 지금까지 많은 차인들이 함께 공부하며 이 차의 의미를 음미하고 있다.

해가 벌써 중천에 떠 있는데도 나는 배고픈 줄도 모르고 햇살

다솔사 차밭

에 반짝이는 빛 가득한 차밭을 상념에 젖은 채 천천히 걸었다. 옛날과 달리 차밭이 잘 정돈되어 있고, 차밭을 산책할 수 있게 소로小路도 예쁘게 만들어 놓았다. 지난 역사 속에 묻혀 있던 온갖 일들이 생각 속으로 들어온다. 그중에서 나는 한국지성사라는 관점에서 다솔사에서 있었던 일들을 곰곰이 새겨보았다. 사람마다 사연이 없는 인생이 없지만, 역사의 현장에서 한 세월 진지하게 산 그 사람들은 이야기만 남겨 두고 이 세상에서 사라졌다.

나른한 시간에 점심 공양을 마친 스님이 긴 빗자루로 텅 빈 안심료 앞마당을 쓸고 있었다. 속세에 쌓인 온갖 인연을 영겁의 세계로 쓸어내고 있는 것 같았다.

개심사

大雄寶殿

해가 넘어갈 시간이 얼마 남지 않았다. 시간을 재촉하며 버스가 다니는 신작로에서 길을 꺾어 사하촌을 지나 절 입구에 와서 차에서 내렸다. 양쪽 손에는 끈으로 책을 가득 묶은 짐을 들고 작은 자갈들이 발에 밟히는 흙길을 따라 걸었다. 한 철 동안 책만 잔뜩 읽겠다고 욕심을 내는 바람에 책 짐이 너무 무거워졌다. 낑낑대며 산 속으로 난 길을 걸어 들어가는데 절은 보이지 않고 양 옆으로 소나무들만 울창하게 늘어서 있었다. 태어나서 처음 온 산골짜기에 날은 점점 어두워지는 가운데 절로 올라가는 돌계단이 보이는 곳으로 다가가니 조그만 돌에 '세심동洗心洞'이라고 새겨져 있었다. 참으로 감동적인 골짜기 이름이었다. 마음을 깨끗이 하는 동천洞天, 세속의 진애를 깨끗이 떨어버리는 골짜기! 어떻게 골짜기 이름을 이렇게 멋있게 지었을까 감탄을 연발하는 사이에 '참으로 이 동네에 잘 왔구나' 하며 안도의 숨을 크게 내쉬었다. 순간 양손에 쥐었던 책 짐이 무거운 것도 잊었다.

개심사로 올라가는 길은 자연 그대로의 산길에 경사도가 높은 곳에는 돌로 계단을 만들어 놓았기 때문에 흙을 밟다가 돌을 밟다가 하면서 걸어 올라갔다. 서울에서 버스를 타고 해미海美에서

세심동

내려 다시 차를 타고 서산瑞山으로 오느라 지친 몸이었지만, 저녁 무렵에 솔숲으로 난 돌계단을 걸어 올라가는 것이 도리어 산 공기만큼이나 상쾌했고, 이미 세심동에 들어서면서 마음을 깨끗이 씻은 몸이니 아수라 같은 세속을 이제 완전히 떠나온 것 같은 기분이었다.

개울물 소리를 들으며 나무가 울창한 산길을 한참이나 밟아 사역으로 들어서는 순간, 엄청난 크기의 현판에 힘찬 글씨로 일필휘지한 「상왕산개심사象王山開心寺」라는 글자가 보는 사람을 압도하면서 누각에 걸려 있었다. 와~~ 개심사! 마음을 여는 절. 심안心眼이 열리는 절. 동네에서 마음을 씻고 산길을 올라오니 바로 마음이 열리는 곳에 들어 왔다. 정말 벌써 마음이 확 열린 것 같았다. 다시는 속세로 내려가지 않았으면 좋겠다! 그 시절 이러한 연유로 한 철 이곳에서 공부하였다. 내가 난생 처음 개심사를 찾아간 날이었다. 세심동의 그 개심사! 얼마나 품격있고 아름다운 이름인가. 그 후에도 서너 차례 개심사를 찾았다.

김규진 글씨, 개심사 현판

개심사는 충남 서산군 운산면 신창리에 있다. 서해안에 있는 태안반도에서 내륙으로 조금 들어오면 만나는 곳이 서산 지역이다. 태안반도의 복잡한 해안선을 보면, 옛날에는 바닷물이 지금의 서산시까지도 들어왔던 것 같다. 이것이 점점 내려가 지금은 해안선이 조금 멀리 내려가고 땅이 더 넓어졌다고 보인다.

서산에는 신라 말기 부성군富城郡 태수太守를 지냈던 고운孤雲 최치원崔致遠(857-?) 선생의 영정을 모시고 제사를 지내는 부성사富城祠가 있다. 그 시절 부성군이 오늘날 서산 지역이다. 고운 선생은 당나라로 유학을 갔다가 그곳에서 황소黃巢의 난을 맞아 그 변란 속에서 당나라의 관리로 생활을 하다가 반란이 토벌된 해의 다음 해인 885년 즉 헌강왕憲康王(재위 875-886) 11년 3월에 신라로 귀국하였다. 그러나 그간 신라의 조정은 이미 귀족적 향락 분위기 속에 빠져 있었고, 오랫동안 진골 귀족들의 왕위쟁탈전을 겪으면서 사회는 불안정한 상황으로 빠져 들어가고 있었다.

헌강왕 시절에는 당나라와 서로 사신도 자주 오가고 일본도 사신을 보내오곤 했다. 여진족의 보로국寶露國과 흑수말갈黑水靺鞨의 흑수국黑水國 사람들도 신라에 화친을 청해왔을 정도로 나라가 다소 번창하였다. 그렇지만 국가권력은 사유화되어 권력을 쥔 자들이 자기 이익을 채우는 수단으로 되어 버렸고, 백성들은 도탄에 빠져 나라를 떠나는 사람들이 늘어나고 있었다. 따라서 줄어든 생산력에 중앙 조정의 권위도 허물어져 지방에서는 조세도 보내오지 않아 국가재정은 점점 나빠져 궁핍한 상태로 나아가고 있었다.

이런 판에 왕 자리를 놓고 수시로 반역을 일으키고 서로 죽이는 싸움은 이미 오랫동안 반복되었다. 기득권을 가진 세력들은 최치원 선생이 혹시라도 중요한 자리에 발탁되어 나라를 혁파하면서 자기들을 권좌에서 쫓아내지는 않을까 걱정이 되어 일찌감치 견제를 하고 있었다. 그리하여 최치원 선생은 왕경에 있지 못하고 경주에서 멀리 떨어진 변방으로 나가 지방관으로 일을 할 수밖에 없었다. 신라에 귀국한 후 그를 이끌어 주던 경문왕景文王(재위 861-875)의 큰아들인 헌강왕과 그 둘째 아들인 정강왕定康王(재위 886-887)은 이미 죽었고, 정강왕의 누이동생인 김만金曼, 즉 진성여왕眞聖女王(재위 887-897) 아래에서 각간角干으로 있었던 경문왕의 동생이자 여왕의 숙부였던 김위홍金魏弘(?-888)마저도 세상을 떠났다.

이런 상황 속에서 그는 오늘날의 전북 태인泰仁인 대산군大山郡

과 경남 함양咸陽인 천령군天嶺郡의 태수로 봉직하며 변방을 돌다가 893년에 37세의 나이로 이곳 서산에 태수로 와서 신라의 백성들을 보살피고 있었다. 신라 조정에서 그를 당나라에 하정사賀正使로 보내려고 했으나 흉년으로 도적떼들이 들끓어 당나라로 갈 수 없었던 일도 이때 있었던 일이다.

그는 변방에 사는 백성들의 삶을 직접 체험하고 신라의 암울한 앞날을 걱정하다가 드디어 894년에 국가개혁의 방략인 시무책時務策을 진성여왕에게 올렸다. 이때는 이미 오늘날 강원도 원주인 북원北原에서 지역 거점을 넓혀가던 양길梁吉, 良吉의 부하인 궁예弓裔(869?-918)가 기병을 이끌고 10여 군현을 습격한 일이 있었고, 신라의 서남해안 방비를 맡고 있던 상주尙州 출신의 견훤甄萱(867-936)도 반란을 일으켜 완산完山에서 '후백제後百濟'를 세우고 주변을 복속하고 있었다.

진성여왕은 이런 국가의 위기상황에서 최치원 선생을 아찬阿飡에 임명하고 나라를 개혁해 보려 했지만 그의 말이 무너져가는 신라에 먹혀들리는 만무했을 것이고, 궁예나 견훤이 반란군을 규합하여 변방을 복속해오고 온갖 도적떼들이 민가를 수시로 쳐들어오는 속수무책의 상태에서 왕도 이를 수습할 권위와 힘이 없었다. 결국 진성여왕은 897년 헌강왕의 서자인 효공왕孝恭王(재위 897-912)에게 왕위를 양위하고 북궁北宮, 즉 해인사로 들어가 세상을 하직하고 말았다.

당시 신라라는 나라의 국가 운영을 보면, 참으로 안타깝고 참혹하다고 할 수밖에 없다. 아무튼 그 이후 조선시대에 와서 선조 때에 고운 선생의 높은 덕과 학문을 존경하던 이곳 지방의 유림들이 부성산성富城山城 내에 선생의 영정과 위패를 봉안하는 사우를 건립하고 도충사道忠祠라고 명명하였다. 1913년에 당시 서산 군수가 현재의 자리로 사당을 옮기고 부성사로 이름을 바꾸었다. 높지 않은 부성산성에 올라가서 보면, 지금도 당시의 지형을 짐작하여 볼 수 있다.

이로부터 세월이 천 년도 더 흘러 일본에 나라를 빼앗겼다가 엄청난 희생을 치르고 독립한 대한민국이 건국된 지 70여 년이 넘었어도 권력을 쥔 자들은 여전히 '한판 해먹자'는 것에 혈안이 되어 있고, 심지어 죄와 벌에 대해 엄정한 판단을 해야 하는 법원과 검찰까지도 정권의 하수인들로 채워 정권과 권력을 쥔 자들의 부정과 비리를 감추는 선봉대로 나서게 만들고 말았다. 헌법의 파괴이고 법치주의의 말살이다.

이런 작태가 지금에도 백주대낮에 벌어지고 있는 나라가 대한민국이다. 언제까지 이 땅의 주인들은 이런 불의한 권력이 춤을 추는 것을 보고 있어야 하는가. 헌법학에서는 이런 법언法諺이 있다. '어떤 나라든 그 나라 국민 수준만큼의 헌법을 가진다.' 또다시 국민이 피를 흘리고 엄청난 희생을 치러야 진정 우리가 원하는 헌법국가를 가질 수 있는 것인가. 부성산성 위에 올라가 지금은 바닷물이 저 멀리 물러난 풍경을 바라보면서도 이런 세속의 숙제로 머리가 아파온다. 부성사 옆에는 근래 세운 〈문창후고운최선생유허비文昌候孤雲崔先生遺墟碑〉가 서 있다. 세월이 오래되어도 훌륭한 사람의 이름은 세상이 오래 기억하고 칭송하는 법이다. 이를 두고 사람들은 '불후不朽'라고 하지 않는가.

개심사는 654년 백제 의자왕義慈王(재위 641-660) 14년에 혜감慧鑑 국사가 창건하여 개원사開元寺라고 이름을 짓고, 1350년 고려 충정왕忠定王(재위 1349-1351) 2년에 처능處能 화상이 중창하면서 개심사라고 하였다고 한다. 그렇지만 창건에 대해서는 정확한 기록이 없다. 1475년 조선 성종成宗(재위 1469-1494) 6년에 중창하고, 그 뒤 1740년 영조英祖(재위 1724-1776) 16년에 중수를 거쳐 1955년에 전면 보수하여 오늘에 이르고 있다.

사역 바깥에 새로 조성된 주차장에서 절 쪽으로 걸어가면 최근에 세운 일주문이 멋있는 모습으로 서 있다. 일주문에는 서예가 구당丘堂 여원구呂元九(1932-) 선생이 「상왕산개심사象王山開心寺」라고 쓴 현판이 걸려 있다. 이 문을 지나 울창한 숲속으로 걸어 들어가면 이제 본격적으로 절로 올라가는 돌계단이 시작된다. 시작 자리에 '세심동洗心洞'과 '개심사입구開心寺入口'라고 새겨 놓은 작은 돌이 땅에 박혀 있다. 여기서부터 100개 정도 되는 돌계단이 오르막길에 놓여 있는데 옛날에는 자연 그대로 흙길과 돌계단이 자

세심동과 개심사 입구 표지석

연스레 간헐적으로 이어져 있어 자연 그대로의 길이 주는 운치가 있었지만, 지금은 걷기 편하게 돌계단으로 모두 말끔히 단장하여 놓았다. 사람의 손이 미치면 마치 성형외과 의사가 디자인한 똑같은 형태의 얼굴이 되듯이 이렇게 되어 버린다. 그래도 다리품을 덜어주는 것이거니 생각하고 염주 세듯이 하나씩 세며 올라가다 보면 연못과 함께 널찍한 주차장이 나타난다.

지금의 넓은 주차장에는 그전에 채소나 옥수수, 토마토 등 과일을 심었던 채전菜田이었고, 봄이면 겹벚꽃 나무 아래에서 풀들과 야생의 꽃들이 피었다. 먹거리가 풍족하지 않았던 시절에 대

—
개심사

부분 채소 등은 이 밭에서 길러 절 생활에 자급자족하였다. 내가 개심사에 머물던 시절에는 서쪽 하늘로 해가 떨어질 무렵이면 이 채전을 지나 연못을 가로질러 놓인 외나무다리를 건너 경내를 한 바퀴씩 거닐며 사색의 시간을 가지기도 했지만, 이제는 그런 맛이 없다. 주차장에서 언덕으로 올라가는 길도 예전에는 흙이 흘러내려 드러난 돌들이 발바닥을 찌르곤 하던 자연스런 산사의 길이었는데, 이제는 이 길도 넓게 다듬어 평평한 포장도로가

되었다. 하기야 절이 산 중턱에 있으니 화재라도 나면 소방차가 쉽게 진입할 수 있어야 한다. 요즘도 사탄의 건물이라면서 사찰 건물에 불을 질러대는 미치광이들이 있기 때문에 산속의 고즈넉한 분위기를 포기하고 소방도로로 잘 다듬어 놓은 포장길 정도는 감내해야 한다.

경사진 길을 걸어 올라가면 안양루安養樓에 걸린 「상왕산개심사象王山開心寺」라는 커다란 현판에 눈길이 가지 않을 수 없는데, 압

도적이면서 장중하고 시원한 맛이 느껴진다. 해강海岡 김규진金圭鎭(1868-1933) 선생이 예서隸書체의 글자를 전서篆書를 쓰듯이 썼다. 획은 진秦나라 승상을 지낸 법가의 대표인 이사李斯(BC284-BC208)가 쓴 「역산비嶧山碑」의 소전小篆체인 옥저전玉箸篆을 쓸 때와 같이 균일함을 유지하고 크게 변화를 주지 않았다. 옥저전은 근대에 와서는 신해혁명 이후에 중화민국 인주국印鑄局에서 관원으로 20년 가까이 근무하기도 했던 성재惺齋 김태석金台錫(1875-1953) 선생이 제일 잘 썼다.

상왕산의 '상왕象王'이라는 말은 붓다가 보리수 아래에서 정각을 이룬 붓다가야Buddha Gayā, 즉 보드가야Bodh-Gayā에 있는 가야산伽倻山의 정상이 코끼리의 두상과 닮았다고 하여 상두산象頭山이라고도 부른 것에서 왔다. 개심사 인근에 있는 가야사伽倻寺가 자리잡은 남쪽 주봉인 가야산과 개심사가 앉은 북쪽 주봉이 이어져 있기 때문에 이를 가야산과 같은 뜻이면서 말이 다르게 상왕산으로 명명한 것이다. 상왕, 즉 붓다가 있는 산이라는 말이다.

안양루와 마주보는 종각 사이로 난 길을 따라 안양루를 돌아서면 겸허한 모습을 하고 있는 해탈문이 나온다. 해탈문으로 들어서면 바로 보물 제143호로 지정된 대웅보전을 맞이한다. 지상에 바로 세운 안양루를 뒤로 하고 앞을 향해 바라보면 앞으로는 5층금당탑과 대웅보전이 있고, 왼쪽에는 심검당尋劍堂이, 오른쪽에는 무량수각無量壽閣이 있다. 이 건물은 모두 조선시대의 것인

대웅전, 심검당, 무량수각

데, 금당인 대웅보전을 중심으로 좌우에 심검당과 무량수각의 당우를 놓고 그 전방에 누각건물을 배치하고 있어, 조선 초기의 가람배치법을 그대로 따르고 있다. 명부전冥府殿이나 팔상전八相殿 등의 전각들은 대웅보전과 안양루는 잇는 일직선상의 가람배치 양식에서는 벗어나 있다.

대웅보전은 원래 석가모니불을 모시는 곳이다. 그런데 내부에

는 아미타불과 관세음보살과 지장보살을 봉안하고 있다. 그렇다면 무량수전이나 아미타전阿彌陀殿 또는 극락전極樂殿으로 이름을 바로잡든지 아니면 아미타불을 다른 전각으로 옮기고 대웅보전에는 석가모니불을 봉안하는 것이 옳다고 생각된다.

현재 대웅보전의 건물은 조선 성종 6년에 충청도 절도사 김서형金瑞衡이 사냥을 왔다가 산불을 내는 바람에 개심사가 불타 대

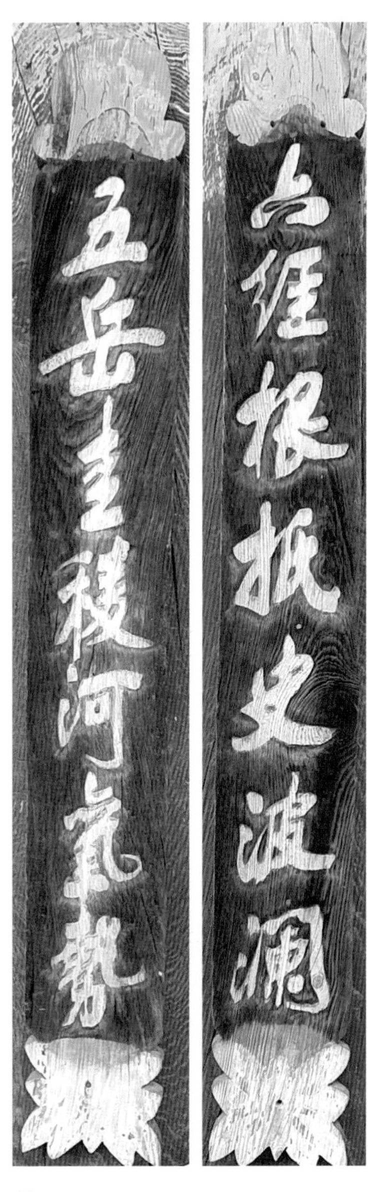

김성근 글씨, 안양루 주련

웅전이 소실된 것을 9년이 지나 1484년 성종 15년에 중창한 것이다. 그렇지만 대웅전에 모신 목조아미타여래좌상木造阿彌陀如來坐像은 좌상의 아랫부분에서 확인된 봉함목 묵서명에 의해 1280년 고려 충렬왕忠烈王(재위 1274-1308) 6년에 불사를 위해 특별히 설치한 승재색僧齋色의 주관하에 내시 시홍위위內侍詩興威衛의 장사長史 송씨宋氏가 보수를 담당한 것으로 밝혀져 이 불상은 그 이전에 조성된 것으로 보인다. 그래서 현존하는 고려 후기의 목불木佛 가운데 가장 오래된 목불일 수가 있으며, 조각의 관점에서도 가장 완성도가 높은 불상으로 평가되고 있다. 조선시대 건물에 고려시대 불상이 봉안되어 있는 셈이다.

성종 8년인 1477년에 건립된 심검당은 그 남쪽으로 ㄴ자형의 다른 요사와 함께 연결되어 있는데, 제멋대로 휜 목재를 적절히 사용하여 오히려 자연미를 더해 준다. 이것을 자연의 아름다움이라며 사진을 찍어대기도 하지만, 오래된 곧은 목재를 구하기 어렵다 보니 휘어진 목재를 사용한 결과라고 생각된다.

대웅전 앞에는 금당탑이 있다. 무량수각은 자연석으로 된 초석 위에 원주의 기둥을 세웠고, 겹처마에 팔작지붕이다. 안양루는 정면 5칸, 측면 3칸의 팔작지붕 건물인데, 내부의 바닥은 우물마루이고 천장은 연등천장이다. 기둥에는 해사海士 김성근金聲根(1835-1919) 선생이 쓴 주련이 걸려 있다. 해사 선생은 중국 북송北宋 4대가 중의 한 사람인 미불米芾(1051-1107)의 미불체를 잘 구사하였는데, 여기서도 그 특징이 잘 나타나 있다.

명부전은 무량수각 동편에 있는데, 맞배지붕에 측면에 풍판風板이 있는 인조 24년인 1646년에 세운 건물이다. 내부에는 철불인 지장보살좌상과 시왕상十王像이 봉안되어 있다. 팔상전은 명부전 북쪽에 있는데, 문수보살상을 모시고 있다.

개심사에 있는 〈영산회괘불탱靈山會掛佛幀〉은 조선 영조英祖 48년(1772)에 제작된 것인데, 임금과 왕비, 세자의 만수무강을 기원하기 위하여 그린 것으로 보물로 지정되어 있다. 족자형으로 되어 있고, 전체 크기가 1,010×587㎝에 달하는 대형이며 비단에 그린 것이다. 〈오방오제위도五方五帝位圖〉 및 〈사직사자도四直使者圖〉는 1676년에 화승畵僧 일호一浩 화상이 홀로 그린 것으로, 사찰에서

영산회괘불탱

수륙재水陸齋나 영산재靈山齋 등 의식을 행할 때 도량장엄용으로 사용하기 위해 조성한 불화이다. 현존하는 도량장엄용 불화 가운데에서 조성 연대가 가장 올라가는 것으로 가치가 높을 뿐만 아니라 조성 연대와 제작과 관련하여 시주자, 증명, 화원, 화주 비구

사직사자도

등을 확인할 수 있는 화기가 남아 있어 특히 주목되는 작품이다.

제석帝釋·범천도梵天圖와 팔금강八金剛·사위보살도四位菩薩圖는 1772년에 괘불탱을 제작할 때 함께 만들어진 도량장엄용 의식불화로서 제석천도, 범천도, 사보살도, 팔금강도 등으로 구성되어 있다. 이들 도량옹호번은 괘불도와 함께 영산재를 베풀기 위해 일괄로 제작된 것으로 이들이 함께 남아 있는 드문 경우에 해당하여 그 가치가 높다. 연대로 볼 때도 현재 국내에 남아 있는 귀한 불

범천도

화이지만, 그림의 완성도를 볼 때도 국내 다른 불화와 비교해 탁월한 수준을 유지하고 있다.

고려시대의 불화를 볼 때 감탄을 금할 수 없듯이, 개심사에 남아 있는 많은 수의 불화를 보면, 누가 이런 그림을 그렸는지 실로 놀랄만하다. 이 불화들도 모두 보물로 지정되어 있다.

개심사에서는 경판도 제작하여 불경을 간인하기도 했는데, 1580년에 제작한 「도가논변모자리혹론道家論辨牟子理惑論」의 경판

보장각의 경판

과 1584년에 제작한 「몽산화상육도보설蒙山和尙六道普說」과 『법화경』의 경판 등이 있다. 모두 보물로 지정되어 있는데, 근래 새로 지은 보장각寶藏閣의 수장고에 보관되어 있다.

개심사에는 아직 보물로 지정되지 않은 불화들이 많이 있는데 이런 것들도 조사하여 정리할 필요가 있어 보인다. 보장각의 현판과 주련의 글씨는 조계종 총무원장을 지낸 송원松原 설정雪靖(1942-) 대종사가 쓴 것이다.

—
노전

개심사의 사역은 그렇게 크지 않고, 근래 지은 당우들이 들어서서 건물들이 많아졌다. 내가 머물 때는 몰랐지만, 그 후에 불화들이 많이 발견되었고 경판들도 보배로운 것으로 인정받아 이제는 보장각에 보관되어 있다. 이러한 점으로 미루어 보면, 개심사는 중요한 사찰로 활발하게 활동한 것으로 보인다. 개심사는 특히 조선시대 추사秋史 김정희金正喜(1786-1856) 선생의 집안과 인연이 있어 번창한 것으로 보인다.

추사 선생의 10대조인 김연金堧(1494-?)이 서산에 자리를 잡고 그 후손들이 살게 되면서 벌족을 이루어 김흥경金興慶(1677-1750) 때는 영의정을 지내기도 하였고, 그의 아들 김한신金漢藎(1720-1758)은 영조의 사위가 되었으며 예산 용궁리 일대 땅을 별사전別賜田으로 받아 지금의 '추사고택'을 짓고, 아버지를 위하여 예산의 화암사華岩寺를 원찰로 중건하였다. 판서를 지낸 할아버지와 아버지를 둔 추사 선생은 당대 이름을 날리던 명문 거족의 증손이 되는 셈이다. 아무튼 이들 경주김씨 집안이 김연의 어머니 묘를 절 건너편에 쓰고 나중에 아버지의 묘까지 이곳으로 옮겨오게 되면서 개심사는 이들 김씨 집안과 긴밀한 인연을 가지게 된 것으로 보이고, 그에 따라 절의 형편도 좋아졌을 것으로 보인다.

내가 개심사에 머물며 공부하던 시절에 거기에서 공부한 사람들은 나중에 대부분 사법시험에 합격하여 법률가의 길을 갔다.

법학을 공부하고 법률가의 길을 가는 것은 이 땅에 법치주의를 실현하기 위함이었으리라. 당시에는 개심사의 여러 방에 공부하는 학생들이 하숙을 하였는데, 나는 노전방에 묵으며 생활하고 있었다. 당시에는 그 방이 가운데 조그만 문이 달린 두 칸짜리 방이었는데 지금은 가운데 벽을 헐어 넓힌 한 칸짜리 방이 되어 있다. 청춘시절에 지냈던 이 방에서 흰머리 늘어나는 나이에 다시 찾아와 밤을 지내니 참으로 세월이 화살같이 빨리 지나간다는 것을 실감했다. 그 오랜 세월이 지나는 동안 노전을 보던 스님들도 이 방에서 지냈을 것이고 수행하던 스님들도 지냈으리라. 방 한쪽에는 옛날 내가 사용하던 작은 서안이 손잡이가 조금 녹슨 채로 지금도 그대로 있었다. 좁은 방에서 공부할 때 어머니가 공부하는 아들을 위해 만들어주신 미숫가루가 든 통도 그 위에 놓아 둔 것으로 기억된다. 불현듯 돌아가신 어머니 생각이 났다. 누구나 다 그렇지만, 아무리 자식으로 무엇을 해 보아도 어머니의

노전방의 작은 책상

은혜는 하늘 같아 다 갚을 수가 없다.

이를 표현하는 많은 '사모곡思母曲'이 있지만, 당나라 시인 맹교孟郊(751-824)가 지은 시만큼 심금을 울리는 절절한 글이 더 있을까 싶다. 근대 중국의 천재 오경웅吳經熊, John C. H. Wu(1899-1986) 선생은 이 시를 피에타Pieta의 성모聖母의 마음을 나타낸 것으로까지 숭고하게 독해하였다. 맹교 선생이 지은 시, 오언고시五言古詩 악부체시樂府體詩로 된 〈유자음遊子吟〉은 이렇다.

慈母手中線 인자하신 어머니, 손에는 늘 실과 바늘 드시고,
자 모 수 중 선
遊子身上衣 바깥으로 나갈 자식 입을 옷
유 자 신 상 의
臨行密密縫 떠날 때 꼼꼼히 꿰매시면서,
임 행 밀 밀 봉
意恐遲遲歸 행여 늦게 돌아올까 걱정하셨네.
의 공 지 지 귀
誰言寸草心 그 누가 말했나, 한 치 풀만한 작은 마음으로
수 언 촌 초 심
報得三春暉 석 달 내리 쏟아준 봄볕 같은 은혜 갚을 수 있다고.
보 득 삼 춘 휘

유자는 집 밖으로 놀러가는 어린 자식이기도 하고, 세상 밖으로 떠나가는 자식이기도 하며, 과거를 보러 떠나는 아들이기도 하다. 그 어떤 경우이든 엄마는 어려우나 괴로우나 항상 자식을 사랑하시니, 손에서 실과 바늘을 놓을 겨를이 없이 늘 바깥으로 나가는 아이의 옷을 바느질하며 행여 늦게 돌아올까 걱정하시는 마음과 같다. 그 사랑은 너무나 크고 숭고하여 자식이 은혜를 갚

는다고 해도 그것은 한 치 풀만한 작은 마음으로 석 달 내내 폭포수같이 내리쬐어 준 따스한 봄볕 같은 은혜를 갚겠다고 하는 것밖에는 안 되는 것이다. 여기에 무슨 말을 더 보탤 수 있을까. 그리운 모습에 북받치는 마음 어쩔 수 없어 눈물만 끝없이 흐를 뿐이다.

아무튼 그 사이에 이 나라에는 많은 일들이 있었다. 이제는 권위주의시대를 극복하였다고 생각되는데도 현직 대통령을 탄핵하여 파면시키고 다시 권력을 장악한 세력들은 입으로는 민주주의니 법치주의니 떠들면서도 여전히 국가권력을 자기 마음대로 휘두른다. 국가권력을 사적 이익을 위하여 악용하는 것은 과거 권위주의시대에 보던 것과 별반 다름이 없다. 이 시대에 다시 법이 파괴되는 처참한 현실을 보면서 역사는 전진만 하지 않는다는 것도 다시 확인한다. 헌법학을 공부하고 가르치고 한 일들이 모두 헛된 것이었는가 하는 생각도 들었다.

내가 젊은 시절 공부하던 개심사를 걸어나오며 해탈은 나중의 문제이고 우선 인간세人間世 문제를 풀 수 있는 혜안이라도 얻기를 간절히 소망하여 보았다. 아직은 저잣거리에서 부대끼며 살아야 할 시간인 모양이다.

봉은사

奉恩寺
49일 기도

오늘날 대한민국의 수도 서울은 1천만 명 정도의 인구가 생활하고 있는 국제적인 도시로 번창하고 있다. 서울의 구역도 조선시대 경기도 땅 일부가 편입해 들어와 600㎢에 달한다. 그런 만큼 서울에는 사찰들이 많이 있다. 오랜 역사의 시간 속에서 유서 깊은 사찰들이 많이 소실되기는 했지만 말이다.

서울에서도 가장 중심 지역인 강남 지역에는 555m의 롯데월드타워가 높이 솟아 있는 풍경과 함께 해발 75m로 겸손하게 엎드려 있는 수도산修道山 남쪽에 바로 봉은사奉恩寺가 있다. 수도산은 관악산冠岳山에서 흘러내린 산줄기가 우면산牛眠山을 이루고 다시 매봉산으로 내려와 봉우리를 형성했다. 조선시대에는 한양漢陽 삼각산三角山 아래 도성都城에서 나와 5리쯤 걸어 한강변으로 와서 배를 타고 강 중간에 있는 모래섬인 저자도楮子島를 거쳐 강을 건너야 다다르는 곳이다. 이 저자도는 경치가 빼어나 그 옛날에는 별장도 있었고 기우제祈雨祭를 지내기도 했는데, 1970년대 강남 개발 때 이곳에서 모래와 자갈을 파내어가는 바람에 지금은 강물 속에 잠겨 있다.

조선시대에는 두모포豆毛浦의 뒷산, 즉 오늘날 동호대교東湖大

—

정종섭 그림, 봉은사와 서울도성

橋 북단인 옥수동 극동아파트가 있는 일대에 중종中宗(李懌, 재위 1506-1544)은 1517년에 정자를 고쳐 동호독서당東湖讀書堂을 조성하게 했다. 도성 밖에 자리한 이곳은 국가동량지재國家棟梁之材인 젊은 엘리트 관료들을 선발하여 사가독서賜暇讀書 즉 왕이 휴가를 주어 독서와 사장학詞章學 등에 전념할 수 있게 한 공간이었다. 왕실의 지원과 우대로 소수 정예 인재를 양성한 이곳은 뒤로는 높은 산이 있고, 앞으로는 대강大江이 흐르는, 한양에서 산수풍광山水風光이 아름다운 곳이기도 했다. 12칸의 정당正堂, 동서의 상방上房, 남쪽 누대樓臺, 8칸의 문회당文會堂, 장서각藏書閣, 물시계를 설치한 누각, 연못과 정자, 3중 계단의 화원, 숙소, 주방, 마구간 등을 갖춘 상당한 규모였는데, 임진왜란壬辰倭亂 때 모두 잿더미로 사라졌다.

성균관成均館 대제학大提學은 반드시 독서당에서의 연찬 경력이 있어야만 임명될 정도로 독서당제도는 국가적으로 중요한 지위를 점하고 있었다. 세종 때의 사가독서제에서 시작하여 1773년까지 약 350년 동안 장소를 옮겨 다니던 독서당에는 매회 평균 6-7명씩 모두 48차례에 걸쳐 선발된 320명의 인재가 배출되었다. 초기에는 사찰 공간을 활용하다가 동호에 제대로 모습을 갖추었는데, 동호독서당도 끝내 화마 속으로 사라졌다. 그 이후 다시 새 공간을 찾아 운영되다가 정조正祖(李祘, 재위 1776-1800) 때 규장각奎章閣이 만들어지면서 독서당제도는 운영되지 않았다.

이런 환경 속에서 전도양양한 엘리트들은 밤낮을 잊고 독서와 연찬에 집중하였고, 때로 여유가 있을 때면 배를 타고 동료들과 원족遠足을 가기도 했던 곳이 저자도와 봉은사였다. 그곳에는 선왕先王들의 위패를 봉안한 원당願堂도 있었기에 관리들의 발걸음도 잦았고 숭유억불崇儒抑佛의 분위기 속에서도 많은 문사文士들이 편한 마음으로 자주 들르기도 했다. 성현成俔(1439-1504), 김안국金安國(1478-1543), 신광한申光漢(1484-1555), 정렴鄭磏(1506-1549), 박지화朴枝華(1513-1592), 노수신盧守愼(1515-1590), 윤근수尹根壽(1537-1616), 이산해李山海(1538-1609), 최립崔岦(1539-1612), 백광훈白光勳(1537-1582), 최경창崔慶昌(1539-1583), 이달李達(1539-1618), 정두경鄭斗卿(1597-1673), 이경석李景奭(1595-1671), 이덕무李德懋(1741-1793), 정약용丁若鏞(1762-1836), 신위申緯(1769-1845), 김정희金正喜(1786-1856), 장지연張志淵(1864-1921), 오세창吳世昌(1864-1953) 등등 역대 기라성같이 많은 유명한 문인 학자들이 봉은사와 관련하여 많은 시를 남긴 것에는 이런 역사적인 배경이 있다. 국문학자 이종묵 교수의 논문에 의하면, 봉은사를 소재로 한 시詩 가운데는 16세기 무렵의 것이 가장 많고 수준도 높다고 한다.

봉은사는 794년(원성왕 10)에 신라의 연회국사緣會國師가 창건한 견성사見性寺가 그 시초라고 하지만, 『삼국사기三國史記』와 『삼국유사三國遺事』에 나오는 7대 성전사원成典寺院 중의 하나인 신라의 봉

선릉

은사가 현재의 봉은사와 동일한 것인지는 의문스럽다. 그 후 고려시대 500년 동안 봉은사에 관한 자료는 현재 찾기 어렵다. 봉은사라는 이름을 가진 절은 신라 이후 고려 태조의 원당願堂으로 지은 개성開城의 봉은사 그리고 강화도의 봉은사 등 역사상 여럿 있었다.

기록으로 보면, 현재 서울 강남에 있는 봉은사는 1498년(연산군 4)에 성종成宗(李娎, 재위 1469-1494)의 세 번째 왕비인 정현왕후貞顯王后(1462-1530)가 성종의 능인 선릉宣陵을 보호·관리하기 위하여 능의 동쪽에 있던 작은 절을 중창하여 능침사찰陵寢寺刹로 삼고 절 이름을 봉은사라고 한 것에서 출발한 것으로 보인다. 성종의 아

—
정릉

들인 연산군燕山君(재위 1494-1506) 때는 절에 왕패王牌를 하사하고, 전토田土가 없는 봉은사에 각 도의 절에서 거둔 세와 소금을 보내주기도 했다.

봉은사에서 조금 떨어진 곳에 성종의 능과 폐출廢黜 사사賜死된 폐비 윤씨 다음 차례에 왕비가 된 정현왕후를 안장한 선릉이 있다. 그리고 그 가까이에 정현왕후의 아들인 중종中宗을 안장한 정릉靖陵이 있는데, 모두 유네스코 세계문화유산으로 지정되고 그 구역이 공원화되어 요즘은 많은 사람들이 즐겨 찾는 곳이 되었다. 중종으로 보자면 친부모와 같이 인근 묘역에 묻혀 있는 셈이다.

문제는 정현왕후가 폐비 윤씨의 아들을 키운 것인데, 그가 연산군이다. 연산군은 자랄 때까지 정현왕후를 친모라고 알았지만 나중에 사사된 윤씨가 친모임을 알게 되고 친어머니를 복위시키려고 했다. 이때 조종지헌祖宗之憲에 비추어 불가하다고 반발하는 신하들과 선비들이 나섰는데 왕은 이들을 모조리 고문하고 죽이는 피의 제전을 벌였다. 이를 역사에서는 1504년의 갑자사화甲子士禍라고 기록하고 있다. 이때 김굉필金宏弼(1454-1504), 권주權柱(1457-1505), 홍귀달洪貴達(1438-1504), 성준成俊(1436-1504), 이주李胄(?-1504) 등 많은 거유巨儒들이 목숨을 잃었고 그 일가친척들이 참혹한 화를 당하였다.

이와 맥락은 다르지만, 과거 수양대군首陽大君(1417-1468)과 작당하여 무인들을 동원하여 단종端宗(재위 1452-1455)을 쫓아내고 이른바 '계유정란癸酉靖亂'을 일으킨 후에 그를 왕으로 등극시키고 예종睿宗(李晄, 재위 1468-1469)과 성종에게까지 자기 딸을 시집보낸 후 임금의 장인이 되어 한 시대 국정을 마음대로 농단하다가 죽은 희대의 인물, 한명회韓明澮(1415-1487)의 묘도 이때 파헤쳐져 부관참시剖棺斬屍를 당하였다.

임사홍任士洪(1449-1506)과 처남들인 신수근愼守勤(1450-1506), 신수겸愼守謙(?-1506), 신수영愼守英(?-1506) 형제 등과 한패가 되어 온갖 패악을 저지르고 국가의 인재들을 도륙하며 날뛰던 연산군도

탑골공원 내의 10층석탑

결국 1506년 중종반정中宗反正으로 쫓겨나고 그의 이복동생인 진성대군晉城大君이 중종으로 즉위하였다.

연산군 때에는 그간에 있어온 불교 탄압에 더욱 열을 올려 불교의 중심이던 도성 내의 대사찰 원각사圓覺寺에서 승려들을 쫓아낸 후 기생들의 놀이장소로 사용하게 하고, 승과도 폐지해 버렸다. 1467년(세조 13)에 건립한 원각사의 10층석탑은 현재 유리로 된 보호각 안에 들어 있고, 옛 대사동大寺洞에 터잡고 있던 그 넓은 절터는 쪼그라들어 '탑골공원'으로 변해 있다. 자신도 '없앰을 당할 날'이 가까웠음을 모르고 날뛰었던 모양이다. 그 원각사는 일찍이 그의 증조할아버지 세조世祖(재위 1455-1468)가 흥복사興福寺를 중수하여 세운 절인데도 말이다. 글씨가 다 사라진 원각사비만 당시의 이야기를 무언無言으로 전하고 있다.

고려의 무장이던 이성계李成桂(1335-1408)는 군사쿠데타로 오백 년간 번창했던 고려왕조를 무너뜨리고 고려 왕王씨의 성을 가진 사람들을 모조리 죽인 다음(인류 역사에서 이런 대량학살이 얼마나 될까?) 통치이데올로기로 유교를 내세워 신라-고려시대를 관통하며 유지해 왔던 불교를 하루아침에 없애려고 했다(그런데 유교가 무엇인지 과연 이해는 했을까?). 그의 아들 태종太宗(재위 1400-1418)은 11개 불교 종파를 7개로 통합하여 242개의 절만 남기고 전국의 사찰을 모조리 없앴고, 세종世宗(재위 1418-1450)은 7개 종파를 다시 선교禪教 2개 종파로 통합하고 사찰도 36개만 남기고 다 없앴다. 세조는 무력으로 정권을 탈취하면서 사람들을 무수히 죽인 죄가 두려웠던지 불경을 발간하는 등 부처에게 공들이는 일은 다소 열심히 했으나 죽은 후 극락에 갔다는 얘기는 듣지 못했다. 성종도 불교 탄압에는 마찬가지였고, 그 아들 연산군도 그렇게 날뛰다가 죽었다.

아무튼 봉은사는 이러한 역사를 배경으로 하고 출발하였다. 나이 어린 명종明宗(李峘, 재위 1545-1567)을 대리하여 수렴청정垂簾聽政을 하던 중종의 계비 문정왕후文定王后(1501-1565)는 독실한 불

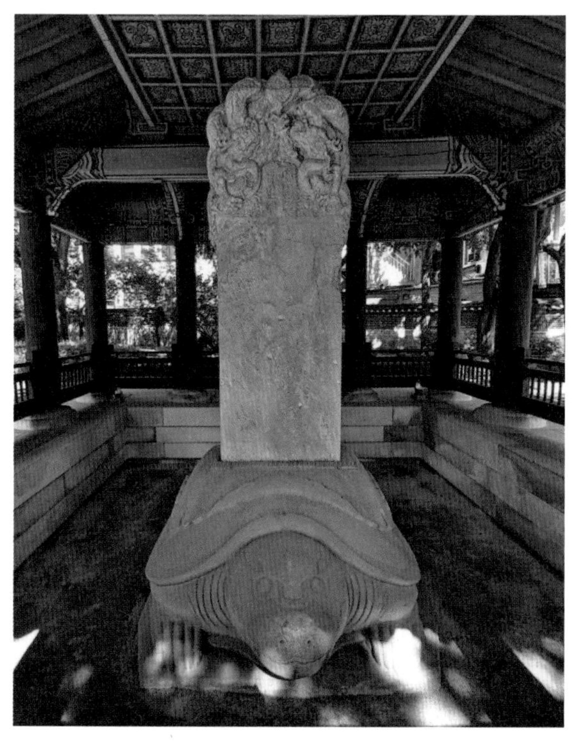

원각사비

교신자답게 1551년(명종 6)에 양주 회암사檜巖寺에 주석하던 허응당虛應堂 보우普雨(1509-1565) 화상을 도대선사都大禪師로 등용하여 봉은사의 주지로 삼고 불교의 중흥을 도모하였다. 보우 화상의 사상은 선교일체禪敎一體와 유불조화儒佛調和를 추구했다. 선종과 교종이 다시 부활되어 봉은사는 선종의 수사찰首寺刹이 되고,

광릉에 있는 봉선사奉先寺는 교종敎宗의 수사찰로 정해졌다. 판선종사判禪宗事인 보우 대화상은 당시 세상의 온갖 시끄러운 모함과 공격 속에서도 왕실의 강력한 지원을 받아 불교의 중흥을 주도하였는데, 1552년에는 300여 개의 사찰을 국가가 공인하는 정찰淨刹로 정하고, 도첩제에 따라 2년 동안 승려 400여 명을 선발하고, 과거시험에서 그간 폐지되었던 승과를 부활시켜 3년마다 실시하도록 하였다.

현재 코엑스COEX 건물이 들어서 있는 넓은 부지는 원래 봉은사의 땅이었는데, 명종 때에 여기에서 승과시험을 실시한 이래 승과시험을 실시한 들이라고 하여 승과평僧科坪이라고 불렀다. 이 승과가 부활되고 실시된 1552년의 승과시험에서 부용영관芙蓉靈觀(1485-1571) 대사의 법맥을 이은 서산 대사西山大師 청허휴정淸虛休靜(1520-1604) 화상이 급제하고 선교양종판사禪敎兩宗判事가 되어 봉은사의 주지를 지냈다. 그렇지만 양사兩司와 성균관 유생 등으로부터 양종과 승과를 폐지하라는 상소가 줄기차게 제기되었다. 잠시 다른 장면을 보면, 명종이 즉위한 해에 퇴계退溪 이황李滉(1501-1570) 선생은 일본과 강화하고 병란에 대비할 것을 내용으로 담은 상소를 올렸다. 어린 왕이 이를 귀담아 들었는지는 잘 모르겠다. 90년 뒤에 임진왜란을 당했을 때 비로소 사람들은 퇴계 선생의 우국충정을 생각하게 되었으리라.

대웅전에서 승과평 방향으로 바라본 풍경

중종의 둘째 비인 장경왕후章敬王后(1491-1515)가 인종仁宗(재위 1544-1545)을 낳고 사망하자 바로 이어 세 번째로 왕비가 된 사람이 문정왕후다. 오랫동안 아들이 없다가 오매불망寤寐不忘 드디어 아들을 하나 낳았으니 그가 명종이 된다. 명종이 12살 나이로 즉위하자 어머니가 사실상 나라를 다스렸다. 대윤大尹세력과 소윤小尹세력 간의 권력투쟁에서 이른바 을사사화乙巳士禍로 문정왕후는 그의 반대세력인 대윤세력을 제거하고 왕실의 권력을 장악했다.

문정왕후는 1562년에 당시 서삼릉西三陵에 있던 중종의 정릉을

선릉의 동쪽 기슭인 지금의 정릉 자리로 이장移葬하고, 거기에 있던 봉은사를 수도산 남쪽, 즉 현재의 봉은사가 있는 자리로 옮기면서 대가람을 갖춘 능침사찰로 중창하였다. 조정에서 도감都監을 설치하여 당우들을 대대적으로 지었기 때문에 궁궐 같은 가람伽藍으로 바뀌었다. 문정왕후는 나중에 남편인 중종과 같은 묘역에 묻힐 생각으로 이런 대규모 불사佛事를 일으킨 것으로 보인다.

이런 사정으로 인하여 현재의 서삼릉에는 인종과 그의 비 인성왕후仁聖王后를 안장한 효릉孝陵과 인종의 친모인 장경왕후를 안장한 희릉禧陵이 있다. 어쩌면 문정왕후가 남편인 중종이 장경왕후와 그의 아들 인종과 함께 같은 묘역에 있는 모양을 싫어했을지도 모를 일이다. 나중에 자신과 자신이 낳은 명종과 같이 있기를 원했으리라.

1563년(명종 18)에는 13살로 죽은 명종의 외아들인 순회세자順懷世子(1551-1563)의 사패祠牌를 봉안하기 위해 봉은사에 강선전降仙殿도 세웠다. 뒤따라 나올 역사의 장면을 미리 보면, 봉은사 중창 불사를 시작한 지 3년 후 문정왕후는 갑자기 세상을 떠나고 자신이 이장한 정릉 묘역에도 묻히지 못한다.

1565년(명종 20) 문정왕후가 4월에 승하하자 퇴계 선생은 바로 사직 상소를 올리고 공직에서 물러났다. 곧이어 보우 화상에 대하여 사헌부 등의 신료들과 유생들이 대대적인 공격을 가하였고 1,000여 건에 이르는 상소 끝에 보우 화상은 6월에 승직을 박탈당하고 제주도로 유배되었다. 그 후에도 보우 화상을 죽이라는 유생들의 상소가 빗발쳤으나 왕은 이미 형이 확정되었으므로 재론하는 것은 불가하다며 이런 상소에 대하여 윤허하지 않았다. 『명종실록明宗實錄』에서 확인된다.

그런데 보우 화상은 제주도에서 제주목사 변협邊協(1528-1590)에 의하여 몽둥이로 죽임을 당하였다. 죽이라는 왕명이 없었는데도 그런 일이 벌어졌다. 『명종실록』에는 보우 화상의 죽음에 대하여 왕에게 보고한 기록은 보이지 않는다. 1566년 11월의 기록을 보면, 보우 화상이 이미 제거되었다는 것만 지나가는 말로 씌어 있다. 조계종에서는 그해 10월에 순교하였다고 새긴 〈보우대사순교비〉를 제주도 조천읍 조천리에 세워두고 있다. 그해 12월에는 율곡栗谷 이이李珥(1536-1584) 선생이 사직 상소를 올렸는데 받아들여지지 않았다. 그는 젊은 날 어머니를 여의고 잠시 금강산에서 불법에 침잠한 적이 있었지만 이 당시에는 보우 화상을 요망한 중妖僧이라며 비판을 가하였다. 전국적으로 유생들이 들고 일어난 상황이라 대유학자인 율곡 선생도 어쩔 수 없었던 것 같다. 문정왕후의 승하와 보우 대사의 죽음 이후로 불교는 더욱 탄압을 받았고 양종제도兩宗制度와 승과제도도 폐지되면서 침체기로 들어가게 되었다.

이 시절 서양으로 눈을 돌려보면, 1532년에 마키아벨리Niccolo Machiavelli(1469-1527)가 『군주론君主論(The Prince)』을 펴냈고, 1543년에 코페르니쿠스Nicolaus Copernicus(1473-1543)는 지동설地動說(heliocentric theory)을 제창하였다. 하늘은 둥글고 땅은 평평하다는 '천원지방天圓地方'이라는 관념은 이제 황당한 것으로 되었다. 달에 토끼가 사는 것도 아니고, 하늘에 무엇이 있어 하늘과 사람이 서로 감응하는 '천인감응天人感應'이니 하는 말도 허황된 것임이 드러났다. 이제 우주를 눈으로 직접 관찰하고 확인할 일만 남았다.

이미 1492년에 콜럼버스Christopher Columbus(1451-1506)가 신대륙을 발견하면서 '대항해시대Age of Exploration'가 시작되고 유럽의 각 나라들은 세계 재패의 경쟁에 뛰어들어 세계의 바다에는 풍랑이 거칠게 일고 있었다. 세상은 이렇게 돌아가는데 조선에서는 보우 화상을 때려 죽인 이후에 벌어지는 다음과 같은 장면을 보게 된다.

이런 일이 있고 난 후 불과 30년도 채 되지 않아 임진왜란이 일어나고 상황이 화급해지자 선조宣祖(재위 1567-1608)는 묘향산妙香山 보현사普賢寺에 주석하고 있는 서산 대사에게 나라를 구할 것을 부탁하고 팔도십육종선교도총섭八道十六宗禪敎都摠攝에 임명하였다. 서산 대사가 전국에 통문을 내리자 드디어 전국의 승병들이 분연히 떨쳐 일어나 왜군과 싸우는 전쟁의 길에 나서게 되었다. 그의 제자인 처영處英 대사가 의승장義僧將으로 이끄는 승병은 권율權慄(1537-1599) 장군과 공동 작전을 수행하여 많은 전공을 세웠다. 전쟁 이전에 봉은사의 주지도 사양하고 서산 대사 문하에서 수행을 했던 사명 대사四溟大師 유정惟政(1544-1610) 화상도 임진왜란 동안 의승도대장義僧都大將으로 나서서 분골쇄신粉骨碎身으로 구국의 활약을 펼친 사실은 익히 잘 알려져 있다.

이들은 모두 승과에서 배출된 뛰어난 인재였다. 임진왜란과 정묘재란丁卯再亂 등의 전쟁에 나가서 죽은 승려들은 이루 헤아릴 수 없이 많다. 우리가 잘 아는 부휴선수浮休善修(1543-1615) 대사의 제자이자 봉은사 주지를 지내기도 했던 벽암각성碧巖覺性(1575-1660) 대사도 판선교도총섭判禪敎都摠攝 등을 맡아 임진왜란과 병자호란丙子胡亂을 거치는 역사의 거친 파도 속에서 승병장으로 구국의 헌신을 하였다. 역설적인 이야기이지만, 조선에서는 나라가 초토화되는 이런 전쟁을 거치면서 의승군의 활약과 공로로 인하여 불교가 다시 살아남게 된다.

평소 공자와 맹자를 떠들던 사람들이 결국 나라를 망국의 위기에 떨어지게 만들어 놓고는 급하면 천민 취급하던 승려들에게 목숨 걸고 나라를 구하라고 했다. 이런 상황에서도 반발하지 않고 목숨을 내놓고 백성과 나라를 구해야 한다는 것은 진정 붓다의 가르침인가? 걸핏하면 공자와 맹자를 입에 달고 사는 인간들이 보우 화상을 유배지에서 패서 죽인 것은 어떻게 설명해야 하나? 우리 역사에서 사람을 몽둥이로 때려 피범벅으로 만들어 죽인 학살은 사화와 당쟁의 역사를 들추어보면 너무나 많다. 야만野蠻도 이런 야만이 없으리라.

생각이 다른 곳으로 빠졌다. 법왕루로 가는 길의 오른편 석축 위에는 보우 대사의 봉은탑과 비가 서 있다. 보우 대사를 그렇게 죽였으니 부도가 있을 수 없다. 보우 대사의 탑비를 쳐다보면서 불법佛法이 아니라 무수한 사람들을 죽인 역사의 여러 장면들이 먼저 떠올랐다. 헌법학자인 나로서 인간의 생명과 존엄성을 먼저 떠올리는 것은 피할 수 없다. 멀지 않아 이 땅에는 천주天主를 공부를 하다가 또 수많은 사람들이 죽임을 당하는 사태가 발생한다.

봉은사는 인간들이 벌이는 희한한 역사의 전개를 겪다가 결국 임진왜란과 병자호란 때 전각들이 모두 소실되는 운명을 맞이했다. 그 후 중수작업이 간간이 이루어지다가 1790년에 전국 사찰의 승풍과 규율을 감독하는 5규정소五糾正所(봉은사, 봉선사, 개운사, 중흥사, 용주사)의 하나가 되어 강원도와 경기도의 사찰 일부를 관할하였고, 일제식민지시대에 전국의 불교 사찰이 31개의 본산으로 재편되었을 때에는 경성 일원을 관장하는 본산으로 역할을 하였

옛 봉은사

다. 1939년에 또 화재가 발생하여 대웅전, 동서의 승당과 진여문, 만세루, 창고 등이 재로 변하였다. 1975년에 들어와 붓다의 진신사리 1과를 봉안한 삼층석탑과 석등을 조성하였고, 그 이후 현재 있는 당우들이 차례로 새로 들어섰다.

봉은사 일대는 70년대 강남 개발 이전에는 주로 밭이 있었고 서울 사람들도 큰 마음을 먹어야 놀러가던 곳이었다. 오늘날에는 봉은사는 서울의 가장 번화한 도심의 한가운데 있게 되어 선정

일주문

릉의 공원과 함께 외국인들을 포함하여 많은 사람들이 찾아오는 곳이 되었다. 봉은사 앞의 대로를 건너면 대형 호텔, 무역센터, 코엑스몰, 대형 빌딩 등이 밀집해 있는데, 이 구역도 옛날에는 봉은사의 땅이었다.

서울 강남구 봉은사로 531번지 대로변에는 양쪽에 코끼리 석상이 서 있는 사찰 입구가 있다. 사역으로 들어서면 고색창연하면서도 고졸한 일주문一柱門이 하나 서 있다. 깊은 산중에나 서 있

권창륜 글씨, 봉은사 현판

을법한 격조 높은 이 문은 원래 봉은사에 있었는데, 근래에 진여문 등을 짓는 와중에 경기도 용문산龍門山 사나사舍那寺와 양주 오봉산 석굴암으로 옮겨져 있다가 최근에 다시 자기 집으로 돌아와 현재의 자리에 서 있다. 1880년대 지어진 것으로 판전板殿과 함께 화마의 손길에서 살아남은 봉은사에서 가장 오래된 건물이다. 일주문에는 서예가 초정草丁 권창륜權昌倫(1943-) 선생이 쓴 「수도산 봉은사修道山奉恩寺」라는 현판이 앞쪽에 걸려 있다. 초정 선생은 조선시대 『대동운부군옥大東韻府群玉』이라는 대작을 저술한 초간草澗 권문해權文海(1534-1591) 선생의 후예이다.

일주문을 지나면 4개의 높은 돌기둥이 받치고 있는 진여문眞如門이 웅장하게 서 있다. 천왕문天王門의 역할을 하는 문이다. 1982년에 세운 것인데 당시에는 현재의 일주문이 없어 진여문이 일주문의 역할을 함께 하였다. 진여문 앞쪽에는 청남菁南 오제봉吳濟峯(1908-1991) 화상이 쓴 「봉은사奉恩

오제봉 글씨, 봉은사 현판

진여문

寺」라는 현판이 걸려 있는데, 그 글자 양쪽에는 세로로 '수도산修道山', '수선종首禪宗'이라고 씌어 있다. 선종 사찰의 으뜸이라는 말이다. 뒤쪽에는 석주昔珠(1909-2004) 대화상이 쓴 「진여문眞如門」의 현판이 걸려 있다.

석주 화상 글씨, 진여문 현판

키 높은 문짝에는 인도재래신앙에서 유래한 신들인 신중상神衆像이 그려져 있고, 문 안쪽에는 양쪽으로 1746년에 조성한 목조 사천왕四天王 입상이 서 있다. 사천왕은 수미산須彌山에 살면서 동서남북 사방에서 불법을 지키는 수호신인데, 동방의 지국천왕持

國天王, 서방의 광목천왕廣目天王, 남방의 증장천왕增長天王, 북방의 다문천왕多聞天王을 일컬으며 사대금강四大金剛이라고도 한다. 재미있는 것은 그리스미술의 영향을 받은 간다라Gandhara미술에서는 그리스 신화에 등장하는 헤라클레스Hercules가 동쪽으로 와서 금강역사金剛力士라는 이름으로 그 모습을 바꾼다. 사실 번뇌를 끊어버리는 금강저金剛杵도 산스크리트어 바즈라Vajra를 번역한 것인데, 인도신화에 나오는 인드라가 아수라를 물리칠 때 사용하는 번개이고 페르시아의 미트라Mitra신이 던지는 바즈라Vazra이며 더 거슬러 올라가면 그리스신화의 제우스Zeus가 싸울 때 쓰는 번개에까지 다다른다. 온갖 신화와 종교들에서 등장하는 것이 불교에서도 이렇게 변형되어 형상화되었다.

진여문을 지나 오른쪽으로 약간 틀어진 방향으로 천천히 올라가면 웅장한 법왕루法王樓가 나온다. 부처님이 계시는 곳으로 들어가는 문의 역할을 동시에 하는 법왕루에는 당대 서예의 제1인자이기도 했던 성당惺堂 김돈희金敦熙(1871-1937) 선생이 쓴 현판이 걸려 있다. 그는 일찍이 중국을 내왕하며 새로운 지식과 자료들을 접해왔던 역관譯官 집안의 후예이면서 사자관寫字官으로 글씨를 잘 썼던 아버지에게서 영향을 받아 전통학문과 신학문을 두루 섭렵하였다. 1887년 16세로 법

김돈희 글씨, 법왕루 현판

법왕루

관양성소法官養成所에 입학하여 법률가가 되었으면서도 학예學藝에 관한 방대한 지식과 실력을 겸비하고 금석문金石文에도 정통했을 뿐 아니라 예서隷書, 전서篆書, 해서楷書, 행서行書, 초서草書, 전각篆刻 등 전 분야에서 당대 조선 서예의 최고봉으로 이름을 떨쳤다. 법왕루의 뒤쪽 처마 밑에는 오세창 선생이 1943년에 전서로 쓴 「선종종찰 대도량禪宗宗刹 大道場」이라고 쓴 현판이 걸려 있다. 선종사찰 중에 최고 맏집이라는 뜻이다.

오세창 글씨, 대도량 현판

원래는 이 자리에는 천왕문이 있었고 사천왕상이 있었는데, 법왕루를 신축하면서 사천왕상은 현재의 진여문으로 옮겨졌다. 현재 가람의 배치를 보면 그간 봉은사가 여러 차례 소실 중건을 반복하였기에 좀 어지럽지만, 조선시대 봉은사를 세울 때에는 붓다의 공간으로 들어가는 첫 문인 진여문, 중문인 천왕문, 마지막 문인 해탈문이 차례대로 서 있었다.

법왕루의 기둥 아래를 지나 계단으로 올라서면 붓다가 있는 대웅전의 공간에 이른다. 대웅전에는 추사 김정희 선생이 「대웅전大雄殿」이라고 쓴 현판이 걸려 있는데, 이는 조선시대 수륙재水陸齋를 올리던 중심사찰인 진관사津寬寺에 있는 원래의 현판을 모각하여 단 것이다. 대웅전에는 승일勝一 화상 등 9명의 조각승들이 조성하여 봉안한 석가모니불, 아미타불, 약사여래불의 삼불좌상이 있다. 이는 임진왜란과 병자호란을 겪으면서 봉은사가 소실되어 쇄락한 상황에서 다시 불사를 일으켜 세우면서 조성된 것이다.

대웅전을 바라보고 오른쪽에는 선불당選佛堂이 있다. 선불당의 현판은 당대 명필인 농천農泉 이병희李丙熙 선생이 썼다.

조선서화협회 회원으로 활동하며 행서와 초서를 잘 썼으며 역사학자 이병도李丙燾(1896-1989) 선생의 형이다. 강릉 선교장船橋莊의 6대째 주인 이근우李根宇(1877-1938) 선생과는 사돈관계에 있다. 우리가 잘 아는 네덜란드 선원

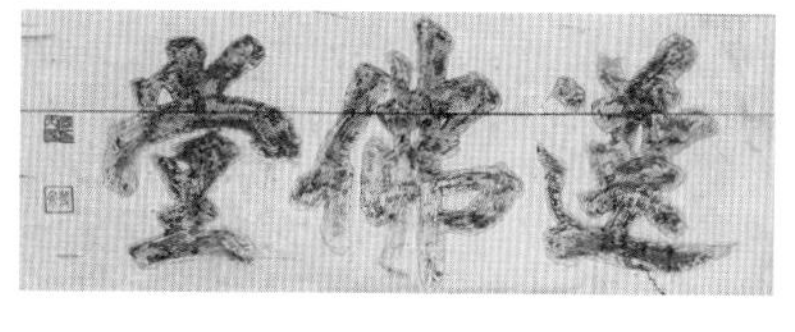

이병희 글씨, 선불당 현판

대웅전

하멜Hendrik Hamel(1630-1692)이 13년간의 조선에서의 표류 생활을 기록한 난파·표류보고서(1668년에 네덜란드어판 간행)의 영어 번역본과 프랑스어 번역본을 접하고 1934년 국내 최초로 『하멜표류기』라는 이름으로 번역한 사람이 이병도 박사이다.

앞마당에는 동서 양쪽에 석등이 서 있는 가운데 석가모니의 진신사리를 모신 삼층석탑이 있다. 이 석탑은 1975년에 조성된 것인데 당시 범어사 석암 화상이 보관해오던 진신사리 4과중 1과를 이 안에 봉안하였다.

지운영 글씨, 영산전 현판

대웅전을 지나 오른쪽으로 가면 영산전靈山殿이 나온다. 석가모니불과 가섭존자와 아난존자 이외에 16나한상을 봉안하고 있다. 영산전의 현판은 백련白蓮 지운영池運永(=池雲英 1852-1935) 선생이 예서로 썼다. 힘이 있고 구성도 좋다. 지운영 선생은 추사 선생의 제자인 여항문인 강위姜瑋(1820-1884)를 맹주로 하여 결성한 육교시사六橋詩社의 중요 멤버로 활동하였는데, 서화와 사진에서도 뛰어난 실력을 발휘하였다. 갑신정변甲申政變 이후에는 김옥균金玉均(1851-1894) 선생을 암살하려고 일본에 건너가기도 했으나 미수에 그치고 일본 경찰에 체포되어 귀국 후 유배를 갔다. 그 후에는 서화에 몰두하였다. 우리나라에 종두법을 처음 실시하고 국어학자이면서도 근대 의학의 도

봉은사 미륵대불

입에 앞장섰던 지석영池錫永(1855-1935) 선생은 그의 동생이다. 다들 비장한 시대에 비장하게 살다 떠났다.

대웅전에서 판전 쪽으로 가다보면 10년 동안 불사를 한 23m에 달하는 거대한 미륵대불이 서 있다. 추사 선생의 시에 "아미타불을 천 번 염송하는 사이에 미륵전에 하늘이 밝아 오네阿彌陀佛一千聲 慈氏閣中天始明"라는 구절을 근거로 봉은사를 미륵도량이라고 보고, 이미 사라진 미륵전彌勒殿을 되살려 근래에 미륵대불을

미륵전

세우고 1942년에 세운 법왕루를 옮겨 미륵전으로 삼았다고 한다. 여러 사람들이 절을 하고 기도를 하고 있다. 법왕루의 현판은 신축한 새 법왕루에 걸려 있고, 원래의 법왕루였던 건물은 미륵전으로 이름이 바뀐 셈이다.

대웅전에서 앞을 바라보고 오른쪽으로 가면 봉은사 사역 내에 있는 당우 중에 가장 오래된 건물인 판전板殿이 서 있다. 이 판전은 이름 그대로 불경을 새긴 경판을 보관하는 전각이다. 1856년에 화은호경華隱護敬 화상이 지은 〈경기좌도광주수도산봉은사화엄판전신건기京畿左道廣州修道山奉恩寺華嚴板殿新建記〉에 의하면, 1794년 백암栢庵 대사가 화엄대경華嚴大經을 바다에 표류한 배에

판전

서 얻어 낙안 징광사澄光寺에서 간행했으나 화재로 판본이 타버리고, 1834년 설파雪坡 장로가 함양 영각사靈覺寺에서 다시 판각하여 속간하였으나 세월이 지나면서 자획이 마모되어 인출이 어렵게 되었다. 이에 1855년에 남호영기南湖永奇(1820-1872) 대율사가 봉은사에서 여러 고승들과 논의한 끝에 『화엄경』을 판각하기로 하고 1년만에 경판을 새기고 이를 보관하는 판전을 세우기에 이르렀다. 서산 대사 이후로 조선불교는 임제종臨濟宗을 정통으로 하고 『화엄경』을 중심으로 공부해왔는데 그 흐름에서 『화엄경』 판각 간행불사가 이루진 것으로 보인다.

판전에는 불교에도 깊은 조예를 가진 추사秋史 김정희金正喜

(1786-1856) 선생이 쓴 「판전板殿」이라는 현판이 걸려 있다. 1852년 오랜 유배에서 풀려나 과천의 과지초당瓜地草堂에서 말년을 보내던 추사 선생은 71세이던 1856년에는 봉은사에서 기거하고 있었는데, 그때 영기 화상의 부탁을 받고 병중에서 이 글씨를 썼고, 그해 10월 10일에 세상을 떠났다. 원래의 현판은 보존을 위하여 따로 보관하고 있고 현재는 모각한 것이 걸려 있다. 병고와 나이의 탓도 있었겠지만 글씨에서 기교가 배제되고 서법에서 말하는 골기骨氣를 강하게 하여 해서楷書로 썼다. 이 현판 글씨를 추사 선생이 세상을 떠나기 3일 전에 썼다고 하는 말이 있지만, 이를 증명할 그 당시의 기록은 없고, 이기복李起馥이 1935년에 쓴 「단상산고湍上散稿」에 이 글씨를 쓰고 3일 후에 별세했다고 전한다.

김정희 글씨, 판전 현판

나는 이 글씨를 볼 때마다 지독한 인간들이 뛰어난 인재를 결국 말려 죽였구나 하는 분노를 가누기 어렵다. 안동(=장동)김씨 세력이 경주김씨 세력을 제압하기 위하여 경주김씨의 불세출의 다크호스를 아예 죽여버리자고 작당한 모함에 걸려 추사 선생은 55세에 유배의 길에 올라 67세에 몸과 마음이 모두 피폐해진 채로 집으로 돌아왔다. 병든 노구에도 불구하고 아버지 김노경金魯敬(1766-1837) 선생의 신원伸寃을 구하는 격쟁擊錚을 벌이다가 세상을 하직하였다. 적들은 기뻐했으리라. 그때까지도 장동김씨 세력은 김좌근金左根(1797-1869) 등을 중심으로 김조순金祖淳(1765-1832) 가문이 독재체제를 구축하고 부패권력으로 국정을 농단하며 기고만장하게 살았다.

그렇지만 사회 기반이 붕괴되고 1862년에 전국적으로 농민항쟁이 번져나가고 나라는 기울어져 결국 조선이 멸망하는 길로 빠지면서 그들의 권력놀음도 끝나게 된다. 나라가 망하고 없는데 권력이 무슨 필요가 있을까. 백성들만 또 불행의 구렁텅이에 빠져버린 것이다. 누가 책임을 져야 할까?

'국가권력의 사유화', 즉 국민이 행복하게 살 수 있도록 하는 목적으로 만들어진 국가의 공권력을 이를 행사하는 사람의 개인적인 이익을 위해 사용하는 행위는 헌법에서 절대적으로 금지되는 것이다. 헌법은 이를 방지하기 위해 존재하는 것이기도 한다. 그런데 국가권력의 사유화 문제는 조선시대나 지금이나 멈추지 않고 계속 발생하고 있으니 이를 어떻게 해야 하는가? 붓다의 가르침이 이 문제를 해결할 수 있을까? 욕망의 주체인 인간이 욕심을 끊어 버리고 서로 다투지 않으면 그렇게 될 수 있을 것 같기도 하지만, 헌법학이 붓다의 가르침에 의존하는 것은 그 사명을 포기하는 것 같다. 이 문제는 철저히 현실적으로 해결하는 방책을 찾아야 한다.

판전의 불사에는 철종哲宗(재위 1849-1863)과 철인왕후哲仁王后(1837~1878), 대왕대비 순원왕후純元王后(1789-1857), 왕대비 신정왕후神貞王后(1809-1890) 등 왕실과 신료들, 상궁들, 많은 비구, 비구니 스님들도 적극 참여하여 재원 조성에 힘을 보탰다. 판전 공사의 도편수都片手는 유명한 침계민열枕溪敏悅 화상이 맡았고, 부편수 이하 장인들은 민간인들이었다. 승려가 불화佛畫, 불구佛具, 불우佛宇 등에서 장인의 특기를 가지는 것을 고려시대 이래 수행의 하나로 여겨왔는데, 민열 화상이 그 시대에 도편수로 국내 여러 사찰의 전각들을 지으며 활약한 것에는 이런 역사적 배경이 있다.

판전 안의 경판

당시에 판각한 경은 방대한 『화엄경』 전부가 아니라 『대방광불화엄경소초大方廣佛華嚴經疏抄』, 『불설아미타경佛說阿彌陀經』, 『대방광불화엄경보현행원품소大方廣佛華嚴經普賢行願品疏』, 『육조법보단경六祖法寶壇經』, 『금강반야바라밀경金剛般若波羅密經』, 『심경心經』, 『불설천수천안관세음보살광대원만무애대비심다라니경佛說千手千眼觀世音菩薩廣大圓滿無碍大悲心陀羅尼經』, 『초발심자경문初發心自警文』 등이었다. 조선시대 목판 한 장을 만드는 비용이 오늘날 금액으로 400만 원 정도였으니 이런 정도의 판각 불사도 엄청난 비용이 드는 대형 프로젝트였다. 해인사 팔만대장경을 인출하여 공부하면 안 되었는지 궁금하기는 하다.

판전 안에는 지면에서 일정 높이 띄워 만든 목가木架들이 삼면 벽에 설치되어 있고, 여기에 경판들을 가로로 눕혀 쌓아 놓고 있다. 해인사 팔만대장경을 보관하고 있는 장경각에는 경판을 모두 세로로 쌓아 놓고 있지만, 우리나라 목판은 양쪽에 손잡이(마구리)를 달아놓기 때문에 사용하기에도 편리하고 손잡이가 만들어내는 경판들 간의 사이 공간으로 인하여 통풍과 온도, 습도 조절이 잘 된다. 손잡이에는 해당 경판의 정보도 기록되어 있다.

그런 면에서 보면 낱장을 꺼내는 경우에는 다소 불편하지만 힘이 균일하게 가해지는 방법으로 보관하기에는 가로로 쌓는 것도 장점이 있는 것 같다. 신중도를 그려 봉안하고 경판을 판전에 보관하게 된 사실은 초의草衣(1786-1866) 선사가 증명법사로 참여하여 기록으로 남겼다. 남호 율사, 초의 선사, 추사 선생 이 세 분의 인연이 생의 끝자락에서도 이렇게 이어져 큰 족적을 남겨놓았음을 보고 '한번 살다가 가는 인생에 이 또한 무엇인가?' 하는 생각이 들어 천천히 발걸음을 옮기며 곱씹어보았다.

대웅전 뒤쪽으로 조금 올라가면 1942년에 중건한 북극보전北極寶殿이 있다. 많은 이들이 여기에서 절을 하고 소원을 빌며 기도도 한다. 고종의 친인척으로 알려진 심상훈沈相薰(1854-?) 선생이 전서로 쓴 현판이 걸려 있다. 탁지대신과 군부대신 등을 지낸 심상훈은 1905년 을사조약 당시에 황실 재산을 총괄하는 경리원經理院의 경卿으로 있었는데, 일본 정부는 조약을 앞두고 고종을 회유하기 위하여 기밀비 2만 엔을 심상훈을 통하여 비밀리에 전달하였다. 심상훈의 글씨는 전국 사찰에서 간혹 볼 수 있다. 북극보전은 칠성각 또는 삼성각이라는 이름으로 여러 사찰에서 볼 수 있는데, 칠성신앙과 연결된 것으로 보인다. 불교와 민간신앙의 융합이라는 이름하에 도교의 흔적이 사찰 안에 남아 있다.

봉은사의 재산 문제는 복잡했다. 절에 희사한 사람들의 공덕을 기리는 공덕비가 서 있다. 고종 시기에도 땅의 소유 문제가 해결이 되지 않았는데 흥선대원군이 나서서 이런 논란에 종지부를 찍고 봉은사의 땅을 되찾아 주었다. 그래서 봉은사 경내에는 흥선대원군을 기리는 〈영세불망비〉가 서 있다. 고종 시기에 고종과 민비, 흥선대원군은 그 누구보다 불사에 전력을 기울였다. 그 이유는 잘 모르겠으나 그런 시간에

흥선대원위영세불망비

급변하는 국제 정세와 풍전등화風前燈火와 같은 나라를 더 생각했으면 조선이 멸망하는 것을 막을 수 있었으리라.

봉은사는 동호독서당에서 공부하던 엘리트들이 자주 원족을 하던 곳이기도 했지만, 왕실 원당이 있기도 하여 왕실의 보호를 받는 곳이기도 했으니 서울과 지방을 오가던 선비들이 여기에서 서로 만나거나 송별을 하던 장소이기도 했고, 암행어사가 복명復命을 앞두고 최종 보고서를 손질하던 장소로 활용하기도 했다.

퇴계 선생은 문과에 급제한 후 1539년 홍문관수찬으로 있다가 중종으로부터 독서당에서 사가독서의 은택을 받았는데, 이미 이 당시 어지러운 심사가 비치는 그의 시 한 수가 눈에 띈다.

春晩東湖病客心 춘 만 동 호 병 객 심	봄날은 지나가고 동호의 나그네 병든 마음
一庭風雨夜愔愔 일 정 풍 우 야 음 음	비바람 한번 치고 나니 밤 뜰은 고요하기만 하다.
明朝莫上高樓望 명 조 막 상 고 루 망	내일 아침에는 높은 누대에 올라가지 마시게
紅紫吹殘綠暗林 홍 자 취 잔 녹 암 림	떨어진 붉은 꽃잎들이 짙푸른 숲에 흩날려 있을 것이니.

그는 중종 연간에는 조광조趙光祖(1482-1519) 등 개혁파 사림들이 모함에 걸려 죽는 기묘사화己卯士禍의 참사도 보았고, 중종 사후 후계문제로 다투는 과정에서 권신權臣 김안로金安老(1481-1537)

정종섭 글씨, 퇴계 선생 시

의 세력들이 인종을 앞세워 문정왕후 폐위를 시도하다가 인종이 갑자기 죽자 상황이 급변하여 사약을 받고 황천길로 가는 장면도 보았다. 1550년에는 문과급제하고 대사헌, 관찰사를 지내며 활약하던 형 온계溫溪 이해李瀣(1496-1550) 선생이 모함을 받아 귀양을 가는 도중에 죽는 참극도 겪었다. 그래서 퇴계 선생은 일생 동안 임금의 많은 부름에도 이를 사양하고 지방관리나 잠시 맡다가 학문의 길에 정진했을지도 모른다.

선조 때 우의정을 지낸 심수경沈守慶(1516-1599)도 명종 1년인 1546년에 문과에 장원급제하고 동호의 독서당에서 사가독서를 하던 어느 봄날에 살구꽃이 만발한 봉은사를 구경하고 돌아오는 배 안에서 시 한 수를 지었다. 중종의 정릉을 이장할 때 경기도 관찰사로 있으면서 대여大輿가 한강을 건너는 선창船艙을 설치하지 않았다는 이유로 파직되기도 했지만.

東湖勝槪衆人知 동호의 절경은 이미 모두 알건만
동 호 승 개 중 인 지
楮島前頭更絶奇 저자도 앞 풍광은 더욱 빼어나구나.
저 도 전 두 갱 절 기
蕭寺踏穿松葉徑 바람 부는 절 찾아 솔숲 길 걸어 지나노니
소 사 답 천 송 엽 경
漁村看盡杏花籬 강촌마을 울타리에는 살구꽃이 흐드러졌다.
어 촌 간 진 행 화 리
沙暄草軟雙鳶睡 반짝이는 모래밭 여린 풀숲에는 솔개 한 쌍 졸고
사 훤 초 연 쌍 연 수
浪細風微一棹移 잔 물결 살랑이는 바람 속으로 배 하나 노저어 간다.
낭 세 풍 미 일 도 이
春興春愁吟未了 봄날의 홍취와 수심은 아직 다하지 않았는데
춘 흥 춘 수 음 미 료
狎鷗亭畔夕陽時 압구정 있는 언덕엔 해가 벌써 저문다.
압 구 정 반 석 양 시

도연명의 정신세계를 연상케 하는 박지화 선생이 지은 시는 일품이다. 마음이 편할 때 읊조릴 수 있는 그림 같은 글이다.

孤雲晩出峀 저녁 구름 외로이 산마루에 흘러가고
고 운 만 출 수
幽鳥早歸山 숨어 있던 새는 일찍 산으로 돌아가네.
유 조 조 귀 산
余亦同舟去 나도 배와 함께 흘러가노니
여 역 동 주 거
忘形會此間 그 사이에 나의 몸도 잊어버렸다.
망 형 회 차 간

퇴계 선생은 벼슬길에서 수없이 사양을 하며 진퇴를 반복하다가 명종이 죽고 선조가 즉위하자 바로 『성학십도聖學十圖』를 바치고는 두 달 반 뒤, 1569년 3월 3일 밤, 만류하는 선조와 밤을 새는 독대를 마치고 다시 돌아오지 않을 귀향길에 올랐다. 많은 관

리들과 성안의 선비들과 백성들이 아쉬워하며 마지막 송별에 몰려 나왔다. 평생 선생을 존경해온 고봉高峯 기대승奇大升(1527-1572) 선생도 4일 밤 선생의 객관으로 갔다가 새벽에 선생이 묵고 있는 몽뢰정夢賚亭으로 가서 선생을 모시고 함께 배를 타고 봉은사에 이르러 이별의 정을 나누게 된다.

몽뢰정은 퇴계 선생의 독서당 동기이기도 한 정유길鄭惟吉(1515-1588) 선생이 한강변 동호에 지은 정자다. 독서당에서 독서할 때 어지러운 나라 모습에 가슴아파하며 바라다보던 곳, 문정왕후가 죽자 모두들 벌떼같이 일어나 공격을 할 때 그럴 것까지 없다고 했던 퇴계 선생이 도성을 나와 동료들과 마지막 하직인사를 하게 된 곳도 이곳 봉은사다. 그날 고봉 선생은 이별의 안타까움을 시로 남겼다.

江漢滔滔日夜流 한강물은 밤낮으로 도도히 흘러가는데
강 한 도 도 일 야 류
先生此去若爲留 선생의 이번 걸음 멈추게 하고파라.
선 생 차 거 약 위 유
沙邊拽纜遲徊處 모래밭에 매인 닻줄 풀기 싫어 서성이는데
사 변 예 람 지 회 처
不盡離腸萬斛愁 애간장 녹는 이별과 무거운 슬픔 가눌 길이 없구나.
부 진 이 장 만 곡 수

오늘날에는 봉은사가 도심 사찰로 번성하고 있지만, 역사에서 보면 영원히 사라질 뻔한 적이 있었다. 문정왕후가 죽고 그가 존숭하고 후원하던 보우 대사를 때려죽이고 난 후 유생들은 끝없

이 불교를 공격하였다. 인조반정과 병자호란의 참화를 겪고 인조와 인열왕후仁烈王后(1594-1635) 한씨 사이에 난 둘째 아들인 봉림대군鳳林大君이 효종으로 왕위에 즉위하자 바로 송준길宋浚吉(1606-1672) 선생이 인조반정의 1등 공신으로 약 30년간 나라를 주무른 서인의 훈구세력 김자점金自點(1588-1651)의 세력들을 축출해야 한다고 주장하고 나섰다.

결과적으로 김자점 세력이 제거되고, 병자호란의 원수를 갚고 청나라에 망한 명나라에 대하여 의리를 지키자는 기치를 든 효종의 북벌론에 송시열宋時烈(1607-1689)과 송준길, 즉 이른바 '양송兩宋'을 우두머리로 하는 노론세력이 합세하면서 국가권력을 완전히 장악하였다.

병자호란으로 백성들이 죽어나가고 조선이 더 이상 청나라를 상대로 전쟁을 할 수 없는 지경에 이르러 항복한 일을 겪고서도 다시 청나라를 치겠다고 한 것은 백성들의 분노에너지를 바탕으로 권력을 공고히 하려는 국내용 데마고그demagogue에 불과한 것이었지만, 노론세력은 자신들의 권력 유지를 위하여 이를 알면서도 북벌론에 장단을 맞추며 국가권력을 장악하였다.

1657년 송준길 선생은 먼저 봉은사에서 불상은 남면南面하고 있으면서도 선왕의 위패는 북면北面하게 해온 점을 지적하며, 이는 원래 남면하는 임금을 부처보다 아래에 두는 처사이니 당장 조치해야 한다고 목소리를 높였다. 그 지적은 합당한 것이어서 효종은 바로 봉은사에 안치되어 있는 선왕의 위패를 철거시켰다. 이제 선왕의 위패가 없어졌으니 봉은사는 왕실의 보호가 없어지고 껍데기만 남게 되었다. 선왕의 위패가 있었기에 유학을 하는 문인 묵객들이 다투어 시로 읊기도 했던 원래의 봉은사 당우들은 이미 1636년 병자호란 때 소실되어 버리고 그 이후 경림敬林 화상이 몇몇 건물들을 새로 지어 놓은 형편이었다.

드디어 효종이 죽고 현종顯宗(재위 1659-1674)이 즉위하자 그 다음 해 조정에서는 전국에 있는 원당願堂의 철폐를 공론화시켜 결국 원당을 철폐하고 이로써 불교와 왕실과의 연결고리를 끊어버리고 승려들을 환속시켰다. 이해에 천하의 벽암각성 대사가 생의 인연을 다하고 영겁회귀의 세계로 떠났다. 그리하여 속세에서 벌어지는 그 다음 장면은 보지 못했으니 차라리 편했으리라. 그리고 다음 단계로 1661년(현종 2)에 도성 내의 비구니사찰인 자수원慈壽院과 인수원仁壽院을 완전히 해체해 버리고, 40세 이하 비구니는 환속시켜 시집을 가게 하고 40세 이상 비구니는 도성 밖의 절로 쫓아내 버렸다. 파렴치하고 모질고도 모진 행위이지만, 인간이 이데올로기의 노예가 되면 이런 짓도 하게 되고, 스스로 잘 했다고 정당화도 한다. 많은 고통을 겪으면서도 인간 역사에서 반복되는 일이지만, 종교가 과연 이를 고칠 수 있을까.

원래 인수원은 태종의 후궁들과 궁녀들을 머물게 하면서 시작되었고, 자수원은 세종의 후궁들과 궁녀들을 살게 하면서 시작된 것이었다. 왕을 잃은 후궁과 궁녀만큼 불쌍한 존재도 없으리라. 돌아갈 데 없고 보살펴 주는 사람이 없는 처지로 이러한 곳에 모여 말년까지 살다가 인생을 마감하는 것이 그들의 삶이었다. 그래서 부처님 앞에 기도하며 마음을 달래는가 하면 이생의 인연을 접고 삭발 비구니로 지내기도 했다.

그러던 것이 많은 왕이 바뀌고 그에 따라 물러난 후궁들과 궁녀들이 넘쳐나면서 자수원과 인수원은 도성 내의 큰 비구니사찰로 되었다. 불교를 말살시키려는 입장에서 보면, 왕실과 연관이 남아 있는 이것부터 먼저 없애버려야 했다. 왕실과의 끈만 떨어지면 유생들은 마음대로 절을 없애버릴 수 있으니까. 종복을 시켜 절에 불을 질러버리든가 아니면 몽둥이로 승려들을 내쫓아버리면 되니까. 아무튼 자수원을 해체한 목재들을 봉은사에 보내 사용하게 할 것인가 하는 문제가 논의될 때 송준길 선생은 이것도 못하게 강력히 저지하였고, 결국 3년 후에 그 목재들은 성균관의 부속건물을 짓는 데 사용되었다.

공격하는 입장에서 보면, 일찌감치 함포 사격으로 주요 거점을 없애버렸으니 이제는 본격적으로 선종의 수사찰과 교종의 수사찰을 찍어 없애버리고 승려들도 환속시켜 버리면 불교는 완전히 뿌리를 뽑을 수 있게 된다. 새 임금이 출범하자 그간 피비린내 나는 권력투쟁에 이골이 난 인간들이 서슬퍼런 칼을 들고 나섰다. 이에 반대하고 나섰다가는 보우 화상이 당했듯이 당장 그 자리에서 '두들겨 맞아 죽을' 상황이었다. 불법佛法을 위하여 죽을 것이냐 땅바닥에 기면서 생명을 부지할 것이냐? 차라리 전쟁에 나가 싸우다 죽는 것은 백성을 위하여 죽는 것이니 무상보시無相布施로 행할 수 있는 일이지만, 이런 상황은 인간들의 권력놀음으로 초래된 강요된 물음이기에 처음부터 성립할 수 없는 것이리라. 그렇지만 모두가 겁에 질려 입을 다물고 있을 때 분연히 일어나 옳고 그름을 말해야 하는 것이 '정언正言'이 아니겠는가.

이때 죽기를 결심하고 떨쳐 일어나 임금을 상대로 옳고 그름을 밝혀 말한 사람이 있었으니, 바로 백곡처능白谷處能(1617-1680) 선사였다! 처절한 현실 앞에서 이미 삶과 죽음의 강은 건넜다. 1661년(현종 2) 대둔산大芚山 안심사安心寺에 주석하고 있던 선사는 붓을 들고 8,150자로 된 장문의 글을 써내려갔으니, 이것이 바로 역사에 남은 「간폐석교소諫廢釋敎疏」이다. 불교의 철폐에 대하여 간하는 상소라는 뜻이다. 생사의 강을 넘었으니 비장할 것도 없다. 평온한 마음에 맑은 총명으로 이치만 분명히 남기면 된다.

연전에 총무원장 원행圓行 대종사의 말씀으로 이 글을 처음 알게 되어 읽은 적이 있다. 문사철文史哲에 정통하고 유불도 삼교를 회통한 박학다식한 글이었다. 법학자인 나에게는 그 빈틈없는 논리가 더욱 감동적이었다. 박학다식한 변려문駢儷文은 고운孤雲 최치원崔致遠(857-?) 선생의 글을 따를 사람이 없지만, 치밀한 논리로 지식을 구사하는 점에서는 이 글에서 더 강한 힘을 느꼈다.

백곡 선사가 누구이던가? 총명이 넘치는 젊은 나이에 불법을 공부하고 다시 유학자이자 학예일치로 명성이 높은 낙전당樂全堂 동회東淮 신익성申翊聖(1588-1644) 선생의 문하로 들어가 유학을 공부하고, 다시 천하의 벽암각성 대사의 문하에서 수행을 한 분이다. 백곡 선사 문장의 뛰어남은 당시 유학자들도 다들 인정하였는데, 어설프게 유학 운운하며 백곡 화상에게 대들어 끝장 논쟁을 벌일만한 유학자가 당시에 과연 있었을까. 그래서 백곡 선사를 '때려 죽이자'고 한 말은 나오지 않았는지도 모른다.

신익성의 글씨

신익성 선생은 병자호란 때 끝까지 오랑캐에게 항복할 수 없다고 하여 그의 동생 동강東江 신익전申翊全(1605-1660) 선생과 함께 '척화오신斥和五臣'으로 찍혀 심양瀋陽으로 끌려갔으나 거기서도 끝까지 소신을 굽히지 않았다. 지행합일知行合一의 모습이다. 그의 아버지는 영의정을 지낸 상촌象村 신흠申欽(1566-1628) 선생이다. 백곡 선사는 스승인 낙전당 선생의 이런 지행합일의 모습도 보았

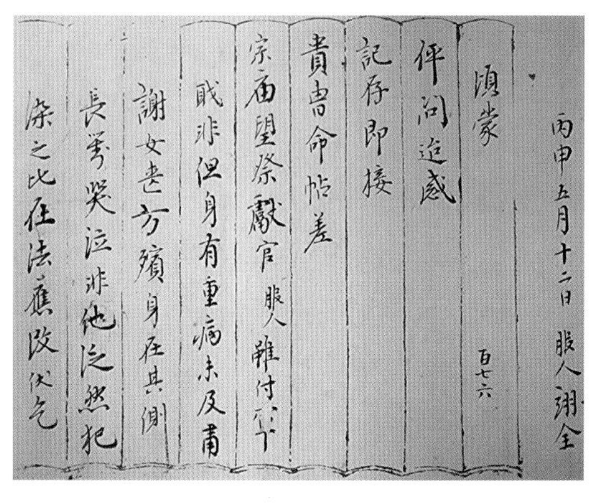

—
신익전의 글씨

으리라. 백곡 선사는 스승의 높은 학덕과 고매한 인품을 읊기도 하고 심양에 끌려가고 없는 스승의 텅 빈 집 앞을 지나면서 이를 슬퍼하는 시를 짓기도 했다.

현종은 이 정직하고 치밀한 상소를 읽어보았다. 그날 이후 봉은사와 봉선사를 없애려는 조치는 없었다. 그래서 봉은사와 봉선사가 살아남았고, 더 나아가 이 땅에 불교가 생명을 이어갈 수 있었으리라. 역사의 이 장면에서 그 시대를 살아간 그들의 삶은 이렇게 치열했다. 그런데 1665년(현종 6) 화재로 봉은사의 전각들은 또 불타버렸다. 이듬해 백곡 선사에게는 남한산성의 승려를 총괄하는 승통僧統이 제수되었으나 부임하지 않았다. 1692년(숙종 18)에 와서 왕실의 시주로 석가모니불, 아미타여래불, 약사여래불 등의 삼존불상을 겨우 절에 봉안하고, 1702년(숙종 28)에 왕이 절에 전백錢帛을 하사하여 봉은사의 중건을 할 수 있었다.

세상은 우리를 쉬게 놓아두지 않는다. 1600년에 영국은 동인도 회사를 설립하여 본격적으로 아시아 경영에 나섰고, 1609년에는 갈릴레오 갈릴레이Galileo Galilei(1564-1642)가 천체망원경을 만들어 우주를 관찰하기 시작했다. 1636년에는 근대 철학과 과학문명의 문을 본격적으로 열어젖힌 천재 데카르트Rene Descates(1596-1650)가 『방법서설方法序說(Discourse on the Method)』을 출간하며 '나는 생각한다. 고로 존재한다cogito ergo sum'라는 '제1원리'로 인류의 머리를 세차게 내리쳤다. 눈을 떠라! 허황된 말로 세상을 살아가는 것은 더이상 용납되지 않는다!

시간이 지났다. 봉은사 주지인 원명元明 대화상으로부터 백곡처능선사비를 봉은사에 세우는데, 비의 전면 글씨를 써달라는 전갈傳喝이 왔다. 다시 『백곡집白谷集(=대각등계집大覺登階集)』을 읽어보고 고민하였다. 백곡 화상은 불교의 대선사이기도 하지만 대학자이기도 하다. 박학다식, 명징함, 삼교회통, 논리적 완벽성, 곁을 내주지 않는 엄정함, 지식을 초월한 초월지, 앎과 행의 일치. 이러한 점들로 선사의 모습이 그려졌다. 글씨는 그러한 점들이 스며있도록 써보았다. 이렇게 하여 천학비재淺學菲才한 후학의 둔필鈍筆로 〈호법성사대각등계護法聖師大覺登階 백곡처능대선사비명白谷處能大禪師碑銘〉이라고 비표碑表를 썼다. 이 비는 봉은사의 비들이 있는 곳에 보우 대화상의 탑비 옆에 서 있다.

정종섭 글씨, 백곡처능 선사 비명

백곡 선사의 부도는 그가 입적한 김제의 모악산母岳山 금산사金山寺와 그가 오래 주석했던 안심사, 공주의 계룡산鷄龍山 신정사神定寺(현, 신원사新元寺)에 나누어 세워져 있다. 사리를 나누어 부도를 세웠다. 그의 비문으로는 신익전 선생의 아들인 분애汾厓 신정申晸(1628-1687) 선생이 지은 〈백곡처능사비명병서白谷處能師碑銘幷序〉와 영의정을 지낸 최명길崔鳴吉(1586-1647) 선생의 손자이자 당대 거유

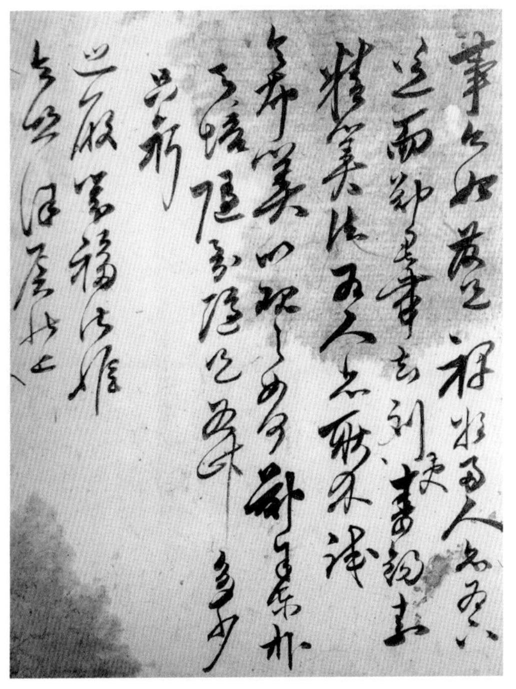

최석정의 글씨

巨儒인 명곡明谷 최석정崔錫鼎(1646-1715) 선생이 지은 〈백곡선사탑명白谷禪師塔銘〉이 있었으나 실제 비로 세워지지는 못하였다.

봉은사에 얽혀 있는 여러 역사의 장면을 생각하면서 지금이라고 인간들이 다를까 하는 자문을 해 보았다. 봉은사를 세우고 내세의 복을 빌었던 선릉과 정릉의 무덤도 임진왜란 때 왜군들에 의해 모두 파헤쳐져 현재 내부에는 왕과 왕비의 시신은 없이 비어 있는 형편이다. 문정왕후도 이장까지 한 남편의 능인 정릉 묘역에 묻히지 못하고 태릉泰陵에 묻혔다. 왕이 되어서도 친모에게 휘둘리며 살았던 명종은 강릉岡陵에 묻혀 친모 곁에 누워 있다. 사찰을 세우고 많은 공양을 올리며 내세의 복을 빌어도 소원성취所願成就와 극락왕생極樂往生은 이루어지지 않는 모양이다. 붓다가 무엇을 말했는지를 바로 보라! 직지直指!

아수라阿修羅의 인간 세상에 대한 백곡 선사의 생각이 엿보이는 시가 있다.

病客春無事 병든 객이 봄날에 할 일 없어
병 객 춘 무 사
空山晝掩扉 오는 이 없는 빈 산에 사립문을 닫는다.
공 산 주 엄 비
細風花片片 살랑이는 바람에 꽃이파리 낱낱으로 떨어지고
세 풍 화 편 편
微雨鷰飛飛 가는 비 오는데 제비들이 하늘을 난다.
미 우 연 비 비
物外少榮辱 속세 떠난 이곳에는 영욕이 적다마는
물 외 소 영 욕
人間多是非 인간 세상에는 시비가 많구나.
인 간 다 시 비
白頭甘寂寞 흰머리 늙은 몸이 적막함은 달게 받거니와
백 두 감 적 막
林下恨遲歸 속세 떠난 이곳에 늦게 돌아옴이 한스러울 뿐이다.
임 하 한 지 귀

사실 백곡 선사는 이미 세계지도인 '만국도萬國圖'도 보고 『시경』이나 『서경』 그리고 그 많은 역사서 어디에도 실려 있지 않은 사실들에 놀랐으며, 공자가 돌아다닌 천하라는 것도 지도상의 세계에 비하면 하나의 거품에 지나지 않는 것이라는 글을 남겼을 정도로 당시 사람들의 지식 수준과 논의가 얼마나 한심한 정도인지를 알았지만, '이 한심한 인간들아!' 하고 목소리를 높이기보다는 할 말만 명징明澄한 목소리로 우리에게 남겼다.

온갖 상념에 싸여 터벅거리는 걸음으로 일주문을 나서는데 무언가 마음에 걸리는 것 같아 뒤돌아서서 미륵대불을 향해 정례頂禮하고 원願을 빌었다.

"미륵부처님, 부처님께서 오시기를 수억년간 기다리는 것은 너무나 오래 걸립니다. 지금 바로 이 세상에 나투어 이 중생들을 구해주소서."

응답이 왔다.

"이 사람아, 자네는 헌법학자가 아닌가. 그러면 현실을 직시하고 '지금 여기'에서 답을 내놓아야지 자네까지 나에게 매달리면 어떻게 하자는 것인가! 일모도원日暮途遠일세, 이 딱한 사람아!"

그곳, 寺

마음과 마음 사이를 거닐다

초판 1쇄 발행 2023년 7월 11일

글 정종섭 / **발행인** 김윤태 / **교정** 김창현 / **북디자인** 디자인이즈
발행처 도서출판 선 / **등록번호** 제15-201 / **등록일자** 1995년 3월 27일
주소 서울시 종로구 삼일대로 30길 23 비즈웰 427호 / **전화** 02-762-3335 / **전송** 02-762-3371

값 25,000원
ISBN 978-89-6312-626-5 03810